徳 間 文 庫

ドッグテールズ

樋 口 明 雄

徳 間 書 店

目次

子供が生まれたら犬を飼いなさい。
赤ん坊のときは良き守り手となるでしょう。
幼年期は良き遊び相手となるでしょう。
少年期になれば良き理解者となるでしょう。

そして子供が大人になったとき、
自らの死をもって命の尊さを教えてくれるでしょう。

——イギリスの古い諺(ことわざ)

グッドバイ

——ダンに。

卓上ライトの傍(そば)にあるデジタル時計が午前二時を表示していた。

無数の本やスクラップなどの膨大な資料がぎっしりとつめこまれた書架が、窓以外の壁のほとんどを占めている狭い書斎。そのためか、薄暗いこの部屋にたゆたう空気には独特の重圧感がある。

パソコンのキイボードに両手の指を置いたまま、ぼくは魂を抜かれたようにぼんやりと目の前の画面を見つめていた。そこに書かれた日本語が、空虚で無意味な記号の羅列のように思える。

長編の執筆が滞(とどこお)っていた。

八ヵ月もかけ、だらだらと書き進めて、ようやく第三章まで終えた。そこで筆が止まった。四百字詰め原稿用紙に換算して三百枚ちょっとのところだった。少し書いてはまた書き直す行為の繰り返し。職業作家としてはあまりにも遅筆であることは自覚している。

今日も原稿執筆に使うエディタというソフトを立ち上げたものの、書き出しの文句が思いつかなくて、朝からただの一文字も書いていない。カーソルが点滅を繰り返している液晶画面をぼんやりと見ながら、ぼくの心は冷え切ったまま沈んでいた。

ストーリーとキャラクター設定に納得がいかないうちに書き始めた小説だった。だから、筋運びの途中、あちこちで矛盾が生じ、物語の内部崩壊が始まったのである。思い切って破棄しようと何度も考えては、その衝動を否定した。ここまでせっかく書いたのだからと、もったいなく思う自分がどこかにいる。

無意識に吐息を洩らし、椅子の背もたれを後ろに倒しながら何度目かの伸びをして両手で前髪をかき上げた。傍(かたわ)らに置いたＣＤコンポは、ずいぶんと前に最後の一曲を演奏し終えて沈黙していたらしいが、ぼくはまったく気づかないでいた。エリック・サティの単調なピアノが夜の深い闇に溶け込んでしまうほど、あまりにも周囲が静か過ぎたのだろう。

書架の向こうに見える板張りの壁に、アメリカ人の有名な竹竿職人によるハンドメイドのバンブーロッドがかかっている。愛用のマリエットのリールに合うだろうと思って無理して買ってきたら、日本の小さな渓流で使うにはちょいと硬すぎた。

去年までは、こんな冬の夜長、ウイスキーをちびちび舐(な)めながら、春の渓(たに)に虫を追う山女魚(やまめ)や岩魚(いわな)を想って毛鉤(フライ)を巻いたりしたものだけど、今はそんな気力もない。

椅子の背を戻し、キイボードの前に片肘をついたぼくは、新作のシノプシスをプリントアウトしたA4サイズのコピー用紙に視線を落とし、それまでぼんやりと考え続けていた物語にふたたび思いを飛ばそうとした。

シノプシスの文頭に、長編の仮題と並べて書かれたぼくの名。

斉木渉。

ミステリ作家として十年のキャリアがあるが、決してホームランバッターではない。いいとこ二塁打が限界。そろそろ乾坤一擲の勝負に出たい気持ちはあるが、いかんせん日常的にモチベーション不足が足を引っ張る。それを半年も克服できないとあって、書き手としての限界を感じてすらいた。

犬の声を聞いたのは、パソコンの電源を切って寝ようと思い始めたときだった。

椅子の背もたれをまた後ろに曲げ、ぼくはブラインドの下りた窓を見た。

しばし耳を澄ましてみた。

はっきりと声がした。仔犬のようだ。

近所で犬を飼っている家はいくつかあるが仔犬とは珍しい。いや、奇妙なことに、その声は書斎のすぐ外から聞こえてくる。

椅子を引いて立ち上がり、掃き出しの大きなサッシのブラインドを上げて、ガラス戸を開き、ベランダに出てみた。凜とした冬の夜気が顔を叩く。二月の冷気が無防備なパジャマの外から躰（からだ）を締めつけるように忍び寄ってくる。息が白く風に流れた。

ぼくは冷たい手すりに両肘を載せて、下の道路を見下ろした。

敷地の外の通り、街灯が照らす光のたまりの中には何も見えなかった。目を細めるように中庭を凝視すると、玄関から門まで続く踏み石の途中に、何か黒い、小さなものが動いていた。それが小さな鳴き声を洩らした。間違いなかった。また仔犬の声が聞こえた。

すぐに部屋に戻った。長椅子に投げ出していたダウンジャケットをとって書斎を出、階段を駆け下りた。サンダル履きでドアを開いた。

冬枯れた芝生に並ぶ飛び石の横に影があった。

小さな犬がうずくまるようにじっとしている。

足早に歩み寄り、ぼくはその傍に突っ立って見下ろした。犬種はわからないが、真っ黒な仔犬。まるで生まれたばかりのように全身の毛が濡れて光っていた。寒いためか、躰が震えている。せっかく持ち出したダウンジャケットを着るのも忘れて、それを片手に持ったままだった。ゆっくりと膝を折ってしゃがんだ。左手を伸ばして、仔犬の濡れた躰をそっと撫（な）でてやった。

小さな真っ黒な目が瞬き、ぼくを見てまたかすかな声で鳴いた。

無意識に眉根を寄せていた。じっと仔犬の顔を見つめ、また濡れた毛を撫でてやった。真夜中だというのにすべてがはっきりと見えていた。月明かりが眩しいほどで、頭上を斜めに横切る電線の長い影が、黒のマーカーで直線を描いたように、芝生の上に横たわっていた。

頭上を振り仰いで、中天にかかっている青白い満月を見た。月の周囲に星がちりばめられた夜空がそこにあった。汚れ切った都会の空気にしては、きれいな月と星、そしてちぎれた綿のような小さな雲が見えていた。

それにしても、雨も降っていないのに、どうしてこいつはこんなに濡れているんだろう。

夜露にしてはやけに体毛が湿っている。まるで水に飛び込んだみたいに。

そう思ったとたん、だしぬけに音のない落雷のような、過去の記憶のフラッシュバックに襲われた。もう一度、仔犬に触れてみた。

小さな柔らかな躰は温かかった。

かすかに尻尾を振った。後肢の間を見てすぐに牡だとわかった。小さな耳が垂れ下がっていた。全身の毛が真っ黒なのに、尻尾の先端だけが白かった。

「クロ……」

そうつぶやいてから、ダウンジャケットをその場に置いた。仔犬の躰の下に優しく両手を入れてかかえ上げ、そっと胸の前で抱いた。嘘のように軽かった。ぼくは驚きつつも、唇を引き結んで目を閉じ、ヌイグルミのような匂いのする毛に顔を埋めながらじっとしていた。

仔犬の震えが止まっているのに気づいた。

顔を離し、そのアーモンド形の瞳を見つめた。涙をいっぱいにためたように潤んでいた。

「違う。クロのはずがないじゃないか」

自分にいいきかせるように独りごちた。

でも、心のどこかでそれを信じていたのだろう。ジャケットを摑んでゆっくりと立ち上がると、仔犬を抱いたまま玄関に向かい、ドアを開いた。三和土(たたき)でサンダルを脱いで上がった。

家の中は明かりをつけても薄暗く感じる。

照明はじゅうぶんに明るいのだが、心の重さがそんなふうに見せているのだ。

キッチンテーブルを見ると、朝刊が開かれたかたちでそこにあった。妻が読みかけたまま放置したのだろう。社会面にこんな見出しが読めた。

『バスがトラックと衝突。女子高校生一名が死亡』

　昨夜のテレビのニュース番組でも観た事件だった。

　現場が、ぼくもよく車で通る青梅街道の荻窪陸橋の近くだったから、たまたま記憶に残っていたのだ。阿佐ケ谷から荻窪方面に向かっていた都営バスが、横の路地から飛び出してきた居眠り運転のトラックと衝突したらしい。バスは横転、地元の女子高校生一名の死亡を含む八名の死傷者を出した悲惨な事故だった。

　妻がそこまで読んだ新聞を放置した理由が何となく理解できた。

　あいつだけじゃなく、ミステリ小説を書いて、おそらくは何百という人間を作品の中で殺してきたこのぼくですら、今は死というものに対して極端なほどナーバスになっていた。だからこそ、こんなスランプに陥ってしまったのかもしれない。

　新聞をふたつ折りにして床に敷き、そこに濡れた仔犬をそっと下ろした。

　玄関脇の納戸から小さな段ボール箱をもちだし、二階の寝室から使っていなかった毛布をとってきて、ちょうど段ボールの底に敷けるような大きさに折って入れた。仔犬を中にそっと下ろしてやると、少しだけ四肢を伸ばし、耳をかすかに動かした。鼻の両脇に生えている髭が震えているのに気づいた。

　エアコンの設定温度を少し上げた。室外機が不満げに唸り始め、温風がゆっくりと部屋をめぐり始めた。

「大丈夫だ。もう寒くないから」

そういって仔犬をなだめた。

乾いた布で全身の毛をたんねんに拭いてやった。

冷蔵庫から牛乳を出して電子レンジで温め、小皿に入れて仔犬の顔の前に置いた。

仔犬は少し舌を出して舐めたが、それきり躰を丸くしてしまった。小さな目を閉じて眠っていた。ふくよかな胸の辺りの毛がゆっくりと上下していた。

ぼくは、段ボール箱の前にしゃがみこんで、寝息を立てる仔犬の姿を見ていた。ふっと気配を感じ、立ち上がって、開けっ放しの暗いリビングの向こうに見える妻の部屋を振り返った。

木造りの扉にうがたれた小さな菱形の磨りガラスから、白い明かりが洩れている。夜中の二時をとっくに過ぎているというのに、妻はまだ起きていた。いやたぶん、毎日、こんな時間まであそこにこもっているのだろう。

先ほどまでのぼくのように、昏く、重たい夜の時間をあの部屋で過ごしているのだ。

この半年の間、妻とはほとんど目を合わさず、口もきかなかった。ぼくらの間には笑顔というものがいっさいなかった。同じ屋根の下に暮らしていて、まるで他人同士のように生活していた。

きっかけは犬だった。いや、長きにわたる冷戦の原因が犬だけだとはいわない。それまでも互いのすれ違いや考え方の相違などがあって、夫婦関係は結婚六年目にして大きく歪み始めていた。でも、ぼくらが今のような家庭内別居みたいな生活を始めることになった大きな理由は、たしかに犬のことに起因する。

俗に夫婦喧嘩は犬も喰わないなどというけれども、ともかくぼくは犬をめぐって妻とひどく口論した。それも死んだ飼い犬のクロについてだった。

名の由来通り、全身のほとんどの毛が真っ黒で、唯一、尻尾の先端だけが鮮やかに白い、そんな雑種犬だった。名づけたのは妻の真由だ。八ヶ岳南麓に移住して陶芸家をやっていたぼくの友人が、生まれたばかりの仔犬の飼い主を探しているのを知って、ぼくらは高速道路で二時間の友人宅からこの東京まで引き取ってきた。

結婚した翌年、ふたりの仕事も順調で生活が安定し、都内杉並区に小さいながらも一軒家を持てた。その頃から、そろそろ犬でも飼おうかと話し合っていた。ぼくは小説家で妻はイラストレーター、ふたりとも普段から家にいるし、いつだってどちらかが面倒を見られる。

犬連れの散歩は楽しみだったし、子供のいないぼくたちにとって、もうひとりの小さな家族は必要だった。また、ふたりの共通の趣味である渓流釣りに、ぜひ犬を連れていきたいと思っていた。やがてクロが成犬になると、願い通りに奥多摩や丹沢に何度も連れていった。

もとよりフライフィッシングという渓魚相手の釣りをしていたのは、ぼくのほうだ。最初はいやいやながらもつき合ってくれていた真由も、いつしか興味半分でいっしょに竿を振るようになり、たまさか釣り上げた山女魚や岩魚の美しさに見惚れて、たちまちのめりこんでしまった。春から初夏にかけての盛期は、晴れている限りほぼ毎週、ぼくらは愛車のスズキ・エスクードに乗って近郊の渓流に行っていた。

けれども、そうしたぼくらの趣味は、実のところクロにはつらい経験だった。

生来の水嫌いだったらしい。

川も海もクロは恐れていたし、シャワーを浴びさせるだけでもひどく嫌がるほどだった。無理に濡らすと怖がって餌も食べなくなるので、結局はあきらめるしかなかった。以来、ぼくらはクロを家に残してふたりきりで釣りに行くようになった。

半年前の夏、ぼくと真由が西丹沢の渓に行った日、クロは孤独に死んだ。

犬小屋の傍に打ち込んでいたポールを引き抜き、首輪につないでいたワイヤーを引きずりながら敷地の外へと駆け出したらしい。そして路地を少し行ったところの交差点で、誰かの車に轢かれて死んだのだった。その日、朝まで晴れ渡っていた空が急に雲に閉ざされ、降り出した驟雨から逃げるように自宅に戻ってきたぼくらは、家の近くの路上でクロの無残な骸を見つけた。降りしきる雨に打たれて濡れそぼり、すでに冷たく、硬くなっていた。

——きっと私たちを追いかけようとしたのよ。

真由は泣きじゃくりながら、ぼくの胸を激しく叩いた。

翌日、庭先に穴を掘って埋葬し、小さな墓を作ってやった。線香を立ててきれいな花を供えた。墓前でぼくらは長いこと黙禱した。

その夜、クロの死の原因はあなたにあると、真由がぼくを責めた。

しかし愛犬の死を前にして、その責任の所在を詮索するのはどうだろうか。ぼくはそう妻にいった。喪に服するというのは、死の意味を考え、残されて生きる意味を想うための静かな、そして大事な時間のはずだからだ。

しかし同時にぼく自身もはっきりと自分の罪を感じていた。釣りをするとき、犬を家に置いていこうといいだしたのは、まぎれもないぼく自身。クロを殺したのは、たしかにぼくだった。

妻にいわれるまでもなく、あのとき、無理にでも川に連れていってやっていれば——何百回となく、ぼくは自分を責め、呪った。クロはもっと幸せに生きるべき犬だった。いくらなんでも、あんなに悲惨で孤独な死に方はない。たかが犬。そう思われるかもしれない。

しかし、その頃にはわかっていた。犬の死はきっかけにすぎない。ぼくらはとっくの昔から関係が冷え切っていたし、実のところ、いっしょに渓流に行っても別々の場所で釣りをしていたからだ。ぼくらはすでに夫婦の振りをした他人だった。子はかすがいというが、犬のクロはぼくらにとって息子同然だったし、そうした夫婦の間の亀裂を埋めてくれる、唯一無二の存在だった。それが消失してしまったのだ。ぼくは小説が思うように書けなくなった。寂しさを紛らわそうと酒に走ったためでもある。夜毎に飲み歩き、決まって泥酔しては、重い足取りで我が家に戻った。真由との諍いが心の負担となってのしかかっていた。

そして真由も、得意としていた犬のイラストが描けなくなっていた。いくつもくしゃくしゃに丸められた紙がくずかごに入っていた。朝のゴミ出し前、東京都指定のゴミ袋の中から、こっそりとそれらを出して広げると、すべて犬の絵だった。クロのイラストもいくつか交じっていた。

ぼくら夫婦は芸術や文学といった特殊な職業柄、物事を深く考えすぎるきらいがある。そんな感性ゆえに、きっと互いの些細なことが許せなかったのだろう。それぞれの胸の中に、ぽっかりと大きな空洞ができてしまったようだった。

以来、ぼくらは同居しながらも他人同士のようになった。

一度だけ、朝食のテーブルで妻がいった。

「悲しいね」

犬のことなのか、それとも今の生活のことなのかわからなかった。きっとどちらも妻にはそう思えるのだろう。ぼくは何もいえず、ペーパードリップからサーバーに落ちる珈琲の滴をじっと見つめているばかりだった。

それからひっそりと秋が去った。

長く、冷たい冬だった。

段ボール箱の底に敷き詰めた毛布の上で、黒い仔犬がかすかな寝息を立てていた。ぼくはその前に胡座をかいて座り、ホームバアの棚からとってきたウイスキーをショットグラスに注いではストレートで飲んでいた。ときおり、仔犬の毛をそっと撫でてやった。クロに良く似た犬は、わずかに耳を震わせ、尻尾を動かした。

ふいに扉が開く音がして、ぼくは肩越しに振り向いた。

妻の真由が立っていた。ジーンズにグレイのトレーナー姿だった。不審な目で見ていた。

肘まで捲り上げたトレーナーに青や黄色の絵の具がついていた。真由もこんな遅くまでイラストの仕事をしていたのだろう。

「渉さん、そんなところで飲んでいるの？」

かすれた声だった。

「クロが……帰ってきたんだ」

その声を聞いて、妻は眉根を寄せた。肩にかかっていた長い髪を右手で後ろに流して、ゆっくりと歩いてきた。そして、段ボール箱の中で眠る黒い仔犬をじっと見下ろした。

「厭よ」そう、真由はいった。「絶対に厭。あんな想いだけは二度としたくない」

ぼくは思わずかぶりを振った。「そうじゃない。本当にクロなんだよ。見ろよ」

「そんなはずがないじゃない。まだ仔犬だし、あの子の生まれ変わりだとでもいうの」

「いや、これはあいつだ。ぼくにはわかる。だからうちの庭にいたんだよ」

信じられないという表情で、真由はぼくを見つめていた。

「あなた、どうかしてる」

「雨も降っていないのに濡れそぼってるじゃないか。偶然じゃない。奇跡なんだ」

妻はなおもじっとぼくを見ていたが、最後に一言こう残し、乱暴にドアを閉めた。

——奇跡なんて、私は信じない。

それきり、また重苦しい沈黙が訪れた。

けれどもぼくはそれまでの自分と違って、胸の真ん中に小さな温かさを感じた。

この仔犬はぼくらのクロだった。

理由は判然としないけれども、ぼくはそれを確信した。

富樫(とがし)動物病院は、ＪＲ中央線の阿佐ケ谷駅北口にある。

クロのワクチンの接種やフィラリアの検査などで、何かと世話になっていた。去勢手術もここでやった。そして、今でもクロと名を記された小さな緑色の診察券を捨てられず、妻に内緒で持っていた。

翌朝になっても仔犬が震えているので、ぼくは段ボールに入れたまま車に乗せた。午前中の診療時間が終わろうとする十一時半、動物病院の横に車を停めて仔犬を運び込んだ。

他に人がいなかったため、すぐに狭い診察室に呼ばれた。体重計付きの冷たい診察台の上で、真っ黒で尻尾の先だけが白い仔犬が小刻みに震えていた。

獣医師の富樫幸夫(ゆきお)は四十代の独身男。けっしてハンサムではないが、温和な笑みと人なつっこい容貌が、近所の奥様方の間で評判になっているらしい。

富樫は白衣をはおったまま、まず仔犬の体重を計測し、てきぱきと診察をした。口を開けて舌を覗(のぞ)き、肛門に体温計を差し込んで体温を測った。最後に全身の毛をまさぐるようにして、いろいろと調べた。それからしばし事務机に向かって処方箋らしきものを書いていたが、ふいに椅子ごと振り返ってぼくにいった。

「ところで斉木さん。この犬の名はクロでいいんですね」

「お願いします」とだけ、ぼくは応えた。

「ウンチとオシッコは？」

「今朝、少しだけ。ウンチは軟便でした。おなかを壊してたみたいです」

富樫は仔犬の背中を撫でた。「風邪ですね」

「昨夜はひどく濡れて震えてましたから」

「雨なんて降ってなかったし、川にでも落ちたのかなあ」

「うちの近く、そんな川なんてないですよ」

「……ですよね」

富樫は立ち上がり、小さな注射を仔犬の背中に刺した。

「これで大丈夫だと思います。薬を出しておきますから、今日は静かに、暖かくしておいて下さい。食事はドライフードは駄目です。柔らかな、脂を抜いたものにして下さい」

「わかりました」

ぼくは仔犬を抱き上げた。

「それから……」

待合室へのドアを開けたとき、後ろから声をかけられて立ち止まった。

向き直ると、富樫は眉をひそめて渋面になっていた。「その……斉木さんがおっしゃるみたいに、ぼくにもその子が……あのクロみたいに思えてね」

「やはり、そうですか」

「乳歯の生え方からすると、生後まだ三ヵ月ぐらいです。それなのに、去勢した手術痕があります。それも、うちでやるのとまったく同じやり方の痕です」

ぼくは絶句して仔犬を見下ろした。

「あなたのクロは、たしか二歳で死んだんでしたよね」

「そうです」

富樫が歩いてきて、クロをまた間近から見つめた。

「ぼくは幽霊なんて信じないし、そんな話を聞いても笑い飛ばしてました。でも、何ていうかな……」

富樫は困り果てたような顔でいった。「その子は、何から何まであなたが飼っていた、そしてぼくが診てきた、あのクロそのまんまです」

ぼくはうつむいて仔犬を見下ろした。そして顔を上げた。「そうですよね」

すると、富樫は困惑した笑みを浮かべてこういった。

「でも、一度ぐらい、こんな奇跡が起きたっていいじゃないですか。だって斉木さん、これまでにそんな話をいっぱい書いてきたんでしょ？」

ぼくは黙っていた。

奇跡なんか信じないといった妻の言葉が脳裡(のうり)に残っていた。

家に戻ると屋内が寒かった。

エアコンが切れていた。

ぼくは仔犬を段ボール箱ごと床に置き、カーポートに入れていたエスクードに戻って、ホームセンターで買ってきた餌や小皿などをキッチンテーブルの上に放り出した。

妻の部屋からかすかに音楽が聴こえていた。妻の好きなエリック・クラプトンの曲、〈オールド・ラヴ〉だった。

車に戻り、いちばん大きな買い物——犬用のケージを一階のキッチンに並ぶリビングに運び込んで組み立てた。樹脂製のトレーの上に毛布を敷いて、仔犬をそっと中に入れた。注射のおかげか、朝よりもずいぶんと元気になっていた。

ケージの中で、仔犬はときおりぼくを見つめてクンクンと鳴き、尻尾を振って甘える素振りを見せた。耳の折れた頭を撫でてやり、顎下(あごした)をさすってやるとうれしそうに短い舌を出した。そんな仔犬をじっと見つめながら考えた。

やはり、この子をクロと呼ぼう。他の名は考えられなかった。

真由は自室から出て、ケージの中にいるクロの前を何度も通ったが、敢えて目を逸らしていた。夕暮れ時になると、キッチンで黙々と夕飯を料理してからひとりテーブルで食べ、自室に戻って扉を閉めた。

カチャリと内側からカギがかかる音がした。久々に聞いた冷たい音だった。

ぼくはしばしクロの前に座っていた。

居間にのろのろともどると、ソファに腰を下ろした。テーブルにテレビのリモコンがあるのを見つけて、何気なくスイッチを入れた。

映画をやっていた。タイトルは知らないが戦争映画だった。何台かの戦車が土煙を蹴立てながら走っては機銃を撃ち、主砲をぶっ放し、アフガニスタンかどこかの貧しそうな村を蹂躙していた。

五分も観ないうちに、またリモコンをとってテレビを消した。

空腹は感じなかったけれど、何かを腹に入れなければますます気力が失せそうだった。

ガスレンジに載っていたフライパンの中に真由が作った炒飯が残っていたので、皿に盛って、冷蔵庫の缶ビールといっしょにキッチンテーブルで食べ、食器を洗った。

クロには、ホームセンターで買ってきたドッグフードの缶詰を少量、脂を抜いて餌皿に入れてやった。

クロはきれいに平らげてから、ピチャピチャと舌を鳴らして水を舐めた。

ぼくはまた背中を撫でてやり、小さく「おかえり」とつぶやいた。

久しぶりに深い眠りだった気がする。

低血圧のせいで、ふだんなら夢の縁にいつまでももたれかかっているような寝起きなのに、今朝にかぎってどうして心地よく起きられたのか。それを思い出したとたん、長椅子の傍で小さく犬の息の音が聞こえた。

クロが目の前にお座りして舌を垂らしていた。

リビングのドッグケージから出て、階段を上ってきたらしい。

ぼくは長椅子から足を下ろし、寝ぼけ眼をこすって笑った。

「おまえ、元気になったんだな」

長く息を洩らしてから、立ち上がって窓のブラインドを上げた。朝の光が眩(まばゆ)く書斎に差し込んできた。書架の本の背表紙に光が当たらないようにブラインドの角度を調整した。机の前に立ってパソコンを起動させ、ブラウザを立ち上げてメールをチェックする。いつものようにどっさりと届いていたスパムメールをまとめて排除し、出版社の担当編集者からのメールを見つけて返事を書いて送った。

クロはその場にじっと座って、そんなぼくの一挙一動を見ていた。

エアコンの暖房を点けっぱなしで寝ていたせいか、ひどく喉が渇いていた。

書斎のこの長椅子で寝るようになってどれぐらい経つのだろう。一階には夫婦の寝室もあるが、今では妻の真由もそこでは寝ない。アトリエと自分が呼んでいるリビングに隣接する狭い部屋で眠っている。

子供っぽい意地の張り合いかもしれないが致し方ない。そんなぼくらの情けない生き方を、クロは無垢な澄んだ瞳で見透かしているような気がした。

クロを抱いて一階に下りると、真由の部屋からかすかにクラプトンの音楽が聴こえていた。〈ティアーズ・イン・ヘヴン〉。ぼくも好きなメロディだが、あれはたしか、クラプトンが事故で息子を亡くした悲しみの中で作った曲だ。

クロを抱きかかえたまま、流し台の蛇口から直に水を飲み、喉を潤した。

リビングの隅に置いたケージには、糞もなければ尿の痕もなかった。冷蔵庫から出した缶詰の餌を餌皿に入れてやった。犬用の風邪薬が三日分、獣医師の富樫から処方されていたが、これなら必要なさそうだった。水はほとんど飲んでいなかったが、その容器を流し台できれいに洗って新しい水を満たしてやる。

ふと気づいた。犬のケージの出入口の扉はロックされたままだ。

横で座って待っていたクロを、そっとケージの中に入れてやる。仔犬はすぐに餌皿に口を近づけて食べ始めた。それを見ながら、こいつはどうやってケージから出たのだろうかと考えていた。

四方を囲っているだけのものだから、ジャンプすれば出られる。だが、富樫によると生後三ヵ月程度だというこの仔犬に、そんなことができるのだろうか。

餌皿がきれいになると、ぼくはそれを取り上げて再び流し台で洗った。

そのあと、昨日、ホームセンターで餌やケージといっしょに買ってきた仔犬用の首輪をつけてやることにした。臙脂（えんじ）色をした細いものだ。昔のクロが仔犬だったときも、やはりこの色の首輪をつけた。あのとき、初めて首輪をつけられたクロはひどくいやがって、後肢でかきむしり、首を激しく振ったりしたものだが、この仔犬はおとなしかった。最初からそれをつけていたかのように、すんなりと受け入れてくれた。

真新しい首輪をつけられた今のクロは、しゃんとお座りの姿勢でぼくを見上げていた。

散歩にゆこう。

クロが無言で伝えてきた。ぼくはうなずいた。

仲縮式のリードを首輪につなぎ、クロを連れて住宅街を歩いた。

朝の十時。冬の日差しは弱々しかったが、風がなく、すがすがしい空気だった。化織のシャツに薄地のフリースを羽織っただけ、リーバイスのジーンズに良く似合うナイキのＡＣＧシューズで軽やかにアスファルトを蹴って、ぼくは足早に歩いた。

クロも同じ歩調でついてくる。

街路に沿って身を寄せ合うように建つ、いくつかの住宅。狭い庭に生えた木立の枝々を、白黒の小さなシジュウカラがさえずりながら飛び、ヒヨドリは騒がしくわめき、スズメたちは電線に仲良く並んでとまっていた。宅配便のトラックが青白い排ガスを洩らしながら傍を掠めていった。

クロはずっと道の右端を走り、あちらこちらの匂いをかぎ、ぼくを決して追い抜かなかった。ときおり電柱などの対象物に小便をかけた。一度、板塀の前で糞をしたので、すぐに専用のエチケット袋でとり、ビニールの口を縛ってデイパックに入れた。

そんなことをしているうちに、半年前まで毎日のように愛犬とこうして歩いていた、あの感覚がよみがえってきて、ぼくはすっかり途惑ってしまった。

時間の感覚が狂っていた。過去と現在が円環となって回り始めているようだった。

既視感にも似ているが、現に目の前にクロという存在がいるのである。

だったらぼくは今、何をしているのだろう？

急に名状しがたい不安に襲われ、ぼくはそっとかがんでクロの頭を撫でた。小さな尻尾を振って、クロが甘えてきた。後肢で立ち上がって前肢をぼくのジーンズの足にからめてくる。この癖は間違いなく、あのときのクロそのものだった。

別に目的もなかったが、阿佐ケ谷駅のほうへぶらぶらと歩いていた。

途中、何度か散歩中の別の犬に遭遇した。そのたびに向こうに吼(ほ)え立てられ、クロはすごすごとぼくの足の後ろに隠れた。飼い主は謝ったり、申し訳なさそうな顔で足早に去ってゆく。そんなことが再三続くため、他の犬のいないところはないかと、別の道を捜した。

苔(こけ)むしたブロック塀に挟まれた、やけに狭い道が目の前にあった。

日ごろは道として機能していないような隘路(あいろ)だった。

クロが行きたがっていたので、人間には多少窮屈だが、そこに入っていった。足許には均等にコンクリートの四角い蓋(ふた)が並んでいて、小さな暗渠(あんきょ)になっている。めったに人が通らないためか、いくつかは蓋が浮いていたり、亀裂が入っていたり、中には割れて落とし穴のようになっている箇所もある。そこを飛び越したり、足をとられそうになりながら、クロに曳(ひ)かれるまま歩いた。

やがてそこを抜けた。

静閑な住宅街の真ん中に、古びた四階建ての公団住宅が二棟並んでいた。

その手前に小さな公園があった。

園内は舗装されておらず、木立があり、ブランコなどの遊具があった。平日の午前中だからか、人の姿がない。クロをつれて入っていくと、狭い砂場はかさかさに乾いていて、樹脂製の赤いバケツと黄色いスコップが砂にまみれたままだった。

クロはあちらこちらの匂いを嗅いでまわった。滑り台。ブランコ。コンクリートの小山。そして砂場。ぼくは黙ってそれにつきあった。クロは園内の遊具に寄り添っては、クンクンと鼻先を近づけた。ゆいいつ行かなかったのは青いペンキを塗られた小さなジャングルジムだけだった。きっと匂いをたどる散策に飽きてしまったのだろう。

公園に接した舗装路を歩く人もなく、背後の公団住宅のほうからも人の声ひとつない。まるで墓石みたいに真四角な巨石がふたつ並んでいるようだ。都会にしては奇妙な静寂が、ここにはあった。

砂場の近くに冬枯れたプラタナスの木が一本だけ立っていて、その傍に小さなベンチがあった。あちこちのペンキがはがれて、ところどころ錆びついていた。腰を下ろすとジーンズの尻にひんやりと感じられた。

クロの首輪からリードを外し、自由に歩かせてやった。

フリースのポケットに両手を突っ込んだまま、ベンチの背もたれに身を預け、ぼくはクロの歩き回る様子を眺めていた。口が妙に寂しいと思ったら、無意識に右手がポケットの中に煙草をまさぐっていた。やめたのは六年前。真由との結婚がきっかけだった。

画材に臭いがつくのが厭なの。そういわれたからだ。そんなことを考えているうちに、意識がゆっくりと収縮していき、いつもの重苦しい気持ちに包まれていた。

真由は、いつかクロを認めてくれるだろうか。

たぶんそれはない。一度決めたことを覆(くつがえ)すような女ではなかった。

ずいぶんとなじってしまったことを、あいつは許してくれるのだろうか。そしてぼく自身、あいつにいわれたいくつもの言葉を許せるのだろうか？

さまざまな想いが不安の尾を曳きながら、幾輛も連なった列車のように心の中をゆっくりと通り過ぎてゆく。

離婚。

当然の帰結のように、その言葉が脳裡に浮かぶ。

小説の仕事がうまくいかず、妻にさえ去られたら、ぼくはどうやって生きていけばいいんだろう。こいつがいてくれるからと、犬というペットにすがりつくように暮らしてゆくしかないのだろうか。

それはあまりにも情けなさ過ぎる。

ぼくらの関係は、外れたきりなかなか戻らない知恵の輪のようなものだ。時間をかけて、手探りで糸口を捜していくしかない。でも、真由はぼくを待っていてくれるだろうか。

否定するしかなかった。あいつには待つだけの理由がないからだ。

ふと気がつくと、ぼくは両膝に両肘を載せてうつむいていた。

クロが戻ってきたのに、どうしてこんな暗く重たい心を抱えたままなんだろう。

思考を振り払って顔を上げた。

さっきまでクロがいた場所にその姿がなかった。

無意識に立ち上がった。視線を移すと、少し離れた滑り台の前、小柄な少女がしゃがみこんでクロと戯(たわむ)れていた。クロはわざと転がって腹を見せ、少女に撫でられていた。

ぼくはリードのハンドルを持って、ゆっくりと歩み寄った。

少女は中学生ぐらいだろう。濃紺のダッフルコートを着て、下は黒のミニスカート、ニューバランスの白いスニーカーを履いていた。髪はセミロングで、色白で鼻筋のすらりと通ったきれいな顔をしていた。ぼくが横に立ち止まると、少女はこちらを見上げて小さな口でいった。

「これ、オジサンの犬なの？」

無表情だった。こちらを警戒するふうでもない。

うなずいてから少しだけ笑った。「オジサンはないだろう。まだ三十七だ」

「充分にオジサンじゃない」

「そうかな」少女の隣にしゃがみこんだ。……そうかもしれない。

「可愛いよね。この子、何て名前？」

「クロっていうんだ。君は？」

「私……？」また仔犬の腹を撫でながら、こともなげにいった。「名前、忘れた」

「平日のこんな時間にここにいるんだ。どうせ、トーコー拒否だろ？」

「そういうオジサンこそ、こんな昼間に何。もしかして無職？」

少女は相変わらずの無表情である。ぼくはまた苦笑いを洩らした。

「本当はちゃんとした職業があるんだけど、なんていうかスランプでね」

「そ」

そっけなく、にこりともしない少女は真顔でぼくを見つめた。

思わぬ大きな瞳にちょっとびっくりした。

「ねえ。どうしてそんなに寂しそうな顔をしてるの？　なんだか、ひび割れた鏡に映った老人の顔みたい」

「え？」

さすがにうろたえてしまった。視線を泳がせてから、また少女を見た。

少女は何事もなかったかのように折り曲げた足の膝小僧に顎を載せ、じっとクロを見つめていた。

「君は寂しくないのか。友達は？」

「いるよ。でも今は会えない」

「今頃、みんな学校に行ってるからだろう」

「そ」

「だったら――」

「オジサン」ぼくの言葉をさえぎって、少女がいった。「そこ」

指差すので振り返った。公園の片隅にある青いジャングルジムが見えた。

「帰るとき、そっち側の出口から出ないほうがいいよ」

「どうしてだい」

「青い人が立ってるから」

ぼくは黙って凝視した。公園にはぼくらのほかに誰もいなかったし、外の通りにも人の姿はなかった。だいいち〝青い人〟の意味をよく理解できなかった。

「どこにいるんだい」

「ジャングルジムの真ん中に立ってる。オジサンには見えない？」

塗装が青だからそう錯覚しているのかと思った。が、少女のまじめくさった眼差しを見てぼくはいった。

「もしかして、まだいる？」

「そ」

そこをじっと見つめた。しかし、ぼくにとってそれは、たんにジャングルジムという名のブルーに塗装された鋼鉄製の遊具に過ぎなかった。その中に人の姿なんか見えないし、そもそも上下左右に鉄棒が交錯するあの狭い空間の中に、どうやったって大のオトナが立てるとも思えなかった。

「君がいってる意味がよくわかんない」

「わかんなくていいよ」

「もしかして、君は見える人なのかい」

少女は黙って小さくうなずいた。ぼくはまた何もないジャングルジムに目を戻してから、ふっと笑った。「幸運なことに、ぼくにはそれが見えない。だから大丈夫だろ」

「うん。そうかもしれない。でも、行かないほうがいいよ」

「いいよ。じゃあ、そっちから出る」

反対側にある出入口を顎で指した。

チャイムが鳴り出した。

近くにある学校から聞こえる、十二時を知らせる音だった。「帰らなきゃ」クロの首輪にリードをつなぎ、ゆっくりと立ち上がった。

少女も立ち上がり、さっきまでぼくが座っていたベンチに歩いていって、そこに腰掛けた。そしてこっちに向かって小さく手を振った。「じゃあ」

相変わらずニコリともしない少女に、ぼくも手を振り返した。

「さよなら」

入ってきたときとは別の小さなゲートから公園の外の道に出て、フェンスに沿ってクロと歩き出した。フェンス越しに見ると、少女はまだベンチに座っていた。ダッフルコートのポケットに両手を入れたまま、両足をぶらぶらさせていたが、やはり、ちっとも楽しそうではなかった。

それからまた、青いジャングルジムに目をやったが、相変わらず何も見えなかった。からかわれたのかもしれないな。

ずいぶん歩いてから、肩越しに振り向いた。少女の姿はまだベンチにあって、やけにちっぽけにポツンと見えていた。

翌朝、クロは午前七時ちょうどに書斎に上ってきた。長椅子に横たわり、毛布をかけているぼくの横に座っている気配を感じ、目を開けた。昨夜、珍しく仕事が進んだので夜中の三時まで起きていた。だからもっと眠りたかったのだけど、そばに座っていられると何だかくすぐったいようで、おちおち寝てもいられない。

仕方なく長椅子から降りて、両手で顔をこすった。

クロを抱いて下の階に降りていくと、キッチンで皿を洗う音がした。流し台に向かって立つジーンズにトレーナーの真由の後ろ姿が見えていた。

ぼくはケージの扉がロックされたままなのをたしかめてから、クロをそっと中に入れた。すぐに飛び出すかとしばらく見ていたが、クロは伏せの姿勢のまま動かなかった。何かの弾みで差し込み式のロックが外れることはあるかもしれないが、それが元に戻るはずもない。しかもクロがケージを出たのは二度目なのである。

「魔術師みたいな犬だな、お前」ぼくは笑ってクロの頭を撫でた。

ケージの水を入れ替えてやろうとキッチンに入ると、ちょうど皿洗いを終えてタオルで手を拭いた真由がいった。

「ツナサンドでいいのなら、テーブルの上に置いてあるから」

おはようもなく、それだけそっけなくいうと、ぼくの傍を通ってリビングに行った。

振り返るぼくの前で、やはり犬のケージには目もくれず、そのまま自室に入ってドアを閉めてしまった。しばし耳を澄ましていたが、今度はドアのロックがかけられる音は聞こえてこなかった。

テーブルの上にラップが張られた平皿があり、サンドイッチが入っていた。コーヒーメイカーには落としたばかりのブラックコーヒーが入っていて保温状態になっていた。ぼくはしばしそれを見ていた。

妻が朝食を作ってくれるなんて、何ヵ月ぶりのことだろう。いや、自分が食べたものの余りがそこにあるだけかもしれないのだが、それにしても——。

視線を感じて振り向くと、リビングのケージの中からクロがじっとこちらを見ていた。

ぼくはなんだか恥ずかしくなって、口許を吊り上げて声もなく笑い、マグカップにコーヒーを入れてそっと席についた。そしてゆっくりと時間をかけ、ツナサンドの朝食をとった。朝日が差し込む窓の向こう、隣家の塀の向こうにある梅の木が小さく蕾（つぼみ）をつけているのが見えた。

三日後。午後一時の待ち合わせで、担当編集者との打ち合わせがあった。

場所は阿佐ケ谷駅前の喫茶店なので、散歩がてらに歩いていくことにした。我が家から徒歩で二十分である。

クロを家に残す不安はあった。ぼくが見ていないところで、今度こそいなくなってしまうのではないか。そんな気がした。

あれから毎朝、クロはぼくの書斎にやってきては、七時きっかりに起こしてくれる。どうやってか、ケージを平気で越えて出てしまうのだった。

真由は興味もない様子だったし、かりに今のクロがいなくなったとしても、再び心を痛めるとは思えなかった。ペットロスの傷が癒えないのはふたりともそうだが、妻は同じ気持ちを味わいたくないから二度と犬は飼わないと、はっきりいった。それを勝手に無視したのはぼくのほうだ。

死んだクロが帰ってきてくれたと、ぼくは本当に信じている。だからといって妻を説得することはできない。真由はぼくなんかよりもよっぽど現実主義者だったし、ましてやオカルトじみたことなんぞ、いっさい信じるはずもない。

そんなことを考えているうち、ふいに自己嫌悪に襲われた。そもそも今のぼくは、妻との関係において、あらゆる切り札を失っていた。真由がぼくをパートナーとして認める理由がどこにも見あたらなかった。

仕事ができなくなった男ほど惨めなものはない。クロという過去に必死にしがみついているだけの惨めったらしい存在なのかもしれない。

しかしぼくは作家であることを棄てるわけにはいかなかった。

他に何もできない不器用な人間だと知っているからだ。

こうして担当編集者が来てくれるだけ、まだ起死回生のチャンスがある。そう思ってみた。いったん弾みがつけば、きっと物語は意思を持ったように自分で動き出す。さしたる栄光があったわけじゃないが、それでも帆を張って海に滑り出し、未来に夢を描いていたあのころに戻りたい。

ぼくは急ぎ足に歩いた。いつしか心の焦りにあおられるように、しゃにむに走り出していた。

帰り道は打ちひしがれていた。

結局、打ち合わせではなく、担当編集者からの一方的な言い渡しだった。ぼくが八ヵ月もかかって完成できない四六判用の長編小説の企画を、昨日の編集会議で取り下げたとのことである。

原稿はこのまま書き続けてくれていい。もし、完成した作品の出来がよければ、いずれまた編集会議にかけて出版の機会を作りますよ――そんな担当者のフォローも、ひどく虚しく聞こえた。引導を渡されたも同然で、お前は力が不足しているから、さっさと退いて二軍入りしろという暗黙の宣告のようなものである。

そりゃそうだろうと思う。

出版社にしてみれば、ボランティア同然に作家を食わせてるわけじゃない。出版業界の構造不況は相変わらずで、生き馬の目を抜くような中でやりくりしていかねばならない。だから、売れない作家は厭でも切られてしまう。

そんな道理がわかっているからこそ、自分に不甲斐なさを感じる。

結局、ぼくは甘えていただけなのだろう。いつまでも脱稿を待ってくれていると担当に甘え、家計が成り立たぬほど財政難になった我が家の実情を知りながらも、妻をフォローしてやることもできない。今のぼくは、作家としてのみならず、人として決定的に落ちぶれきった存在だった。

ならば、どうしてあいつは、あのクロは、ぼくのところに戻ってきてくれたんだろう?

結論など出るはずもない疑問を、あれこれと心の中に浮かべながら、迷子のようにあっちへこっちへと無目的に歩き、気がつくとあの公団住宅の前にある小さな公園に来ていた。

子供の声がするので見れば、ブランコに乗った三、四歳ぐらいの男の子と女の子がはしゃいでいた。その近くでそれぞれの母親らしきふたりの若い女性が立ち話をしている。水色のジャージを着た老人が、砂場の近くで体操をしていた。パタパタと音がするので視線をやると、公団住宅の三階のベランダで中年女性が干した布団を叩いていた。

四日前、ここに来たときと違って、小さな公園とその周辺は活気に満ちていた。無意識に、あの少女の姿を捜していた。

むろん、あの日ここにいたからといって今日もいるはずがなく、ぼくは自嘲して歩き出した。フェンス越しに今一度公園を見ると、さっきまでブランコをこいでいた子供たちが駆け出したところだった。ふたりはあの青いジャングルジムにとりついて競争をするようにてっぺん目指して登り始めていた。

ぼくは立ち止まり、ジャングルジムをじっと見つめた。

そこには何もなかった。

吐息を投げ、小さく頭を振ると、また歩き出した。

翌朝、クロをつれて散歩に出た。

足はあの小さな公園に向かっていた。さしたる目的あってのことではないけれど、他の道を行こうとすると決まって散歩中の別の犬に出くわしては、けたたましく吼えられてしまうから、必然的に散歩のルートが決まってしまった。

この道に限って、なぜか他の犬の散歩者たちには会わない。犬連れの人がみな、何らかの理由があって、あの公園周辺を避けているのではないかと思ったほどだ。それはぼくとクロには都合が良かった。

苔むしたブロック塀に挟まれた隘路を慎重に抜けて、広い舗装路に出る。葉を落としたプラタナスの向こうに、どっしりと重たげなふたつの四角い墓石のような、二棟の公団住宅が見えた。昨日のように井戸端会議をしている主婦たち、そして遊ぶ子供たちの姿はなく、モノトーンに色を失った冬景色の中、カラフルな滑り台などの遊具だけがやけに目立っていた。

クロがリードを引っ張って先に行こうとするので、そちらに目をやった。いつかと同じく、ダッフルコートにミニスカート姿の少女がブランコに揺られているのが見えた。クロのリードを離してやると、短い足を懸命に使って走り、ブランコの前に行った。

少女はブランコを止めてクロの頭を撫でた。

ぼくは歩み寄ってからいった。「今日もトーコー拒否か」

少女が大きな瞳でこちらを見上げた。相変わらずの無表情。

「行っても仕方ないから行かないの」

「ご両親はそれを知ってる？」

うなずいた。

相変わらずニコリともしなかったけど、ちょっと口を引き結んだとき、頬に小さな笑窪ができたのを見逃さなかった。ぼくはふっと笑い、隣のブランコに座った。子供用なので少々窮屈だったし、サビ色の鎖が両手に冷たかった。

「オジサン。この子、何て名前だっけ」

「クロだよ」

少女はまた仔犬の頭を撫でた。「前のときよりちょっと大きくなってるね」

「仔犬は成長が早いからな。人間の子供よりも」

「どうしていつも笑ってるの。この子?」

「笑ってる、か。そうかな」

ぼくはクロの顔を見た。口を開けて赤い舌を見せた顔は、そういわれるとたしかに笑っているように見えなくもない。犬というのは尻尾を振ったり丸めたりで感情を表すものだと思っていたけど、もしかしたらぼくらと同じように顔で泣いたり笑ったりできるのかもしれない。それだけ人とずっといっしょに暮らしてきた動物だから。

「クロはぼくと妻のところに戻ってきたんだ。だからうれしいんだと思うよ」

「家出でもしてたの?」

「そうじゃないけど、何ていうかな……」

生き返ったとか甦ってきたなんて話、この少女が信じるだろうかと考えてから、ふとぼくはまたジャングルジムのことを思い出したのだった。

「例の〝青い人〟って、まだあそこにいるかい」

少女は少し離れたところにあるジャングルジムを見て、またクロに視線を戻した。

「オジサン、もしかして怖いの？」

からかわれたような気がして、ちょっとむっとなった。

「そりゃ怖いさ。脅かしたのはそっちだろう？」

「脅かしじゃなく警告しただけ」

「似たようなもんだよ」

しばらくしてから、再びそちらを見た少女がこういった。

「いないわ。もう、行っちゃったから」

「行ったって、つまり……ジョーブツしたってことかな」

「そ」

「ふうん」

ぼくはまた青いジャングルジムを見つめた。

昼間、子供たちがあそこに登っていたのを思い出した。あんなに騒がしい場所には居づらかったのかもしれない、なんて何気なく考えたあと、いつの間にかそんなことを半ば信じている自分に気づいて驚いた。

だいたい、どうしてこの仔犬が死んだクロであり、ぼくのところに戻ってきたと思い込んでいるのだろうか。

　そのとき、さっと冷たい風が吹いて、プラタナスの枝々にわずかに残った枯葉がカサカサと和紙のように乾いた音を立てた。それを見ているうちに、寂しさがつのってきた。

　ぼくはそれをごまかすように肩を持ち上げ、首をわずかにすくめながら振り向いた。

「それにしても、君は変わった子だなあ」

「そ？」

「犬連れとはいえ、見も知らないオジサンと、こうして当たり前のように会話してる。普通の女の子なら、たいていは敬遠するもんだろ」

「だってオジサンのこと、知ってるもん」

「え？」

「近くに住んでる小説家のひとでしょ？　うちの学校の図書室にオジサンが書いた本が何冊かあるよ。顔写真付きで。斉木……何とか」

「渉だよ。斉木渉。学校の図書室に自分の本が置かれているとは知らなかった」

「ほとんど借りる人いないけど」

　ぼくはさすがに苦笑した。

「それで君自身は本が好きなのか？」

「友達いないから、ミステリばかり読んでた」

「いまどきその歳で、ミステリ小説を熱心に読む子がいるとは思わなかったな。もしかして文学少女という奴か？」

「ばーか。そんなの死語に決まってんじゃん」

「死語だな、たしかに」

しばし会話が停まったので、話の接ぎ穂を捜してしまった。

「君の名前、何てんだ。ぼくだけ名前を知られてるのはフェアじゃないよ」

唇を噛むようにうつむいていた少女が、ポツリといった。「藤野美佳」

名前の漢字も教えてくれた。

「いつもここに来てるのか」

「毎日じゃないけど。家も学校も、落ち着いていられる場所なんてないから」

「でも、寒いだろ。ここは」

美佳と名乗った少女は遠くを見ながらいった。「ちょっとだけね」

それからまたブランコをこぎ始めた。

しばしふたりとも黙っていた。

寒々と冬枯れた小さな公園のブランコに寂しげな少女がひとり。隣には人生に凋落した、いましも中年にさしかかろうとする孤独な男。奇妙な取り合わせだ。

もしかしたら、とぼくは考える。

ひょっとして何らかの必然があって、このクロという仔犬が少女と引き合わせてくれたのかもしれない。

その夜から、ぼくは仕事に復帰した。

長編小説がボツになったからと、へこんではいられなかった。

今まで惰性で書き続けてきた三百枚の原稿データを思い切って破棄し、まったく新しく話を考えた。大筋を思いつくと、主要な登場人物を設定し、プロットを練り始めた。

初心を思い出して一から出直そう。生活は困窮をきわめていて、イラストのレギュラーの仕事を持っている妻の収入に頼っても、まっとうに食べていけるのは、あとひと月半というところだ。だからこそ、生活が完全に崩壊するまでに、何としても長編を一本書かねばならなかった。あとひと月で長編を脱稿しよう。それも自分が納得できる作品を書き上げるのだ。

プロットが完成すると、資料になる著作を捜すために書斎の本棚をあさり、幾冊もの本を仕事机の端に重ねた。それから図書館に日参した。インターネットでもいろいろなことを調べ、いちいちプリントアウトしては傍らに束ねていった。

気が散ってはまずいからと、ロッカーの釣具、額に入れて壁に飾っていた渓流や釣った渓魚の写真も一切合財を納戸の奥に片付けた。いずれにせよ、春になって水が温むまでは禁漁なのだ。もっとも、つぎの解禁までには、この小さな家庭も崩壊しているかもしれないが。

クロは仕事場の長椅子にいつもいて、不満な様子もなくのんびりとくつろいでいた。朝夕は、あの公園まで散歩に行き、帰ってきた。公園は子供や大人でにぎわっていることもあったし、閑散としているときもあった。けれども、あれから藤野美佳と名乗った少女には会えなかった。

そういつまでも登校拒否もしていられないだろう。

ちょっと寂しかったが、それでいい。それぞれ戻るべき場所に戻っただけのことだ。

そして、いつしか三月になっていた。

ある朝、ぼくは富樫動物病院にクロを連れて行った。

休診日だったが、ダメモトで電話をしてみると「診察しましょう」といわれた。だから、散歩ついでに駅前まで歩いていった。

クロが病気になったわけじゃない。しかしどうしても気になることがあった。

他に相談する人間がいなかっただけのことだ。

診察台の上でクロの体重を量り、富樫は神妙な顔でいった。

「たしかに、でかくなってます」

ぼくのところに戻ってきたはいいけど、この半月とちょっとの間に、クロはパッと見た目にもえらく成長しているとわかる。四肢が長くなり、乳歯がとれて大きな牙に生え替わり、顔つきが精悍になっていた。全体の印象が成犬のそれに近づいていた。

富樫はゆっくりと息を洩らした。

「餌を与えすぎたんでしょうか」

「いや」あっさりと獣医師は否定した。「だったらまず太りますね。けれどもこの子に贅肉はほとんどついていない。いわば理想的な犬の体型ですよ。このとおり、下腹もきゅっと締まってるし」

「病気……ですかね」

「成長が加速する、そんな病気なんて聞いたこともありません」

「もともと成犬だったから、本来の姿に戻っているだけなのかな」

そういったぼくを、富樫が興味深げな目で見た。何かをいおうとしたようだが、ふいに口をつぐんで腕組みをした。

そのとき、診察室の奥から別の犬の吼える声が聞こえた。小型の愛玩犬らしい甲高い声だった。クロは知らん顔をしていたけど、その声は隣の部屋から喧しいばかりに激しく続いていた。

「飼い主さんが三日ばかり旅行するってんで、うちで預かってる犬なんですが、ミニチュアダックスにしてはおとなしくて、めったに吼えないはずなんですよ」

富樫の話を聞きながら、ぼくはまた診察台の上で腹ばいになっているクロを見下ろした。しばしの間、逡巡したのち、思い切っていってみた。「実は……散歩をしているとき、こんなふうに他の犬に吼えられるんです」

富樫は眉根を寄せながら事務机の前の椅子に座った。

机に片肘を載せたまま、しばし黙っていたが、ふいにぼくを見ていった。

「去勢の手術痕を見つけたときから気にはなりましたが、それにしてもこの成長ぶりですからね。斉木さんのおっしゃることがすべて本当だとしたら、この子はいったい何なんでしょう。こう見えても獣医の端くれなんですが」

「一度ぐらい奇跡が起こったっていいって、いったじゃないですか」

「たしかにいいましたけど」

「学会に発表したら？　きっと注目されますね」

「正気を疑われるだけですよ」

富樫は困惑したまま、頬杖を突いた。

「まあ、いっか」ふっと吐息を投げて、獣医師はそういった。

「何がいいんです？」

「いや。その……クロは病気なんかじゃないし、ぼくは心霊現象だの超常現象だのにはまったく懐疑的だから出る幕がない。だいいち、あれこれ考えたって、どうなるわけでもないでしょ？」

富樫の広い額を意味もなく見つめていたぼくは、小さくうなずいた。

まったく獣医師のいうとおりだと思った。

三月は暦の上では春だが、しばらく風が冷たかった。

それが中旬になる頃、突然、気温がゆるんだ。梅の花がほころび、シジュウカラやヒヨドリたちの声がいっそう喧しくなった。桜も小さな蕾をぽつぽつとつけていた。

日差しが暖かく、風もない午後だった。

ぼくはクロのリードを握って、いつものコースを歩きながら少し汗ばんだため、フリースを脱ぎ、片手に持っていた。クロはもはや仔犬とはいえなかった。成犬とまではいかないが、生後一年ぐらいのときの、あのクロの姿をしていた。だから首輪も少し大きめのものに取り替えた。

毎日見ているのに変わりざまに気づかなかった。いや、毎日見ているからこそ、目が馴れて、変化を認識できなかったのだろうか。

何にしろ、富樫がいうように、あれこれ考えてどうなるわけでもない。

帰り道、リードで繋がれて散歩中の犬に何度か出会った。いつものようにずいぶんと吼えられはしたものの、クロはそれに怖じる気配もなかった。知性に満ちたようなきれいな目で、自分に向かって吼え立てる犬たちをじっと観察していた。

それはそれで奇異だったけど、ぼくは少しばかり気が楽になった。

堂々と往来を歩いて我が家に戻ろうと思いつつ、なぜか足はあの公園に向かっていた。

公団住宅前の公園は、やけににぎやかだった。

いつかとは顔ぶれが違うけど、何人かの子供たちが公園のあちこちで遊んでいて、主婦らしい女性が数人、砂場で遊ぶ幼児たちの前にいた。ベンチに座って編み物をしている老婆の姿もあった。それで今日が日曜日だということを思い出した。

犬をつれて公園の入口から入り、少女の姿を捜した。

こういうにぎわいの中にはいないと思っていたら、藤野美佳はちゃんといた。

白地に赤と青のボーダーのセーターを着て、ジーンズ姿だった。例の青いジャングルジムに背をもたせかけ、両手を後ろにじっとこちらを見ていた。いつものダッフルコートじゃないから、ぱっと見た目でわからなかったらしい。当たり前だ。女の子が毎回同じ服を着ていたらそれこそ変だし、もう春なのだ。

ぼくは少し笑い、クロをつれて歩いていった。

「ここ……いいのかい」

「何が？」つっけんどんにいい返された。

「だってさ。あれがいたんだろ？」

美佳はわずかに視線をそらし、またぼくを見た。「でも、もういないから」

「そうか」

「クロ、また大きくなったね」

「半月とちょっとで半年ぶん成長したみたいだ」犬を見下ろしながらぼくはいった。

「さっき動物病院につれてったんだけど、とんと理由がわかんない」

「普通の犬じゃないから」

「やっぱり君はわかるのか？」

「この子が何をいいたいのかわからないけど、いつもうれしそうだもん。それだけでいいんだよ、きっと」

ぼくはクロの頭を撫でた。たしかな温かさを感じながら、いった。

「実をいうとクロは死んだんだ。ぼくと妻が釣りに出かけた直後、ワイヤーを引きずったままあとを追いかけようとして車に轢かれた。ひどい雨の日でね。帰り道に見つけたときはずぶ濡れでさ。氷みたいに冷たく、硬くなっていた」

あれからずっと後悔ばかりだといおうとして、声が上ずりそうになったのでやめた。しばし黙ってクロを撫でていた。

「でも、戻ってきたんだからいいじゃん」

美佳もしゃがみこんでクロの背中を撫でた。

「どうして帰ってきたんだろうな」

「オジサン、わかんない？」

「え？」顔を上げた。

「その子、オジサンに感謝してるのよ」

「感謝……」

「犬ってね、飼い主が選ぶんじゃないの。犬のほうが自分で飼い主を選んで生まれてくるんだよ。だから、どんな死に方をしたって、絶対に恨んだりしない。オジサンがいつまでもめそめそしてるから、この子はわざわざ会いにきたんだよ。たぶん、本当のお別れをいうために」

「本当のお別れ、か。じゃあ、ぼくらはいつか、また別れることになるんだろうか」

そうつぶやいたあと、ふいに心が重たくなった。二度とペットを失う悲しみを味わいたくないといった妻の言葉が脳裡によみがえってきた。

美佳が髪を揺らして首を振った。

「でも、それはお別れじゃない。死んだ犬は、また生まれ変わるんだよ」

遠くを見るような目で美佳がいった。「飼い主が望みさえしたら、ちゃんとそこに戻ってくるの。その犬は前世のことを憶えていないけど、きっと前のときのように、いいパートナーになれる。昔から犬と人間っていうのは、そういう関係だったのよ」

「じゃあ、ぼくらは……クロに本当のお別れをするべきなんだね」

美佳が黙ってうなずいた。

クロを見て、ぼくは笑った。「そうか。お前、そのために来てくれたのか」

「私、そろそろ行かなきゃ」

美佳の声に少女を見た。それから、周囲を見渡した。

さっきまで公園の片隅にあるベンチで編み物をしていた老婆が、小さく舟をこぐように転寝をしていた。子供たちの声がいつの間にか聞こえないと思ったら、姿が見えなくなっていた。砂場で遊んでいる幼児たちはまだいたけど、その向こうに立っているお母さんたちが一様に不審な目をぼくらに向けていた。

思わず目をそらしてしまう。

中年男と少女。きっと親子には見えないのだろう。子供たちがゲーム感覚で殺される物騒な世の中だし、ぼくと美佳の取り合わせは、あちらさんたちの目には奇異に映っているらしい。

たしかに長居は無用かもしれない。

「気にしなくてもいいじゃない。私たちって、どうせイギョウだもの」

「え?」

ぼくは美佳に向き直った。イギョウとは異形のことだとようやく悟った。

「難しい言葉を知ってるんだな」

「学校の図書室に入りびたりの文学少女だからよ」

またも、つっけんどんに皮肉をいわれて、思わず笑みがこぼれた。けれども、ぼくはひとりの大人として、あえてつらいことを訊かなければならなかった。

「なあ。君自身……今、幸せなのかい?」

「うん」こともなげに美佳が応えた。「幸せだよ」

「こんな場所にいつもひとりで来ていて、寂しくはないのか。中学校の友達に会いたくはないのかい」

「寂しくないよ。オジサンと、この子に逢えたんだし」

「そうか」

「それにね。あたし、中学生じゃなくて、こう見えても、本当は高一なの。こんなチビだからいつも間違われるけど……」

「そいつは悪かったな」

「じゃ、行くね」

立ち尽くすぼくの前で、美佳は身軽に走り出し、公園の出口に向かった。

「バイバイ、文学少女クン」

仕方なく声をかけると、少女は髪を揺らして振り向いた。

思いのほか笑顔がまぶしかった。

「ばーか」

それだけいってまた駆け出し、公園を出て行った。

砂場の傍で、主婦たちがまだ遠慮会釈もなくこちらを見ていた。

ちょっと気まずくなったぼくは、ごまかすように咳払いをひとつ。すぐにクロの首輪にリードをつなぐや立ち上がり、足早に歩を進めた。そして、ベンチでこっくりこっくりと舟をこぐ老婆の前を通って公園を出ると、家に向かって歩き出した。

家に帰り着く頃、やけに躰がだるかった。

風邪でもひいたかと思い、すぐに洗面所で手洗いをし、緑茶で念入りにうがいをした。クロをリビングのケージに入れ、水を替えてやり、自室への階段を上る途中で、ふいに悪寒が襲ってきて躰がひどく震え始めた。両手で自分の肩を抱きしめ、背を丸くしながら書斎に入ると、長椅子に倒れ込んで毛布をかぶった。

寒気が抜けず、歯の根が合わないほど震えた。

机の抽斗に体温計が入っていたのを思い出して測ったら、三十九度近くあった。階下の部屋にいる真由に助けを求めるべきかと逡巡しているうちに、いつしか眠り込んでしまった。

目を覚ましたら窓の外が真っ暗になっていて、ブラインドの隙間から入ってくる外の街明かりが、書架や壁に縞模様を描いていた。デジタル時計の電光表示で確認すると、真夜中の一時過ぎだった。

悪寒はだいぶ消えているが、喉が痛く、しきりと咳が出た。眠っていた間も咳き込んでいる自覚があった。もう一度体温計で測ったが、熱は下がっていない。

急な発熱ゆえに、インフルエンザを疑うべきかもしれない。この冬は各地でずいぶんと流行したと聞いたのだけど、他人事のように思っていた。医者に行くには時間が遅いし、このまま恢復を待つしかない。

食欲はなかったが、発熱で汗をかいたせいかやけに喉が渇いていた。

長椅子から足を床に下ろして、しばしそのままの姿勢でいた。今さら風邪薬なんか飲んでも仕方ないだろうけど、水分だけはとらないといけない。無理に立ち上がり、壁にもたれるようにして暗い階段を降りた。

クロに夕食をやっていないことも気がかりだった。

リビングに明かりが灯っていて、真由の声がしているのに気づいた。

ささやくような小声で、最初は誰かと電話でもしているのかと思ったが、子機は妻
の部屋にもあるはずだ。足音を立てないように近づいていくと、クロのケージの前に
パジャマ姿の真由がしゃがみこんでいるのが見えた。

洟をすする音がかすかに聞こえた。

掌でしきりに目の下をこすっていた。真由が泣いているのだ。

ケージの中に餌皿があった。冷蔵庫に入れておいた缶詰を真由がクロにやってくれ
たのだろう。ケージの扉が開いていて、そこから頭だけを出しているクロの顔や背中
を真由は優しく撫でていた。

ぼくは階段を降りた場所に立ち、それを静かに見守った。

――クロ、ごめんね。

真由の声がまた聞こえた。洟をすすり、こういった。

——あのとき、置き去りにしちゃって、ごめんね。

喉の奥から不快な刺激がこみ上げてきて、ぼくはたまらず咳をしてしまった。その音を聞いて真由が振り向いた。瞳が濡れて光っていた。

ぼくはそっと足を踏み出して、妻のところまで歩み寄ると、隣にしゃがみこんだ。そしてクロをじっと見つめた。驚いたことに、昼間よりもさらにクロは〝成長〟していた。ほとんど成犬と同じような体型で、顔つきもしっかりしている。仔犬のときは折れ曲がって垂れていた耳が、今は三角形にピンと尖って左右に立っていた。そしてクロはクロらしく口を開けて舌をたらし、独特の甘えた表情でぼくらを交互に見つめた。

「なぜ、戻ってきたの？」と、真由が僕に訊ねた。

黙って首を振った。

本当のお別れをするために——公園で美佳という少女にいわれた言葉が思い浮かんだけど、いわないことに決めた。そうだとすれば、いずれはわかることだ。

「でも……たしかにクロなのね」

「そうだ」

真由はクロに右手を差し出した。「お手」を憶えていたクロが前肢を妻の掌に載せた。拇指でいとおしげにそれをさすりながら、真由がまた洟をすすった。

ぼくはそっと立ち上がり、キッチンの冷蔵庫から出したミネラルウォーターをコップに注いでは三杯ほど飲んだ。それからまたひどく咳をした。クロをケージに戻して扉を閉めた真由が歩いてきて、ぼくの額に手を当てた。

「ずいぶんと熱いじゃない」

「インフルエンザかもしれない。伝染(うつ)ると良くないから部屋に行くよ」

「ご飯、食べてないんでしょう」

「食欲がないんだ」

そのまま妻に背を向けた。階段を上ろうとすると、後ろから声がかかった。

「いつも長椅子に寝てるんでしょ。駄目よ、それじゃ。ちゃんと寝室のベッドで寝て。あとで何かもっていくから」

階段の上り口の壁に手をついたまま、ぼくは妻を見ていた。

「わかった」

そう、応えてからリビングの向こうにある寝室に向かい、中に入った。

久しぶりの寝室の空気はひんやりとしていたけど、セミダブルのベッドにかかったシーツは真新しく、真由がちゃんと洗濯をしていることがわかった。そこに身を横たえ、厚めの羽毛布団をかぶってぼくは目を閉じた。

不快感とともに突き上げてくる咳でなかなか眠れず、三十分もしないうちに、ぼくは隣の便所に立って小用をした。寝室に戻るとき、そっとリビングを覗くと、向こうに見えるキッチンの流し台に真由のパジャマ姿が見えた。包丁を使う音がかすかに聞こえていた。

それからしばらく経って、真由が盆を持って入ってきた。

湯気を上げる雑炊を、ベッド脇のサイドテーブルの上に置いた。湯呑みに入った生姜湯(しょうがゆ)とミカンがいくつか。咳止めの薬の箱も添えてくれていた。

真由は黙って寝室を出ようとした。

「もしかして、毎朝、クロをケージから出してやったのは君かい」

妻は振り向き不思議な顔をした。

「知らない」

「そうか」ぼくは唇を噛んでから、そのまま出ようとした真由にいった。「ところで……まだ起きているのか？」

妻はまた足を止め、パジャマの背中をこちらに見せたままうなずいた。

「今、大切な絵を描いているの。早く完成させたいから」

そして寝室の扉を閉め、出て行った。

いろんな夢を見た。

真由とクロが、ぼくにいろいろと語りかけていた。けれども、どちらも何をいっているのかわからず、ただただ夢の中で逡巡し、うろたえるばかりだった。

別の夢で、ぼくは冥府のように霧に包まれた不思議な街を歩き、さまよった。あの小さな公園にいたる苔むしたブロック塀に挟まれた暗渠の道が、夢の中に現れた。左右の塀が迫って、身動きが取れないほど狭苦しく続く隘路が、いつしか無慮数千の枝道となって無秩序に入り組んでいた。ぼくは出口を捜して、あてどなくその複雑な迷路を歩き続けていた。

翌朝、電話の呼び出し音に目を覚ました。

寝ぼけ眼で壁掛けの子機をとって耳に当てると、相手は獣医師の富樫だった。

――えらい鼻声ですね。風邪ですか?

相変わらずの明るい声で訊いてくる。

昨日からの状況を話した。

――もしご入用なら、一発でインフルエンザも治るような特大の注射があります。

ただし、馬用ですが。

「朝っぱらから、たちの悪い冗談やめてくださいよ」

――失礼。でも、思ったよりもお元気そうで何よりです。

ゆうべに比べると、悪寒も不快感も引いたが、熱だけはまだある。

——でも、ちゃんと医者に行くべきです。それからゆっくりと養生することですね。仕事仕事で睡眠不足だったんでしょう?

ここ数日、平均睡眠時間は四時間ぐらいだ。妙に目が冴えていたから眠くはなかったものの、そのぶんストレスが蓄積して抵抗力が落ちていたのだろう。

——ところで、お電話さしあげたのは、クロのことです。

「あれからまた、ずいぶんと大きくなりましたよ」

——昨日、拝見したところ、生後九ヵ月って感じでした。そちらに来て、まだひと月と経ってないわけですよね。

「実は、そんな成長ぶりを見せるために、あいつ、ぼくのところに来たんじゃないかと思うんです。いろいろな思い出を、もう一度おさらいさせてくれるために」

しばし間があってから、富樫の声がした。

——信じます、それ。

こともなげにいわれて、ぼくは少し驚いた。

——だって、信じるしかないじゃないですか。

「そうですね」

——ただし、ひとつ気にかかることがあるんです。クロがただの犬じゃないって先入観が生んだ錯覚かもしれないんですが、あの犬、普通じゃ考えられない速度で成長している代わりに、そのぶん、存在感が薄れているような気がするんです。

「存在感が……薄れる？」鸚鵡（おうむ）返しに訊いてしまった。

――見た目が透けてるとか、そういうんじゃありません。生き物が持っているエネルギーみたいなものがない。たしかにどこから見ても犬そのものなんですが、何というかな、全体が空虚な感じがするんですよ。

「空虚、ですか」

――不安定といい換えてもいい。形が定まってない感じっていいますか。

ぼくはしばし口をつぐみ、それからまたこう訊ねた。

「つまり……いつかは消えていなくなる可能性があるってことですか」

すると、富樫がこういった。

――そうです。確証はありませんけど。

その日、駅前の総合病院に行って内科で診察を受け、医師の処方薬をもらってきた。インフルエンザの検査の結果は陰性で、どうやら風邪だったらしい。

それからまるまる一昼夜、寝室のベッドで眠り、翌朝になると薬が効いたためか、ずいぶんと楽になっていた。床ずれしたような腰の痛みにうめき声を洩らし、パジャマのまま寝室を出ると、キッチンテーブルに朝食が並んでいた。白いご飯に味噌汁、スクランブルドエッグに生野菜のサラダ。真由はジーンズ姿で流し台の前に立ち、手動のミルでコーヒー豆を挽いているところだった。

ぼくは妻と何ヵ月かぶりに「おはよう」の挨拶を交わし、洗面所で顔を洗ってきた。

リビングに置いたケージの中にクロの姿がなかったので驚いた。妻に訊こうとキッチンにもどったとき、ちょうど玄関のほうから足音がして、クロがやってくるのが見えた。

ぼくの前にしゃんとお座りをして、口を開けて待っていた。

耳の後ろをそっと撫でてやり、クロにも「おはよう」と声をかけた。

仔犬の面影は微塵もなく、その姿はぼくらが知っている成犬のクロそのものだった。真っ黒な毛並みに鳶色の目、尻尾の先端だけ白い毛に包まれていた。仔犬の姿のときは曲がっていた耳が、今はピンと左右に突き立っている。四肢はすらりとしていて体型も猟犬のようにスマートである。

ぼくは、かつていつもそうしていたように、クロの頬に両手を当てて、冷たい鼻先を自分の頬に当てた。クロはじっとされるがままだった。

「もう大きすぎてケージに入らないの。外の犬小屋もまだあるけど、やっぱり今度はうちの中で飼ったほうがいいかと思って――」

ペーパードリップにポットの湯を落としている真由を見て、ぼくはうなずいた。

「そうしよう」

クロの定住場所は、リビングのソファと決めた。

ぼくらがそこに連れて行くと、クロは最初から決まっていたかのように自分からソファの上に乗り、ぐるりと躰を半周させ座り込み、四肢を折り曲げてくつろいだ。そして上目遣いにぼくらを見上げ、尻尾をぱたんと振って甘えた声を放った。

妻が微笑(ほほえ)み、ぼくも笑った。

それから、ぼくらは昔のようにテーブルに向き合ってゆっくりと朝食をとった。食後にコーヒーを飲み、お代わりもした。デザートにイチゴとヨーグルトを食べた。

クロはテーブルの傍にしゃんと座ったまま、自分の餌の時間を待っていた。

妻が洗い物をし始めると、ぼくは餌皿にドッグフードを入れ、水もたっぷりとやった。

クロの姿をじっと見ながら、富樫がいった言葉の意味を考えていた。

存在感が薄れている。不安定。

けれどもぼくには、クロはたんなる犬にしか見えなかった。撫でてやれば温かく、毛触りもはっきりと伝わってくる。普通に餌を食べ、排泄をし、ぼくや妻にじゃれついてきた。奇異な点があるとすれば、散歩の途中で出会うほかの犬たちの反応だった。彼らの吼え方は尋常ではなく、まるでクロという存在そのものを否定しようとしているかのように思えた。

それでもぼくと真由にとって、クロはあくまでもクロだった。いずれまた別れがあるとしても、いまのこの時間を精いっぱい大事にし、クロを幸せにしてやる。それしかぼくらにできることはない。

「渉さん」

ふいに呼ばれて顔を上げた。

真由がタオルで手を拭きながらぼくを見ていた。

「アトリエに来てくれる？　見せたいものがあるから」

しばし視線が絡み合っていた。その真剣なまなざしに、ぼくはちょっとした緊張を覚えた。けれども、無理に笑ってうなずいた。妻のほうからそんなことをいいだすなんて、思ってもみなかったからだった。

妻がアトリエと呼ぶ仕事部屋は玄関から入っていちばん奥にあり、大きな採光窓のある八畳間だ。フローリングの床は三年前に張り替えたばかりで、事務に使う机と椅子、美術関係の資料がいっぱいつまった本棚、そして絵の具や筆などのいろんな画材がきれいに整理されて入れられた木造りの棚がある。珪藻土を塗った壁にイーゼルがいくつか立てかけられてあった。

　妻の職業はイラストレーターだが、画廊で個展を開き、水彩画も油絵もやるから、必然的に画材や道具は多くなる。

　部屋の真ん中に木枠のイーゼルが立てられていた。妻が油絵を描くときにいつも使うものだ。そこにセットされた布地のキャンバスの前で、ぼくはしばし呆けたような顔をして立ち尽くしていた。

　キャンバスの真ん中に犬の絵が描かれていた。

　真っ黒で耳が尖っている。アーモンド形をした鳶色の目が愛らしく、大きく口を開けて、さながら笑っているように見えた。だからぼくは否が応でも公園で会った美佳というあの少女の言葉を思い出していた。

　――どうしていつも笑ってるの。この子？

　――笑ってる、か。そうかな。

　妻の真由が描いたこの絵の中で、クロはたしかに笑っていた。

「犬の絵を描くのはやめたと思っていた」

　そうつぶやいたとき、ふいに後ろから強く抱きしめられた。

真由がぼくの背中に横顔を押し付けていた。

「来月、中野で開く個展に出そうと思ってる。何度も何度も描きなおして、ようやく自分で納得できるものが描けた気がする。あともう少しで完成するの」

「おめでとう。とてもいい絵だと思うよ」

ぼくは絵を見ながらいった。素直な気持ちだった。

「だけど、この絵が出来上がったら、またクロが逝ってしまう。そんな気がするから……」

真由はぼくの背中に顔を押し付けたまま、ふいに躰を震わせて泣いた。

「そんなことはないさ。せっかく帰ってきたんだから」

妻はぼくを後ろから抱きしめ、顔を押し付けたままいった。「実をいうと、これを描き始めたあの夜、あなたがクロを庭先で見つけたのよ」

「でも、君はあのとき……」

「怖かったから」

そう真由はいって、また洟をすすった。「私の絵が、あの子をここに呼んだのかもしれない」

ぼくは黙っていた。何もいえなかった。

それはつまり、この絵を見た瞬間に、妻の推測が本当だとわかったからだ。確たる理由はないまま、それが真実だと悟ったのだ。ぼくも、妻も、お互いの絆を失い、心の支えをなくしていた。そして冷たく離反し合いながら、それぞれが必死に何かを求めてあがいていた。

天国へ行ったクロの帰り道を作ったのは、ぼくではなく真由だった。

最初、妻はそれを認めようとしなかった。だから、仔犬の姿で現れたクロを前に見て見ぬふりをしたのだろう。二度とつらい別れを味わいたくない。そういってぼくをなじった彼女は、そのとき、描いていた絵をどう思ったのだろうか。

「もし、そうだとしたら、君がこの絵を完成させないかぎり、クロはずっとここにいる」

そういったぼくの背中から、真由は顔を離した。

ゆっくりとした歩調で前に回りこんできて、涙に濡れた目でぼくを見た。

「それがクロの……私たちの本当の幸せなのかしら？」

ぼくは真由から目を離し、そっと眉根を寄せた。

雨に打たれて冷たくなっていたクロの骸。それを抱きしめて泣いたことが、昨日のようにありありと思い出された。

クロはぼくらと本当のお別れをいうために来た。

美佳との最後の会話が脳裡をめぐっていた。

さまざまな考え、さまざまな思い、さまざまな過去の記憶が脳裡をめぐり、ぼくは長い時間をかけて応えるべき言葉を捜した。

しかし見つからなかった。

真由は口許を引き結び、ぼくの目を凝視していた。

その夜、ぼくと真由は久しぶりに同じ寝室で寝た。

長い時間をかけて愛を交わしてから、あらためて抱き合い、しばしふたりして暗闇を凝視していた。静かな夜で、屋外にあるエアコンの室外機の音だけが物憂げに響いていた。リビングのソファにいるはずのクロは物音ひとつ立てなかったけど、ぼくらはあいつがたしかにそこにいることをわかっていた。

いろいろなことを真由に話した。

お互い、同じ屋根の下で別居のような生活をしていたその間、それぞれ別の時間を生きてきたためか、話すべきことはいっぱいあった。それまでの自分の悩みや迷い。クロが仔犬の姿で戻ってきたときのこと。獣医師の富樫にいわれたこと。そして、あの小さな公園で出会った美佳という名の少女のこと。

小さな子供が母親に絵本を読んでもらうときのように、真由は黙ってぼくの話にじっと耳を傾けていた。すべてを話し終えてから、ぼくは口を閉じ、もう話すべきことがないことを悟った。

妻の顔を間近から見ると、薄闇の中に涙に濡れた瞳が光っていた。

「あなたはずっと夢に生きていた。それがあなたの仕事であり、それにきっと生き甲斐だったのね。でも、私は今の生活を失うのが怖かった。自分も絵を描くことで夢をつむいできたはずなのに、未来よりも今日という一日ばかりを見ていた。だから、クロを亡くしたとき、私は心の支えを失ってしまったの」

「ぼくらの時間の流れは、いつからか狂ってしまってたんだ。ぼくらがやれないのなら、別の誰かがそれを直さなきゃならなかった。だからこそ、きっとあいつが戻ってきたんだろう」

「こんな平凡な夫婦なのに、そうそう都合よく奇跡なんてものが起きるのかしら」

ぼくは妻を見て笑った。「ぼくらが平凡かどうかはともかく、それはきっと神様が決めることだと思う」

翌日から、妻といっしょにクロを散歩させるようになった。

ぼくらはいつも同じコースを歩き、あの狭苦しいブロック塀に囲まれた不安定な隘路を抜けて、公団住宅前の小さな公園に行った。

春の日差しの下、プラタナスの枝々に小さな無数の新芽が吹いていた。ブランコや滑り台、それにジャングルジムなどで、子供たちが遊び、主婦たちは井戸端会議に余念がない。前はやけに陰気に見えていた公団住宅の二棟も、今はテレビの音や子供の声が聞こえ、いくつもの布団やシーツがそれぞれのベランダにかけられ、活気に満ちた風景としてそこにあった。

藤野美佳という名の少女は、あれから一度も見かけなかった。ちょっと寂しくはあったが、それでいいのだとぼくは思う。高校一年生だという少女が、いつまでもひとりでこんな場所にいるべきじゃないし、あの子にはあの子の人生があるはず。

「一度、会ってみたかったな。小さな公園の聖者に」

ベンチに座りながら真由が笑っていった。

「きっと近所に住んでいる子だろうから、そのうちに会えるよ」

無意識に欠伸（あくび）をするぼくの横顔を、真由がじっと見ていた。「また、夜更かしね」

「自分でも意外なほど筆が進んでる」

「躰を壊したら何にもならないでしょ」

「気力が充実してるから大丈夫だ。それよりも、一日も早く脱稿したい」

「納得できるものが書けたのね」

ぼくはうなずいた。「そっちは？」

「ゆっくりゆっくり描いてる。仕上げが終わるのはたぶん来週だと思う」

「個展には間に合いそうだな」

「うん」

真由がいって、足許に座るクロをじっと見下ろした。

開いた口から長い舌を出して、クロは小刻みに躰を揺らしながら呼吸をしていた。ぼくらが見ているのを知って、親愛の視線を向けてきた。こうして見ると、たしかに笑っているように思えた。けれども、どこか寂しげな感じのする笑みだった。

「また、お別れしなきゃいけないのね」

妻の声に、うなずくしかなかった。

「そのために戻ってきたんだよ、きっと」

「だったら、今度こそクロを川につれていってあげなきゃ」

真由を見てぼくはまたうなずいた。

「さっきから君と同じことを考えていた」

ぼくは急にあらぬほうを振り向き、眉根を寄せて目を小さくしばたたかせた。

公園で遊ぶ子供たちの姿が、陽炎（かげろう）の中にいるように揺らいでいた。

　三月もそろそろ終わろうとするある日の午後、ぼくと真由はクロを愛車のエスクードに乗せて西丹沢に向かった。クロは助手席に座る真由と運転席のぼくの間、ちょうどオートマチックのシフトレバーをまたぐ形で居座り、フロントガラス越しにじっと前を見つめていた。昔から、ここがクロの定位置だったので、妻と笑い合った。

　ぼくは六百枚ちょっとの長編小説を無事脱稿し、担当編集者から好評を得ていた。すぐに出版したいといわれ、校正作業もすませたところだ。一方、真由は、あのクロの絵を含む何点かの油絵や水彩画を完成させた。中野の画廊へは明後日の搬入予定だ。

　個展はもうすぐ始まる。

　鏡のように青空を写しとった丹沢湖を過ぎ、その西岸を回りこむようにして、湖に流れ込む渓流沿いの道をさかのぼっていく。ぽつりぽつりと山桜がほころび始めていて、新緑に萌え始めた山のそこかしこに、鮮やかなピンク色の点描を投じている。

　林道の途中、車止めのゲート前に駐車させた。

　道の途中にある売店で夫婦ふたり分の日釣り券を購入し、それをぶら下げたフライベストを着込み、渓に立ち込むためのウェーダーを穿く。フライロッドにリールをつけ、ラインを通した。そんなぼくと真由を、すぐ傍らにお座りしたクロがじっと見つめていた。

釣りの用意をすませてから林道を歩き出した。

横並びに歩くぼくらのすぐ後ろを、クロが尻尾を振りながらついてくる。

春ゼミの声が河畔林からしきりに聞こえていた。ウグイスの声も美しく冴え渡っていた。平日のためか、川に釣り人の姿はなく、ぼくらはどこから入渓するかを考えながら上流を目指した。

沢の分岐点を過ぎたところに、小さな吊橋がかかっている。

その袂から渓へ降りた。クロが斜面を駆け下ってついてくる。

畔に並んで立ち、ぼくと真由は無数の宝石のように輝く川の流れを見つめた。そして、傍らに座るクロを振り返る。クロの姿はすっかり大きくなり、そう、悲しい別れをしたあの二歳のときとまったく同じになっていた。凛々しく、精悍で、どこか寂しげな表情でぼくらの顔を見返してきた。

妻が膝を折ってしゃがみ、ロッドを傍らに置くと、クロの首輪を外してやった。

それから頭と背中を優しく撫で、躰に両手を回してクロを抱きしめた。洟をすすりながら、クロの顔に自分の顔を押し付けた。その間、クロは気持ちよさそうに目を閉じ、口を開けてしきりと胸を揺らしていた。

クロは笑っていた。

たしかに微笑んでいた。

埋葬の日、庭に深い穴を掘ってクロの亡骸を横たえ、毛布や花束といっしょに土をかけていったときのことを、ぼくは何とはなしに思い出していた。躰のほうから土をかぶせていき、最後に顔にかける直前、ぼくは見たのだ。

横たわったクロの目を閉じた横顔が——笑っているようだった。

別れを告げるため、クロはぼくらに微笑みかけてくれているような気がしたのだ。

そんな記憶も、心の重さがすっかり覆い隠してしまっていた。

それを思い出し、ぼくは理解した。

「最後の最後まで飼い主想いの犬だったね」

真由がそういいながら泣いた。ぼくもしゃがみこみ、クロの躰をそっと撫でた。

「やはり……別れは悲しいわ」

「悲しみは人生の一部でしかないよ」

鳶色の澄んだ目がぼくに向けられたとき、クロが行こうとしているのがわかった。

ぼくがそっと立ち上がると、妻も悟ってクロの躰を離した。

クロが歩き出した。

ゆっくりと川に入っていき、速い流れを一気に渡りきった。

ぼくの横で、妻が思わず立ち上がっていた。

あれだけ水を恐れていたクロが、それが当たり前であるかのように、自分の意思で川に入り、急湍を渡ったのである。あっけにとられて見ていたぼくも、クロが対岸に上がったとたんに安堵の溜息をついてしまった。

「待って……」

続いて流れに踏み込もうとした真由を、ぼくは引き止めた。

向こう岸に立っているクロは、身震いもせずに凛とした様子でこちらを見つめていた。真っ黒な毛がまったく濡れていないことに気づいた。

そのとき、ぼくはそれを確信した。

「クロは〝向こう〟にいる。もう、ぼくらの手は届かない」

傍らで、真由が力が抜けたように岸辺に両膝を落とした。

ぼくも隣にそっと座った。

清冽な川の流れが目の前に横たわり、ふたつの世界を分けていた。そして、彼岸に立つ黒い犬の姿が、幻のように少しずつ薄れていくのがわかった。

それは映画のフェードアウトに似ていた。

背後の景色と同化し、その中に溶け込んでゆくように、クロの姿は色褪せ、やがて見えなくなった。

「クロ……」

ぼくは最後にあいつの名をつぶやいた。

谷間にひっそりと静寂が降りてきた。

ぼくと真由はこちら岸に取り残された。ふたりともしばし言葉もなく、ただ悄然(しょうぜん)として流れの前に座っているだけだった。

瀬音に混じって、真由がすすり泣く声がいつまでも続いた。

「きみは二度とつらい別れをしたくないといったよね」

ぼくが声をかけると、妻は涙に濡れた顔でぼくを見上げ、そしてかぶりを振った。

「そうじゃない。嬉しかったから」

その言葉の裏にある真意を読み取ろうとした。

それが真由の本音であることを、やがてぼくは悟った。

静かな興奮が心を包み込んでいた。

奇跡に出逢った喜びをぼくは悟った。

ロウソクの炎を両手で包み込むように、その小さな興奮をいつまでも大事に胸の中に抱きながら、ぼくらは時間が止まったように美しい渓流の畔に座り続けた。互いに身を寄せ合い、クロが消えたあの岸辺をじっと眺めていた。

いつしか太陽が稜線の向こうに隠れて、空が夕焼け色を帯びてきた。

クリーム色の小さなカゲロウが羽化し、さかんに水面を飛び始めた。紗幕（しゃまく）のような薄闇がひっそりと降りてくるまで、ぼくらは静寂の岸辺に座っていた。それから立ち上がり、一度も川で使わなかったお互いのフライロッドを持ち、ふたり肩を並べて林道を下って降りた。

真夏のぎらぎらと照りつける日差しの下、ぼくは白いTシャツとジーンズ姿で小さな公園の小さなベンチの上に寝転がり、読みかけの文庫本を顔にかぶせてまどろんでいた。気温は三十度を超えているが、プラタナスの葉を揺らして吹く風が気持ちよく、眠気に誘われるようにベンチに横になってしまったのだ。

夏休みのためか、子供たちがはしゃぐ声が聞こえ、選挙カーの連呼の声がそう遠くない場所をゆっくりと移動していった。

先月、書店に並んだ単行本は思いのほか売れ行きがよく、すぐに増刷がかかって担当者の顔がほころんでいた。ぼくは次の物語を構想しながら、この数日を過ごした。真由の個展も好評で、おかげでいくつか新しい仕事が舞い込んできた。

あれから、何度か妻と釣りにいった。河畔にテントを張って、焚火（たきび）を前に語り合うこともあった。

三日前、クロの命日。きれいな花束を買ってきて庭先の墓前に供え、ふたりで手を合わせた。あいつが好きだったドッグフードを買い、花と並べて置いてやることも忘れなかった。

また風が吹いて、ぼくの頬をくすぐった。

ふいに聞き覚えのある声がしたような気がして、むっくりとベンチの上に起き上がり、文庫本を閉じた。振り向くと、公園の向こうにある二棟の公団住宅の間を、白い糸のような飛行機雲が伸びていた。子供らがはしゃぎながらブランコをこぎ、砂場では幼児たちが泥んこ遊びをしている。その向こうで主婦たちが笑い合っていた。

ぼくはそんな公園の光景を見渡し、何気なく足許に視線を落とした。

地面に落ちているものに目が留まった。

紺色の表紙の小さな手帳だ。

身をかがめて拾うと阿佐ヶ谷高校と記された生徒手帳だった。校章の横に書かれた年度を見ると、去年の手帳らしい。少しとまどいながらも表紙をめくる。すると見覚えのある少女の顔の白黒写真と名前が目に飛び込んできた。

一年二組、藤野美佳。

懐かしさに破顔しながら、じっとそれを見つめた。美佳は写真の中から、あのいかにもつっけんどんといった感じの顔で、ぼくを見返していた。

住所を読み取ると、『杉並区阿佐谷北三丁目五〇　けやき住宅B—305』とあった。ぼくはすぐそこに見えるあの公団住宅を振り返り、こうつぶやいた。

「なんだ。あいつ、あそこに住んでたのか」

シオリを挟んだ文庫本をジーンズの尻ポケットに突っ込み、右手に美佳の生徒手帳を持ったまま、『けやき住宅』と書かれた石造りのゲートを通り過ぎた。ひと棟向こうのB棟と壁面に記された建物に向かった。階段脇に並ぶ郵便受けに名前があるのをたしかめてから、コンクリの階段を上る。三階の五号室の無骨なスチールドアの脇に『藤野』の表札を確認して、指先でチャイムのスイッチを押した。

中から足音が近づいてきて、ちょっと神経質そうな中年女性の声がした。

——どちら様ですか？

ぼくは何といおうかと少し迷い、こう応えた。

「近所の斉木と申します。隣の公園でお嬢さんの生徒手帳を拾ったものですから」

しばらく経ってから、ふいに解錠される音がして、ドアが開いた。前髪が少しほつれた、色白の痩せた中年の女性がいぶかしげな顔を覗かせた。

面影が娘に似ていた。

「美佳の……手帳ですか？」

ぼくはうなずき、それを差し出した。

受け取った母親は、しばしそれにじっと見入っていた。

それをいとおしげに指先で撫でて、彼女は独り言のようにつぶやいた。「……ずっとこれを捜してたんです。こんなにきれいなままで戻ってきて、本当に良かった」

ぼくはその言葉の意味を解せずちょっと途惑っていた。

「実は、犬の散歩の途中、よく公園で美佳さんとお話をさせてもらいました」

すると母親はゆっくりとぼくの顔を見、ひと呼吸置いてから、こういった。

「あの子、いつもひとりで寂しそうだったから。友達が欲しかったのね」

ふいに美佳の母親の目に涙が浮かんだ。

ぼくは驚き、彼女の肩越しに部屋の中を見た。テレビの音が奥から聞こえていた。かすかに線香の匂いが鼻腔を突いた。

そのときぼくは、はっきりと悟った。

「美佳は、この二月に亡くなりました。風邪をひいて荻窪の病院にバスで行く途中、ひどい交通事故に巻き込まれてしまって。まだ十五歳、高校一年だったのに……」

ぼくの脳裡に新聞記事の見出しが鮮明に浮かび上がった。

妻が読みかけたままキッチンテーブルに残していた、朝刊の記事だった。あれはまぎれもない、ぼくが庭先で仔犬のクロと再会した夜だ。

『バスがトラックと衝突。女子高校生一名が死亡』

しばし黙っていた。

すすり泣く美佳の母親を見つめていた。

あのとき、藤野美佳はすでに死んでいたのだ。それなのに、どうして彼女とあそこで会えたのか。偶然ではなく、何らかの必然がそこにあったような気がしてならなかった。

「美佳さんに……お線香をお供えさせてください」

思わぬ言葉が口を突いて、自分でも驚いた。

彼女は黙ってうなずき、ぼくを中に入れてくれた。三和土で急いで靴を脱ぎ、通路を抜けて居間に隣り合う暗い六畳間に通された。カーペットのない冷たい畳の上に仏壇がどっしりと置かれ、紫色の薄っぺらい座布団が敷いてあった。そこに飾られた藤野美佳の遺影を、ぼくはじっと見つめた。

写真の中から美佳がぼくを見返していた。

——私たちって、どうせイギョウだもの。

その言葉が、自然に頭の中に甦っていた。

そうか。私たちというのは、すなわち美佳とクロのことだったのだ。きっとあのとき、彼らはぼく以外の人間からは見えていなかったのだろう。こましゃくれた少女の顔が、昨日のことのように思い出され、その言葉が脳裡に何度もリフレインした。線香に火をつけて立て、合掌してから、ぼくはもう一度、美佳の遺影を見つめた。そして、心の底から感謝の気持ちをこめて「ありがとう」とつぶやいた。

「お茶を淹（い）れますから、ごゆっくりしていってください」

そういった母親に遠慮の言葉を述べ、ぼくは早々に辞去した。

狭いコンクリの階段を降りて、公団住宅の棟の外に出ると、子供たちの遊ぶ声が相変わらず公園のほうから聞こえていた。ぼくは無意識にそちらに向かっていた。あそこに行けば、あの少女に逢えるような気がしたからだ。

公園がさっきよりも小さく見えた。

子供たちがはしゃぎまわり、主婦たちが片隅で楽しげに話し合っている。プラタナスの葉叢（はむら）が風に揺れるたび、地面に落ちた斑（まだら）模様の影が優しげにゆれ動いていた。滑り台、ブランコ、小さなコンクリの小山と、遊具から遊具へ視線を移していった。そして、最後にあの青いジャングルジムを見た。

格子縞の影が傾きながら地面に落ちていた。

美佳の姿はもちろんなかった。

ジャングルジムにいたという青い人のように、あの少女もまた行ってしまったのだろう。クロのときのように、別れの言葉を投げかけてやることもできなかった。けれども、ぼくは寂しさや悲しさを感じなかった。

美佳のつっけんどんで、そのくせ、どことなく人懐こいあの話し方を思い出し、ぼくはちょっとだけ笑った。

——幸せだよ。

最後に逢ったとき、美佳はぼくにそういった。そのことを母親に伝えてやればよかった。

けれども、何て説明すればいいんだろう？

ぼくは公園に背を向けて、ゆっくりと歩き出した。

歩道にも木洩れ日が落ちていた。

その複雑な、不可思議な模様を見つめながら、ぼくは歩き続けた。

この半年の間に、ぼくはふたつの出逢いとふたつの別れを経験した。

そして、ひとつの幸せを手にした。

ぼくがいま、ジーンズの尻ポケットに突っ込んでいる文庫本ぐらいの、小さな小さな幸せだけど、それをこれからもずっと大事にしていこうと思ってる。

※

派手な音を立てて、エスクードの太いタイヤが川に降りる坂道の砂利を踏みつけている。サスペンションが軋む苦しげな音に、ハンドルを握るぼくは思わず苦笑い。何しろ、もう十五年も乗った老朽車だ。

知り合いのディーラーは新車に買い換えろとしつこくいってくるのだけど、走行距離のメーターが二周するほど走っても、まだ現役で使えるこのタフな車を、最後まで乗りつぶしてやろうと思っているから仕方ない。

久しぶりに訪れた西丹沢だった。

屹り立った山に挟まれ、緑まぶしい河畔林に挟まれた七月の渓。

畔に車を停め、ぼくと真由は同時に左右のドアを開いて車を降りた。

続いて後部座席のドアが乱暴に開かれ、茶色の毛むくじゃらの大型犬が、えらい勢いで車内から飛び出してきた。

「こらっ、ミッキー。先に飛び出すなっていったじゃないか」

七歳になる息子の啓太が、負けず劣らずの勢いで車から飛び降りた。

道中、車内で着替えていたため、ジュニア用のフライベストにウェーダー、それに山女魚のイラストの刺繍が入ったキャップといった、すっかり玄人はだしのフライフイッシャーの姿である。

啓太は小学二年生。ミッキーは四歳になるゴールデンレトリーバーの牡だ。啓太は自分の弟のように思っているし、ミッキーも啓太を兄弟として認識している。アウトドアが好きで、外出が嬉しくてたまらないこの犬は、啓太の声にかまわず、駐車場のゲートをくぐり抜けて林道へと走ってゆく。

息子と同じく釣り姿になると、ロッドをつなぎ、リールをとりつけてから、ぼくらはいっしょに林道を歩き出した。十五分も歩くと、前方に見えてきた小さな吊橋の手前から入渓した。

またミッキーが走り出し、それを啓太が追いかけた。

ふたりとも何よりも川が大好きなのだ。

――莫迦っ。魚がみんな逃げちゃうじゃないか！

浅瀬で飛沫を散らし、ミッキーと取っ組み合いをするように暴れる啓太を見ながら、ぼくと真由は岸辺に並んで座った。

不思議と釣りを始めようという気持ちになれなかった。

静かな渓だった。青空に丸い雲がひとつだけ、ぽつんと浮かんでいた。

「渉さん」

「うん？」妻を振り返った。

「私たち、やっと帰ってきたわね……」

川を凝視する真由の横顔を見てから、ゆっくりとまた視線を戻した。

対岸の砂地が陽炎にゆらゆらと揺れていた。

「帰ってきた。ここまで来るのに長い時間がかかったけど」

「この先、もっと長い人生があるじゃない？」

ぼくはうなずいた。そう、人生は短いようで長い。だから、この川の流れのように
ゆっくりと歳をとっていけばいい。

いつしかぼくは言葉を忘れ、魂を奪われたように、黙って川面（かわも）を見つめていた。

中天にある太陽が瀬を流れる透明な水にうつしとられ、無数の光輝（こうき）になって、水面のそこかしこにちりばめられている。

たおやかな時間の中、そよ風に目を細め、ぼくはそっとさよならの言葉をいった。

それから、「おかえり」とつぶやいた。

バックパッカー

チタン製のコッヘルの隙間から白い湯気がさかんに洩れていた。

革手袋で把手を掴み、蓋を開ける。沸騰し、泡立っていた湯の中に、袋からとりだしたインスタントラーメンを入れた。箸で少しずつほぐしていたとき、落合智史はすぐ間近に視線を感じた。

何者かに見られているような気がしたのだ。

驚いて顔を上げたが、夕闇の迫る周囲に誰がいるわけでもない。

ひとり苦笑すると、ピーク1と山仲間に呼ばれていた小型ガソリンストーブのバルブを消火位置までひねった。

テントの前室から足を出し、胡座をかいて、ラーメンをすすりだした。すぐ傍の地面に置かれていたストーブの青白い炎が小さく瞬き、やがて消えると、独特の燃料臭の残滓が夕風に漂った。

ラーメンを食べ終え、汁まで全部すすってから、コッヘルを置いた。

　空腹が満たされると、疲労感が去り、代わりに眠気がどこからともなく漂ってきた。

　トレッキングシューズを履いて立ち上がると、コッヘルと箸を掴んで歩き出した。誰もいないブランコの傍を通り、小さな公園の入口近くにある便所に向かう。手洗い場で食器を洗ってから、小用も済ました。

　ジャングルジムや滑り台といった遊具の傍に、ソロ用のテントを張っていた。防水透湿素材を使ったシングルウォールのために、軽量だが高価なものだ。北アルプスや八ヶ岳（やつがたけ）などで数回使ったまま、長いことマンションの押入の奥に突っ込まれていた。

　まさか、こんな街中の児童公園で張ることになるとは——。

　バックカントリーなどと気取った言葉で呼ばれる、人がめったに来ないような深い山奥では、このテントは小さいながらも頼もしかった。雨風を避けて、過酷な環境下でも安眠をもたらしてくれた。けれども都市近郊の、こんな公園の中で見ると、それはひどくみすぼらしい。何だかテントに悪いような気がしたが、今の自分には、シティホテルはおろかカプセルホテルにも泊まれる余裕もない。

　智史はコッヘルをテントの中に入れ、携行用の箸もふたつに分解して仕舞った。

　山靴を脱ぎ、這（は）いながらテントに入ると、ウレタンマットの上に広げていた寝袋にもぐり込んだ。

　四月も半ばを過ぎて、まもなくゴールデンウィークになろうという時期。都内では桜がとうに散ったはずだが、ここ山梨県上野原（うえのはら）市に吹く風はまだ冷たかった。寝袋の中で俯（うつぶ）せになり、テント入口のジッパーを閉めようとしたとき、智史はまたあの気配を感じた。

たしかに誰かが外にいる。

急いで寝袋から這い出すと、テントのボトムに膝を突き、出入口から顔を出した。さっきよりも夕闇が濃くなっていて、モノトーンになった公園のあちこちに、いろいろな遊具がシルエットになって見えた。ザックの中からとりだしたヘッドランプを灯した。LEDの白い光が周囲を照らす。ブランコ、シーソー、そしてコンクリートで作られた小さな築山（つきやま）。目の前にある砂場には、子供が忘れていったらしい樹脂製のショベルカーの玩具が横転したまま、砂に埋もれている。

不気味に思って、テントの外を監視し続けた。

もしかするとこの公園に寝泊まりしているホームレスでもいるのだろうか。それとも——。

そのとき、何かが光った。

刹那（せつな）。冷たい手で心臓を鷲摑（わしづか）みにされたような気がした。

少し離れた場所、ブランコがあった辺りの闇に、青い光がふたつ並んでいた。

一瞬、息をするのも忘れていた。ふと我に返り、戦慄に躰（からだ）を硬くしながらも、そちらにヘッドランプを向けた。恐る恐る白い光条をそこに合わせてみた。

ギラリと、青い光がふたつ。

耳がピンと尖った動物。白というよりも灰色の毛足の長い獣が、大きく吊り上がった口の真ん中から、長い舌をだらりと垂らしたまま、そこに座っていた。

オオカミだと思った。

ハイイロオオカミとかシンリンオオカミなどと呼ばれる種。テレビなどで観た猛獣の姿にそっくりだった。しかしそれがなぜ、こんな場所にいるのか。

ヘッドランプを持つ右手がわずかに震えていたが、智史はその動物に光を当て続けた。青い光は、獣のふたつの瞳孔がＬＥＤの光を反射させているためだ。いかにも不気味に思えたが、長い舌を口から垂らしている姿は、あまり攻撃的な感じがしなかった。

それで少しだけ安心した。

狼犬だとかウルフドッグと呼ばれる犬がいると聞いたことがある。文字通りオオカミと犬を交配させた種だという。もっとも正体がわかったとしても、根本的な問題は解決されない。

なぜならば、智史にとって、犬という動物は心底、恐るべき存在だったからである。

昔から犬が怖くて近寄れなかった。

小学三年の時、野良犬に左の太股を咬まれて血が噴き出し、救急車で病院に担ぎ込まれた。そんな経験がトラウマになってしまった。ポメラニアンやチワワなどの小型犬でも近づけないのに、ましてや大型犬、それもオオカミみたいな姿をした奴だ。

何度か片手で払う仕種をしてみせたり、口で「しっ」といったが、相手はまったく動かなかった。彫像のようにそこに佇立して、テントにいる智史をじっと見ている。

野良犬か何かわからないが、何もこっちをとって喰おうとしてるわけじゃない。きっとこんなところで寝泊まりしている奇妙な人間に、少しばかり興味を持っているだけだ。

そう思いながら、ヘッドランプの光を消し、テント入口のジッパーを閉めた。

寝袋にもぐり込んだが、ドラムのように動悸が胸を叩いていた。

もし、ここに鏡があれば、幽霊でも見たように顔が青ざめているだろうなと、智史はひっそりと思った。

何度か、テントのジッパーをそっと開けて外を見た。ヘッドランプで照らすたび、同じ場所に青い眼の光があるため、その都度、肝を冷やしてはジッパーを閉めた。テントなんていう、薄っぺらい化繊素材一枚で、外界を隔てているだけだという怖さを思った。これまで何度となく単独行でトレッキングをし、たったひとりで山の夜を過ごしてきたというのに。

しかし、そうこうしているうち、今日一日の疲れもあって、いつしか瞼（まぶた）が重たくなり、深みに沈むように眠ってしまった。

失職は半年前だった。

上京して、都内にある小さな印刷会社に六年ほど勤めていた。

それまでにもリストラの噂はあった。

広告や出版といったマスメディア業界の中でも、ことに彼が勤めていた印刷部門は、この十年でがらりと形態が様変わりしたといっていい。長らく技術職の手作業に頼っていた写植や版下の作成といった製版の仕事が、近年のコンピュータの発達のおかげで、素人でさえ手軽で、しかも正確にできるようになったからだ。

智史はもともと夜間の専門学校に通い、ＤＴＰと呼ばれる新しい電算写植のオペレーターの技術を身につけていたため、社員の中でも優遇されていたほうだった。不況が波のように寄せるたびに、ひとりまたひとりと会社を去る中、何とか職場に居とどまっていた。それがリーマンショックに端を発した大不況のあおりを喰らい、出版も広告業界もその波をまともにかぶった。その結果、会社始まって以来の大量解雇となった。

雀の涙ほどの退職金で質素な生活をしながら、失業給付の手続きをし、ハローワークに通い、新聞の求人欄やネットで職を捜した。三度ばかり面接を受けたが、なかなか新しい仕事にはありつけなかった。

テレビやオーディオセット、自転車、様々な家財道具などを、ネットオークションで売り払った。携帯電話を解約し、仕事の必需品でもあったパソコンまで中古で売ってしまい、マンションの部屋に残ったのは、ザックやテント、寝袋などの山用具だけとなった。

山に目覚めたのは社会人になってからだ。

多忙の折、つかの間の余暇を見つけては、足繁く高峰、名峰に通い、国内あちこちの山々をめぐった。その登山用具のほとんどは兄の形見だった。山が好きで山で死んだ兄の想いをたどり、その足跡を追うように、ひとり山岳のトレイルを歩き続けた。

そんな記憶が詰まった道具だけは手放せなかった。

やがて家賃も払えなくなり、一週間以内の退去をマンションの管理業者から冷たくいい渡されたとき、智史は決心した。長らく住み馴れた東京を離れるときが来たのだ。山道具しか残されていない自分にとって、どこで寝泊まりしたって同じだ。何も厭な思いをしてまでマンションの部屋にこだわる必要はない。

布団代わりにしていた寝袋やキャンピングマット、自炊に使っていたコッヘルやガソリンストーブなどを六十リットルの大型ザックに入れると、ワンルームの部屋には見事なまでに何もなくなっていた。

六年も暮らした八畳の空間が、まったく異質な世界に見えた。

悲喜こもごも、いろいろな思い出がここにはあるはずなのに、記憶をまるまる喪失したように、何も思い出せなかった。

未練がましく後ろ髪を引かれながら、部屋を去るよりはいい。

そう思って智史は最後にドアを閉めた。

そして、なけなしの生活用品一式が入った重たいザックを背負って、外の世界へと足を踏み出した。それが旅の始まりだった。

——ちょっと。

男の声。

泥沼の中から這い出すように、智史は眠りの世界から戻ってきた。目を開くと、テントの薄い生地を透かして目映(まばゆ)い朝の光が見えた。

あわてて寝袋のジッパーを開き、腕時計を見る。午前七時二十分。

何てことだ。腕時計のアラーム機能をセットするのを忘れていたらしい。あれから何と、十二時間も眠っていたのだ。前の晩、ろくに眠っていなかったため、疲労がたまっていたのだろう。

今度はテントを揺さぶられた。

——中に誰かいんのけ？　駄目だよ、こんなところで寝泊まりしたらよ。

年老いた声だった。甲州弁らしい。

智史は入口のジッパーを開き、まともに網膜を射た朝の光に目を細めた。その光の中に人影があった。焦げ茶のジャンパーに作業ズボン。足許は長靴だった。片手に竹箒を持っていた。顔は逆光になって見えなかったが、やはり老人のようだ。

ジャンパーの左腕に青い腕章があった。

「俺ぁ、市から委託されて、この公園を管理してるモンだ。あんたは？」

誰何され、智史はテントの入口に座ったまま応えた。

「旅の途中なんです。トイレも水場もあるし、勝手に一晩お世話になりました」

しばし口をつぐみ、老人はいぶかしげに智史を見ていた。

歩き出して三日目。さすがにぱりっとした身なりとはいえないが、まだ無精髭もさほど生えていないはず。

「児童公園に怪しいホームレスみたいなのがいるっつうて、近所の奥さんにいわれて来てみたさ。トラブルになんねえうちに、とっとと行ってくりょうし」

「わかりました」

素直に頭を下げた智史に背を向け、立ち去ろうとした老人が、ふいにまた向き直った。

「──で、あんた。そんな山に行くみてえな恰好で、歩いて旅をしとるのけ？」

「はい」

「どこまで行く」

「とくに、決めてないんですが」

老人は何かいいたげに口を動かしていたが、結局、そのまま去っていった。

左足をかすかに引きずっているのに気づいた。

智史は洗面と便所をすませると、さっさと撤収にかかった。

バックパッカーやバイク、自転車のツーリストたちの掟みたいなものがある。たとえばステビー（ＳＴＢ）と略されるステーション・ビバークすなわち〝駅寝〟では、終電が出て駅が無人になったのちに就寝の準備をし、始発が出る前に完全に撤収しなければならない。こうした人けのない公園もそれは同じで、すなわち世間一般の人たちに姿を見られないため、あるいは迷惑をかけないための、いわば不文律のようなものである。

さもなければホームレスと見間違われ、通報されても文句はいえない。

山歩きをしていたころから、素早い撤収には馴れていた。手際よくダウンの寝袋を丸め、マットをたたみ、他の道具もみんなザックに入れてから、最後にテントを分解、折りたたんだ。ザックの雨蓋を締め、ストラップをロックして、それを背負った。

二十キロ前後の重みが、ぐいっと背中にかかった。

一連の行為を、少し離れた電線にとまる、一羽の大きな鴉がじっと見ていた。

ゴミでも残さないかと期待していたのだろう。

ゆうべの犬のことを思い出した。あいつがいたブランコの周辺を見たが、影も形もなかった。

ふっと笑みを浮かべると、ザックのウエストベルトを装着して締め、歩き出した。

歩き始めた最初の日のことを思い出していた。

どこに向かおうという意志があったわけでもなかった。

マンションがあった府中市から西へ延びる路を漫然と歩き出したら、青梅街道をたどっていた。日野橋で多摩川を渡り、その日のうちに八王子に入った。

しばらく市内の繁華街などをぶらぶらしていたが、大きなザックを背負った智史は、厭でも人目を引く。親子連れなどに奇異な目で見られる。腹が減ったからと食事をしようにも、ろくに現金の持ち合わせもないため、コンビニエンスストアの駐車場でカップ麺をすった。インスタントラーメンやフランスパンなどをまとめて買い、それを荷物に入れて、また西へ向かって歩き出した。

西八王子を過ぎ、観光客で賑わう高尾山登山口付近を歩いていると、山に登るわけでもないのに大きなザックなんかを担いでいることに違和感を覚えた。

結局、国道二〇号線――甲州街道に沿って、狭い路肩を歩き出した。

市街地の風景が山の景色に取って代わり、『大垂水峠　標高３９２ｍ　これより神奈川県』という看板を見ながら進むと、やがて道路は完全な峠道となった。

曲がりくねった山の舗装路はまさにワインディングロード。かつては峠攻めのローリング族の聖地といわれていたらしい。歩道はおろか路肩スペースすらもほとんどないため、埃を巻き上げながら猛スピードで傍をかすめる大型トラックに肝を冷やし、場合によってはガードレールぎりぎりまで避けなければならなかった。

ようやく相模湖までたどり着き、畔にある県立相模湖公園と石碑が立つ広場で休憩し、夕刻となった。この公園にある芝生の片隅にテントを張るつもりが、人の多さにあきらめて、疲れた足を引きずるようにＪＲ中央本線の相模湖駅まで歩いた。

野宿の許可を求めた駅員に、テントを張るなといわれたため、仕方なく駅前広場の片隅にウレタンマットを敷き、堅いフランスパンをかじってから、寝袋に入った。

最初の晩は、旅の興奮のせいか、なかなか寝付けなかった。ポーランド製の羽毛がたっぷり入った寝袋のおかげで寒くはなかったが、都市部に暮らしていたために、夜の静けさがかえって気になり、ちょっとした物音が聞こえただけで目が覚めてしまう。しかも何故か、たびたび尿意をもよおしては、寝袋を抜け出して便所に行った。駅寝の不文律に従い、翌朝はまだ昏いうち、始発前に起きて撤収した。睡眠不足のせいで疲労が残り、二日目はろくに歩けなかった。

少し歩いては休憩を取り、バス停のベンチに座ったり、緑地の芝生を見つけて寝転がったりした。それでも動かぬ脚に鞭打って、県境を越え、山梨に入ると、上野原市の郊外に見つけた小さな児童公園に入った。さいわい人けがなかったため、日の高いうちからテントを設営した。

そうして二日目の夜をそこで過ごしたのだった。

たっぷりと眠ったおかげで、体力だけは戻っていた。

昨日一日、あれだけ荷物が重たく感じられたのに、今朝は大きなザックを背負っていることを忘れるほどだった。粗いアスファルトの路面をトレッキングシューズのビブラム底で踏みしめながら、甲州街道の路肩を西へと歩む。

今日は三十キロぐらいは歩きたい。そう決心して、少し歩調を速くした。

昼に近づくにつれ、気温は十五度ぐらいになり、シャツの袖を肘までまくった。

出発してから三日間、ずっと天気が良く、そのため、気持ちがふさぎ込むことはなかった。たまにイヤホンで聴くポータブルラジオの天気予報は、この先、さらに数日は晴れ間が続くだろうといっていた。

こうして歩いてみると、会社のリストラを始め、過去の厭なことはきれいさっぱり脳裡（のうり）から消えている。

登山もそうだったが、歩くという行為は心の浄化になると、昔から思っていた。おいしい空気と目に滲（し）みる緑、素晴らしい景色に囲まれず、こうして車道を疾走する幾多の車から煤煙（ばいえん）のような排ガスを浴びせられ続ける旅であるとしても、とにかく歩くという行為は素敵だ。すくなくとも過去を振り返らず、ひたすら前向きでいられることがいい。

バックパッカーは自由の象徴だ。

自分の足で歩き、テントや食糧といった生活道具一式を背負っている。好きなところに行き、好きなところに寝泊まりできる。こんな心の豊かさを知っている人間が、世の中にいったいどれだけいるだろう？

ふと、立ち止まった。

――本当に前向きなのだろうか？

派手なホーンを長く鳴らして、長距離輸送の大型トラックがすぐ傍をかすめるように追い抜いていった。巻き起こった風が智史の髪をひどく乱した。さらに何台かが間近を通り抜けてゆく。

前方、視線の上方に、道路に突き出したかたちでかけられた青いプレートがあった。二〇号線が大月、甲府へと向かうという道標である。そのずっと先――甲州街道は山梨県を抜け、やがて長野県に至る。

信州には自分の故郷があった。

松本市である。

そんな当たり前のことに、今さらながらようやく気づいた。

結局、住む場所を失い、ゆく場所もなく、選択の余地もなく生まれ故郷に向かって帰っている。親のいる所へと逃げ戻っているだけじゃないのか。

高台の団地にある生家を思い出した。郷愁もあったが、同時に嫌悪感もこみ上げてきた。自分はあそこでの人生を否定した。なぜならば、親たちと相容れなかったからだ。それどころか両親を憎んでさえいた。だから、東京での独り暮らしを選んだ。

だったら、こうして故郷への道を歩むのは、敗北を認めるということじゃないのか。やっぱり都会で暮らせないからと、親のところに逃げ帰るのか。

智史は無意識に唇を嚙みしめ、また足を踏み出した。

最前までの解放感、心の高揚が消えて、重く昏い気持ちに包まれていた。

アスファルトの路肩にゴミといっしょにたまっていた無数のガラス片が、靴底の硬いビブラムソールに踏まれて、ジャリッと厭な音を立てた。

四方津（しおつ）を過ぎ、甲州街道をたどって西へ歩いていた。

車道をひっきりなしに様々な車が行き交う。

歩き疲れた智史はヒッチハイクを試みようと、ときおり拇指（おやゆび）を立ててみた。

長距離トラック、普通自動車、バス、軽トラ。さらにバイク。どの運転手もライダーも、大きなザックを背負って路肩を歩く人間を奇異な目で見こそすれ、停まる者は皆無で、あっという間に遠くへと去ってゆく。

他人に無関心なのか。あるいは道端で拇指を立てる意味を知らないのか。

とはいえ、ヒッチハイクに成功したとして、どこへ向かっているとドライバーにいえばいいんだろう。そんなことも決めずに、ただ漫然と車を拾おうとしていたことに気づいて苦笑したとき、すぐ傍らに延びた中央本線の線路を、特急あずさ号が滑るように通り過ぎるのが見えた。

白地に紫の車体にいくつも並ぶ大きな窓越しの乗客の姿を見ながら、智史はこう思った。あれに乗っていれば、あっという間に松本までたどり着ける。

違う。故郷へ向かうつもりはない。

智史は自分の考えを否定した。

たまたまこの道を歩いているだけだ。故郷へ向かっているんじゃなく、ただ、あてもなく旅をしているだけだ。金輪際、あの家になんか帰るものか。

だったら、いったいどこに向かっているというのか。目的地のない旅。あてどのないバックパッカーの徒歩旅行。自由を謳歌するふりをしながら、落ち着く場所もなく、無意味に歩いているだけなのか。

大月を過ぎた頃、道路端に温泉の看板が目につくようになった。

休憩のため、背中のザックを下ろすと、いっきに躰が軽くなったような錯覚がある。月面に降りたときみたいに、ふわりと浮き上がりそうなほどだ。長い時間、重たい荷物を背負っていたせいだ。それだけ疲労がたまっていたのだろう。

誰もいないバス停のベンチに座った。汗で濡れた背中がひんやりとしていた。

バンダナで額や頬をぬぐうと、埃や排ガスを浴び続けたせいか、真っ黒になっていた。

顎の周りに伸びてきた硬い無精髭を撫でながら、ここでひと風呂浴びられたらどんなにいいだろうかと思っているとき、ふと前方に目がいった。

道路の反対側に灰色の犬がいた。

路側帯のコンクリの段差に前肢をかけ、大きな躰を伏せるようにして、長い舌を口からだらんと垂らしていた。智史は金縛りにあったように硬直して、じっと犬を見つめた。

田舎町だから野良犬ぐらいはいるだろう。しかし、その犬には見覚えがあった。間違いない。上野原の児童公園で見かけた、あのオオカミのような犬だ。

ついてきたのか？

ふいに、送り狼という言葉が脳裡に浮かんだが、笑う気にもなれなかった。

車が行き交う国道。その路面の向こうから、じっとこちらを見ている犬に、智史は得体の知れない不安を感じて、かすかに身震いした。いきなり襲ってきたり、猛然と吼えかかってこられるわけでもないのに、怖かった。ずいぶんと離れた場所から犬がずっと尾けてきていた。そう考えるだけで気味が悪かった。

ベンチから立ち上がり、傍らに置いていた荷物を急いで背負った。

ザックの背面が汗で濡れていて、それが休憩の合間に風にさらされていたため、躰に密着させたとたんに、飛び上がりそうなほど冷たかった。

少し歩いてから肩越しに振り返ると、車道の反対側の路肩を、犬はこっちに向かって歩いていた。ゆるりとした様子で肩と背中を揺らしながら歩を進めている。視線はこちらに向けられてこそいないが、智史が出発すると同時に向こうも歩き出したのだから、〝ついてきている〟と思うしかなかった。

少し足早に歩き、何度か振り返った。

犬は同じ歩調で進んでいるため、やや距離が開いたものの、安心はできなかった。世の中に犬なんて生き物がいなくなればいいのに。子供の頃、あるときから本気でそう思っていた。周囲の友達が、たとえば散歩中の犬に近寄って撫(な)でているのを、ひとり遠くから見ていた。

たんに犬が怖い。それだけではなかった。

智史のこのトラウマ——精神的外傷は、幼い頃に犬に咬まれたからというだけの理由ではない。そのことを思うたび、亡くなった兄のことが付加的に思い出されるのである。

つらい想いを振り切るように、ひたすら足許を睨(にら)みながら歩いた。

いつしか背後を尾けてくる犬の姿はなくなっていた。しかし、智史は停まることなく、歩を運び続けた。歩くのをやめたら、きっと自分が終わってしまう。そんなことを考えながら、黙然と路肩を歩み続けていた。

初狩駅前という信号の傍にローソンの青い看板を見つけた。

智史は駐車場に足を踏み入れてからザックを下ろし、店内に入った。まず、トイレを借りてから、商品棚の前に立ち、あれこれ指で迷った挙げ句、小さな缶コーヒーを取ってレジに持っていった。

店の外でそれを飲んだ。

喉が渇いていたため、一気に半分空けた。加糖の甘みが疲れた躰に滲みるようだ。飲み終えてから、ザックの雨蓋のポケットを開いて、地図を取り出した。

今朝、出発した上野原の児童公園からざっと指でたどると、三十キロ近く歩いたことになる。

一日の歩行距離としては申し分ない。そう思い、腕時計を見ると、午後六時を回ったところだった。空はまだ明るいが、そろそろ日暮れが近い。

今夜の寝場所を捜さねばならない。

初狩の街中を歩いてみた。

中央本線の小さな鉄橋をくぐった先に、木立に囲まれた神社があった。苔むした石段を上ると、古い鳥居をくぐった。狭い境内に人の姿はなく、柄杓が伏せて置かれた石の手水鉢の横に、水道の蛇口もあった。境内の外れにテントを設営し、二リットルのペットボトルいっぱいに水道水を入れて戻ってきた。

コッヘルに水を入れて沸かしていると、スギの木に囲まれた石段を、あの灰色の犬がのっそりと上がってくるのが見えた。テントの入口に座ったまま、智史は鳥居の下を通ってやってくる大型犬に目が釘付けになった。

歩いている間、何度も背後を振り返ったが、犬の姿なんてなかった。

臭いをたどってきたのだろうか？

見ていると、灰色の犬は手水鉢のところに行って、鉢からしたたり落ちる水を舌を鳴らして舐め始めた。その躰がやけに痩せていることに気づいた。首回りから胸にかけては灰色の毛が豊かなためか気づかないが、下腹部はかなりすぼまっていて、下半身は貧弱に見えた。肋骨が浮き出している。

水を飲み終えた犬は、神社の前に行くと、石段を三つ上り、賽銭箱の前に座った。腹這いになったまま、あの長い舌を垂らして、じっとこっちを見ている。

智史と目が合っても、まったく視線を逸らそうとしない。

ふいに恐怖を押しのけるように怒りがこみ上げてきた。

「なんでついてくるんだよ」そう、智史は声に出していった。

犬は舌を垂らし、躰を規則的に揺らしながら、こちらを凝視するばかりだ。

「お前にいられちゃ、迷惑なんだ。どっかへ行ってくれ！」

無意識に手近にあった小石を拾った。

犬を追い払うつもりだった。

そのとき、掌の中の石の冷たさが、過去の記憶を鮮烈に呼び起こした。

兄とふたり、川の土手道で犬に石を投げていた。足許に落ちていた小石を拾っては、何度も何度も犬に向かって投げつけた。いま、目の前にいる灰色の犬とは似ても似つかぬ野良犬だったが、その情景がありありと脳裡に再現された。

智史は唇を嚙みしめ、右手の小石を見下ろした。

それを傍らに放った。眉根を寄せたまま、自分が放った小石を見ていたが、ふいにまた神社に視線を戻した。灰色の犬は、何事もなかったかのように、穏やかな顔で舌を垂らしたまま、背中を揺らしていた。


智史が小学三年で、兄の隆也（たかや）が四年生だった。

小学校からのいつもの帰り道、ふたりは川の土手道で大きな犬に行く手を阻（はば）まれた。

焦げ茶の毛足が長く、薄汚れていて、首輪をしていないから野良犬だと思われた。最初に石を投げたのは智史だった。続いて兄も投げた。智史が投じたひとつが、犬の頭にまともに当たった。犬は退散するどころか、鼻の周囲に無数の皺を寄せながら牙を剝き出し、ふたりに向かってきた。

あわてて背を向けて逃げ出したが、後れをとった智史に追いすがった野良犬が、太股に咬みついた。やがて犬は近所の老人に追い払われ、彼の通報によって駆けつけてきた救急車に担ぎ込まれて智史は病院に運ばれ、七針も縫う手術となった。咬傷は大腿骨まで達していた。

その晩、兄は父から体罰を受けた。

野良犬なんかにちょっかいを出したのはどちらだと問責され、隆也は自分が先だと応えたらしい。しかも、弟を残してひとりで逃げたと。たわむれに石を投げたのは智史なのに、兄はかばってくれたのだった。おかげで隆也は奥歯を一本失うほどこっぴどく殴られた。母が止めなかったら、もっとひどいことになっていただろう。

なぜ隆也は自分をかばって嘘をついてくれたのか。

その理由がずっとわからずにいた。兄に訊ねる勇気もなかった。それがゆえ、兄に対して気まずさのようなものを感じていた。

野良犬の事件よりずっと前から、両親は兄の隆也を明らかに見下していた。幼い頃から極めつきの悪ガキで、周囲とのトラブルが絶えず、学校や近所で何かと迷惑をかけ、そのため親は謝ってばかりいた。一方、おとなしく育ち、学校の成績も良かった智史に親の期待が傾いていた。

運動神経の良かった隆也は、プロ野球の選手になるのが夢だった。本当は甲子園の常連だった地元の私立高校に行きたかったのだが、それも果たせず、別の工業高校に行くことになった。智史は親の期待の通り、有名大学進学を念頭に置いて進学校に進んだ。

隆也は、必死に勉強して国立大学の法学部に合格した。

やはり弟に後れをとりたくなかったのだろう。弁護士を目指しながらも、一方で山岳部に所属して登山に入れ込んだ。北アルプスを始め、国内の主立った峰々を歩き、そこに人生初めての歓びを見出（みいだ）したのだった。

大学二年の時、隆也は北海道の大雪山（だいせつざん）で雪崩（なだれ）に巻き込まれ、命を落とした。

当時、浪人生だった智史は、翌年、大学への進学を選ばず、故郷に背を向けて家を飛び出して上京し、印刷会社で働くようになった。郷里を離れた直接の原因はいろいろとあったが、やはり死んだ兄が影を落としていたのは間違いない。

それから六年。

二十五歳になって、智史は仕事を失い、人生までも見失った。

ひどい騒音で目が覚めた。

最初は何かわからなかった。金属的な音。それがずっと続いている。

寝袋から片手を出し、額に巻いたままのヘッドランプを点けた。腕時計を見ると、午後十時半だった。寝入って二時間と経っていない。

執拗に打ち鳴らされるその音に悪意のようなものを感じた。神社の境内なんかにテントを張っているから、誰かが怒っているのかと思った。智史は上体を起こし、テントのジッパーを開いた。

とたんに、目映い光がまともに網膜を貫き、思わずうめいて顔を逸らした。

「何だよ。ホームレスのジジイじゃねえし」

下卑た男の笑い声が聞こえた。目を細めながら、見た。黒い革ジャンにジーンズ。茶髪を伸ばした若者が、目の前に立っていた。そいつが右手に握った小型のライトが、また智史の顔を照らした。

奇声が聞こえたのでそっちを見ると、神社の賽銭箱の前で何かが動いていた。

大きな鈴とそこから吊された太い綱に迷彩ズボンにカーキ色のタンクトップの若者が摑まって、ターザンごっこよろしく前後に行ったり来たりを繰り返している。それでさっきから聞こえる音の正体がわかった。

あの犬は――。

周囲を見たが、灰色の犬の姿はなかった。寝入っている間に、どこかに行ってしまったらしい。その代わり、ちょっと物騒なふたり組が、夜の神社を訪れてきたというわけだ。手水鉢の近くに中型ぐらいの排気量のバイクが二台、並んで停めてあった。

そういえば、夢の中でバイクの排気音を聞いたような気がした。石段を使わずに、この神社に上ってくる道がどこかにあるらしい。肝試しかなにかでたまさか夜中の神社に来てみたら、境内に見慣れぬテントが張ってあったということだろう。

「おめえ、何でこんなところに泊まってんだ」

ライトを持った革ジャンの男にいわれた。しつこく顔を照らしてくるので、目を逸らしながら、智史は応えた。

「迷惑だったら他に行きますから」

「金あるか」

「はい？」

「宿泊料」

「だって……」智史は狼狽えたまま、いった。「あなたはこの神社の方ですか？」

「んなわけねえだろ」

ふいに襟首を摑まれ、テントから引きずり出された。

抵抗しようとした途端、腹に一発、硬いブーツの靴先が入った。智史は防御する間もなく、まともに喰らって胃の辺りを両手で押さえ、躰を曲げた。それまで暴力とはほとんど無縁だったから、何が起こったのか、一瞬、理解できなかった。

革ジャンの若者は大げさに嗤いながら、智史の顔を蹴飛ばした。

ごろりと反転したとたん、鼻腔の奥から生暖かなものが流れ出してきて、顎下からしたたり落ち始めた。痛撃のあまりに涙があふれていた。その歪んだ視界の向こう、智史が寝ていたテントに入り込んだ革ジャンの若者が、荷物をあさっていた。

「おい。何かあるかよ」

ターザンごっこをしていた迷彩服の若者の声。迷彩ズボンの両足を大げさに左右に開いて、石段の上に座り、しきりと貧乏揺すりを続けていた。くわえた煙草の火口が、闇に赤く輝いていた。

「こいつ、すっからかんでやんの。財布に千円ちょっとしか入ってねえよ」

「キャッシュカードとかクレジットは？」

「そんなもん、ねえ。ケータイすら持ってねえし」

革ジャンの若者は、智史のなけなしの千円を自分のジーンズのポケットにねじ込むと、空になった財布を遠くへ放り投げた。

「お金。返してください」

「うっせえ！」

振り向きざま、脇腹を蹴られた。

痛みに声が出なかった。鼻血は喉にも流れているらしく、口のずっと奥で濃厚な鉄の味がした。それを飲み込んだとたん、むせて、身を捩じるように何度も咳き込んだ。

血の混じった唾を地面に落としながら、両手をついて起き上がった。

ふいに犬の声がして、顔を上げた。

見ると、あの灰色の犬がどこからともなく走ってきて、革ジャンの男に飛びかかったところだった。若者はなすすべもなく仰向けになり、犬にのしかかられるまま、牙を立てられるのを片手で防ごうとした。

犬が無造作にその腕に咬みついた。くぐもった悲鳴。

地面に落ちたライトの光条がたまたま犬の顔に当たり、その形相が露わになっていた。

まるで別の犬、いや動物のようだった。それまでの穏やかな顔とは打って変わり、鼻の上に無数の皺を刻み、鋭い牙を剝き出しながら両目を吊り上げていた。まさにその姿はオオカミに見えた。

過去の記憶が閃光のように脳裡に炸裂した。

逃げる自分の太股に、鋭く並んだ牙が食い込むときの痛撃も。

「なんだ、こいつ！」

もうひとりが逃げようとした途端、それに気づいた犬が身を起こした。甲高い犬の悲鳴。闇に何かが光った。

仰向けになっていた若者が、とっさに右手をふるった。甲高い犬の悲鳴。闇に何かが光った。銀色に輝いていた。小さいが、たしかにそれは刃物だった。折りたたみのナイフだと気づいた。犬の腹を、もうひとりの若者が蹴り上げた。ふたたび悲鳴が聞こえた。

革ジャンの若者が立ち上がり、迷彩ズボンの男とともにバイクにまたがった。

野太いエンジン音がして、ヘッドライトの光が闇を裂き、青白い排ガスが白く流れた。二、三度、アクセルを吹かしてから、ふたりはそれぞれのバイクをターンさせて神社の建物の脇を通り、闇の向こうへと消えていった。

せわしない排気音が遠ざかり、やがて静寂が戻った。

耳鳴りばかりが残っていた。

すぐ傍の地面に、革ジャンの若者が落としたライトが落ちたままなのに気づいた。LED独特の白っぽい光が、暗い地面を鋭角に切り取っている。それを摑んで、智史はよろりと立ち上がった。鼻血がまだ流れているらしく、足許に点々と落ちた。かまわず歩き、犬のところに行ってみた。

灰色の犬は、少し離れた場所にいた。四肢を突っ張るように立っていたが、ふいに力尽きたのか、その場に伏せ、ゆっくりと横倒しになった。

左の太股を刺されたらしく、その辺りの体毛が濃い褐色に染まっている。頭をもたげてはしきりとその部分を舐めていたが、やがてぐったりと動かなくなった。脚の刺し傷よりも腹を蹴られたことがダメージになったのではないか。だとしたら深刻だ。犬の姿をライトの光で捉えながら、智史は呆然としていた。

「お前……」

他人の声のように嗄れていた。「まさか、ぼくを守ろうとして——?」

犬は虚ろな目をしたまま、浅く、速く、呼吸を続けていた。その前に膝を落とし、智史は間近から犬を見つめた。血塗られた左脚に手をやると、ぬるりとした感触。掌に真っ赤な血が付着していた。

智史は立ち上がった。

肩越しに振り向いた。排ガスの残滓が、まだ闇にわだかまっていた。

しかし奴らがまだそこらにいるとは思えなかった。

電話ボックスの淡い照明の下、あわただしくページをめくって、ようやく見つけた三枝ペットクリニックは、同じ初狩の町内にあった。夜中の十一時を過ぎていたが、電話をかけてみた。なけなしの千円札は奪われたが、小銭がいくつかジーンズのポケットに入っていたのが幸いだった。

呼び出し音が何度か繰り返され、やがて女性の声がした。

——もしもし？

「夜分にすみません。犬がひどい怪我をして……」

ふうっと電話口の向こうで吐息の音がした。

——明日じゃ駄目なのかしら。

「本当にごめんなさい。あのまま放っておくと死にそうだから。でも、大きな犬だから、抱えて運ぶわけにもいかないし、車もないから」

——あなたの犬？

「はい？」

——やっぱりあなたの犬じゃないのね。

「ええ」仕方なくそう応えた。「でも……」

——どこ？

「え？」

——その犬はどこにいるの？

「板金工場の近くにある小さな神社の境内です」

——わかったわ。犬の傍で待っていて。

唐突に電話が切れた。


智史が神社に戻って間もなく、鳥居の下の石段にヘッドライトの光が当たった。灰色の犬は、まだ同じ場所に横倒しになっていた。ぴくりとも動かないので、そっと手をさしのべると、ふいに犬が顔を上げてびっくりした。

一瞬、目が合ったが、すぐに犬はまた冷たい地面に顔をつけ、少し開けた口から長い舌を出して、ハアハアと息をついた。

車のドアの開閉音がし、足音がせわしなく石段を上ってきた。振り向くと、黒っぽいコート姿の女性が足早にやってくるところだった。智史の隣にしゃがみ込み、長い黒髪を垂らしながら犬の左脚を調べている。

鼻筋の通った白い顔に、メタルフレームの眼鏡がよく似合っていた。

「何してんのよ。ライト、ちゃんと当ててみせて」

「あ……はい」

革ジャンの若者が残していったライトの側面には、シュアファイアと書かれていた。アメリカ製で軍や警察が使う強力なフラッシュライトである。その光を犬に向けた。

彼女は灰色の毛をかきわけるようにして、細長い指先で傷の様子を調べていた。その間、犬はじっと横たわったまま、大きく見開いた目だけがせわしなく動き、女性と智史を交互に見ていた。

「いい子ね……大丈夫、傷はそんなに深くない」

そういった彼女は、ふいに犬から手を離した。両手に犬の血が付着し、コートの裾まで汚しているのに気づいたが、意に介さぬふうに智史にこういった。

「おかしいな。浅い刺し傷にしては、やけにぐったりしてる」

「刺されたあとで蹴られたんです。お腹の辺り」

わずかに眉間に皺を刻んだ彼女は、智史にいった。

「内臓にダメージを受けてなきゃいいけど。車で病院まで運ぶから手伝ってくれる？」

智史が応えぬうちに、犬の躰の下に両手を差し入れた。智史も反対側から犬を支えた。

「このまま、そっと……」

ふたりで犬を抱えながら歩き、車まで運んだ。神社の石段の下に、真っ赤な車が停まっていた。スバルのレガシィ・アウトバックという車種だとわかったのは、会社勤めの頃に上司のひとりが乗っていたからだ。

「いいんですか？　車内、汚れますよ」

いったん犬を足許に下ろし、後部ドアを開いた彼女にいうと、奇異な目で見返してきた。

「何いってるのよ。ぐずぐずしてないで、さっさと中に入れる」

命じられるままに、智史は車内への搬入を手伝った。

助手席に乗ると、彼女はレガシィを走らせた。深夜の国道二〇号線は、すれ違う車も少なかった。街灯や自販機の明かりが前から後ろへと走りすぎてゆく。どこかから取り出した煙草をくわえ、彼女は車載のライターで火を点けた。窓をわずかに開けて、車内にわだかまっていた紫煙を追い出した。

「きみ。名前は？」

「落合智史といいます」

「東京から？」

「ええ。まあ」

「で、どこまで？」

「どこって……？」

「境内のテントを見たわ。旅、してんでしょ？　どこまで行くつもりなの？」

智史は応えられず、俯(うつむ)いた。メタルフレームの眼鏡越しに、ちらりと視線を送ってきた彼女は、ふくよかな唇に煙草を差し込んだまま、何故かふっと笑った。

「あてのない気ままなひとり旅か。羨(うらや)ましい」

「そんないいもんじゃないです。職を失って、お金もなくなったから、仕方なく」

「つまり——自分の足で歩いて故郷を目指してるわけね」

「たしかに松本が田舎ですけど、たまたまそっちに向かってるだけで、あそこに戻るつもりはありません。戻る意味なんてないし」

「帰郷に意味や理由を求めるなんて、それこそ逃げ口上じゃないのかな」

「え？」

驚いてその顔を見た。

しかし、彼女はくわえ煙草で前を見つつ、ハンドルを握っていた。

彼女の名は三枝未緒（みお）といった。壁に飾られた獣医師の免許証にそう書かれていた。

おそらく年齢は三十代後半といったところか。さっきはロングヘアが黒髪に見えたが、明かりの下で見ると、少し茶色に染めているのがわかった。身長は百七十センチ近くあって女性にしては長身だが、痩せているためか大柄には見えなかった。

近くの部屋からさかんに仔犬の声がしていた。ペットケージに何頭かの犬や猫が入っているのが扉越しに見えていた。治療中のペットか、あるいは一時預かりのようなことをしているのだろう。

コートを脱ぎ、白衣に着替えてくると、未緒は診察台に横たえていた灰色の犬を診察した。左脚の刺し傷とその周囲を念入りに消毒し、化膿止めの抗生剤の注射を打った。それからていねいに包帯を巻き付け、犬が傷口を舐めないためのエリザベスカラーを装着した。

次に、蹴られた腹部の状態を確かめるため、犬をレントゲン室へと運んでいった。

「内臓へのダメージらしいものはなさそうね。臓器出血も見当たらない。いちおう念のために明日までここで預かっておくわ」

すっかり眠ってしまった犬を診察台に戻し、毛布をかけながら未緒がいった。「――で、きみのほうの傷は？」

ふいに顔に手を当てられて、智史はドキリとした。息がかかるほど間近から目を覗かれている。女性の匂いがした。

「打撲と擦り傷、それに鼻血だけ？　眩暈とか耳鳴りなんかはない？」

「大丈夫です」

彼女が消毒薬などを顔に塗ってくれる間、智史は犬に出会った経緯から今に至るまでのことを話した。

未緒はうなずいたり、まれに相槌を打ったりしたが、ほとんど無言で智史の傷の治療に専念していた。問わず語りのように彼女に向かって喋っていると、なぜか白衣のうなじから見える白い首筋についつい目がいってしまう。深夜、狭い部屋で美女とふたりきりだということをずっと意識していた。

未緒は診察台を離れ、また煙草をくわえた。細長いライターで火を点けると、細長い煙が頰を伝って昇るままにしながら、眠り続ける犬をしげしげと見つめて、こういった。

「アラスカンマラミュートかな」

「はい？」

「この子の犬種。額がマクドナルドみたいなMになってるし、見た目がシベリアンハスキーみたいだけど、ハスキーとはちょっと違うでしょ。立ち耳に巻尾。目は鳶色。マラミュートっていうのは犬種的にはスピッツに近いらしいわ。牡なら四十キロ前後になるけど、この子は牝だからちょっと躰が小さいようね。それにえらく痩せてる。ろくに食べてなかったのね」

「最初はオオカミかと思いました」

「マラミュートをオオカミと交配させる狼犬もいるけど、この子は純血だと思う」

そっと毛皮をさすってから、こういった。「首輪のあとがかすかに残ってる。野良犬かもしれないけど、前は誰かに飼われていたらしいわ」

「どうしてぼくを尾けてたんでしょうか」

「さあ。きみが好きだったのかも。だから、いっしょに旅をしてたんでしょう」

「ぼくは犬が駄目なんです」

「だったら、どうして私を電話で呼び出したの？」

「ぼくを助けてくれたから」

「つまりきみは犬に恩義を感じてるってわけか」

「いや、だからその……」

「何も相思相愛になる必要なんてないじゃない」

そういうと、未緒はふっと笑みを洩らした。細長い煙草を左の指の間にずっと挟んでいた。煙の中に仄かな化粧の香りがして、智史はドキリとしたが、つとめて顔に出さないようにした。

「あの……ありがとうございました。でも、治療費を払うにも手持ちがなくて」

「いいのよ。ふだん儲けてるから」

「儲けてるって……」

「父の代の頃は農家や牧場の牛馬専門の獣医だったの。今はそんな時代じゃないしね。そろそろ潮時だと思ってたら、にわかにペットブームだとかで、大月周辺の別荘客が犬猫をつれてくるようになった。だから、こんな田舎町でも、そこそこやっていけてる」

「ここはずっとおひとりで？」

「ええ。どうして？」

逆に訊かれて、智史は無意識に俯いていた。

未緒は掌で口を押さえながら欠伸をし、眼鏡をとって二本の指で目頭をつまんだ。

「こんな遅い時間までありがとうございました。もう、戻らなきゃ」

「今夜はここに泊まっていけばいいわ。そこの扉の向こうにバスルームがあるから、シャワーを浴びてきて」

「え？」

顔を赤らめた智史に、彼女はこういった。

「きみ、何日もお風呂に入ってないでしょ。汗臭いし」

「あ。すみません」

つかつかと隣室に歩いた未緒は、小さな冷蔵庫から缶ビールを持ってきた。犬が横たわったままの診察台の端に座ると、プルタブを開き、喉を鳴らして飲んだ。茫然と見ている智史の前で、未緒はまた煙草をくわえ、そっと煙を吹いた。


翌朝はまだ暗いうちに目が覚めた。

診察室の隣にある部屋。壁際に置かれたソファベッドの上だった。

昨夜はしばらく眠れなかった。飼い主から預かっている患者たち——仔犬や猫の声がひっきりなしに聞こえてきたせいもあるが、目を閉じてうとうとすると、決まって白衣を着た未緒の姿が思い浮かんだ。

メタルフレームの眼鏡越しに上目遣いにこちらを見るときの深い瞳。ふっくらとした朱色の唇。絹のようなうなじの白肌が夢うつつに脳裡にちらついた。

それでも何とか眠りに落ちたのは、黙って未緒が差し出してくれた一本の缶ビールのおかげだったかもしれない。

床に素足を下ろし、しばし背を丸めてうなだれていた。

壁にかかった時計が、カチカチと時を刻む音が続いていた。ケージのペットたちは寝静まっているらしく、今はかすかな声すら聞こえない。

どこか遠くで鶏が啼いていた。壁際に手を伸ばしてブラインドの隙間を開けると、窓外はまだ暗く、街灯の明かりが道路を淡く照らしていた。

神社の境内に張ったままのテントが気になった。夜が明けないうちに戻らなければ。

そう思って立ち上がった。

トレッキングシューズの靴紐を結び、診察室のほうへ歩いていくと、手洗いの蛇口を見つけたので顔を洗い、水を飲んだ。ペットケージが並ぶ部屋、非常灯の緑の明かりに照らされて、あの犬——アラスカンマラミュートが入った大きな檻が見えていた。こちらに背中を向けて眠っているらしく、格子の向こうに灰色の毛がゆっくりと規則的に動いている。

診察室のドアをそっと開き、硬い長椅子が並ぶ待合室に出ると、空気がひんやりとしていた。トイレのすぐ横に、二階に至る階段があった。彼女はここの二階で寝泊まりしているといった。

無意識に階段の上に視線を向けていた。物音ひとつなく、二階は静まりかえっていた。ふと我に返ったように向き直り、受診受付カウンターにあった小さなメモ用紙に『お世話になりました』と書き残すと、出入口の扉を開いて外に出た。

朝の冷え切った空気に肩をすぼめる。

暗い空がうっすらと白んで、濃紺の筋雲が幾重にも並んでいるのが見えた。

それから二時間と経たないうちに、智史はトラックの助手席に揺られていた。

初狩を出発し、笹子の街中を通り抜けて歩いていくと、『新笹子隧道』の標識を前に足を止めることになった。

ひたすら直線のこのトンネルは全長三キロ近くあり、片側一車線の狭い車道のみで歩道も縁石すらもないらしい。濃密に立ちこめた排ガスの中、トラックを始めとする無数の車にあおられながら歩くのはつらすぎる。

三百メートルばかり引き返して左に折れたら、ツーリストたちに旧道と呼ばれる旧甲州街道に入れるのだが、そっちはまさに羊腸路と呼ぶにふさわしいほどくねった山道らしい。しかも標高千メートルの笹子峠越えというルートである。

さてどうするか。

道端で考え込んでいたとき、大きな銀色のコンテナをトレーラーに載せたトラックが停まった。運転席から、日焼けした顔にサングラスをかけた中年男がくわえ煙草で「兄ちゃん、乗るかい？」と声をかけてきた。

これまで何度となく道端で車に向かって拇指を立てたが、何故か、一台として停まってくれなかった。それがひょんなことで幸運が舞い込むものだと、会釈とともに礼をいい、ザックをコンテナ後部の開閉ドアの中に預けてから、身ひとつで助手席に座った。

トンネルに入るや、サングラスをとった運転手は意外にも温和な顔をしていた。日焼けして肌荒れした顔に無精髭をびっしりと生やしていた。トンネルを出てすぐのところ、右側にある〈道の駅　甲斐大和〉に寄ってトイレ休憩をしたあと、食堂で朝食までおごってくれた。

運転手の名前は栗原佐一(くりはらさいち)といい、富山にある運送会社に勤めて三十年になるという。孔(あな)だらけのセーター、染みの目立つ作業ズボン、素足にサンダル履きという恰好だった。

智史がリストラで職を失い、仕方なくあてどのない旅をしていると話すと、同情のあまり涙さえ浮かべてくれた。どこまでだっていいから乗せていってやるというので、とりあえず甲府を通り越した辺りまでお願いしますと頼んだ。

昨夜は思いがけず獣医師のところでシャワーを借りられたが、シャツもジーンズも埃にまみれ、あちこちが破れていた。甲府の市街地をそんな薄汚い恰好で歩くのは、やはり気が進まなかった。

勝沼(かつぬま)を過ぎた頃、眠気を覚えてうたた寝をした。

三十分も経たぬうち、せわしない声に目を覚ますと、運転手の栗原は片手にトラック無線の大きなマイクを握ったまま、大声で誰かと話していた。智史は黙って前を向いたまま、耳を傾けていたが、「どこどこの街のソープの女が」などといった猥談(わいだん)まじりの会話が続くので、退屈になり、流れゆく窓外の景色を見つめながらの考え事に没入した。

三枝ペットクリニックに残してきた犬のことも考えたが、白衣を着た未緒の姿が脳裡にちらつく。

二十五歳の今まで、つきあった女性はふたりいた。

最初は高校二年のとき。同じクラスの女生徒で、いっしょに映画を観たりしたぐらいのプラトニックな関係だった。二度目は上京したときだ。印刷会社で働くようになって間もなく、写植オペレーターの技術を学ぶために、専門学校の夜間部に通っていた。そこで知り合った二歳年下の娘だった。

彼女とは半年ばかり同棲していた。いずれ結婚しようなどとお互いに話し合っていたが、そのうち彼女のほうから去っていった。故郷の秋田で見合い話があり、あっけなくまとまってしまったのが原因だった。

以来、智史はずっとひとりで暮らしてきた。

いままで年上の女性に魅せられたことなんてなかったのに――。

「兄ちゃん」

「はい？」

運転席の栗原に声をかけられ、思わず振り向いた。

「女のことでも考えてたのかい」

「いや、その……」見事に図星を突かれて頬が紅潮するのを自覚しながら、智史は否定した。「違います」

すると栗原が大げさに顔を歪めながら、智史の股間をむんずと摑んだ。

「若いのにたまってんじゃないのかい」

智史はあわててそれを払いのけた。「知りませんよ」

「何なら、寄り道してっか？」わざとらしく小指を立てながらいった。「甲府駅近くに〈ピンクドール〉って風俗店があんだよ。常連客専門の秘密のＶＩＰルームってのがあってだな。つまり、あれよ。ちょいと色つけりゃ、おめえ、ホンバンやらせてくれんだぜ。中でもエリナって娘が現役の女子大生でバリバリの美人でな――」

「遠慮します」

不機嫌に智史がいったので、一瞬、口をつぐんだ栗原が、ふいにニヤッと笑った。

「まさか兄ちゃん。男専門かい？」

「違いますって！」

むきになって智史がいうと、栗原がゲラゲラ笑い始めた。からかわれたらしい。

石和(いさわ)を過ぎ、甲府の市街地にさしかかると、周囲の車がだんだんとつまってきた。

信号渋滞もあって、ノロノロ運転となる。

栗原は、開け放った車窓からだらりと垂らした右腕で車体を叩いたりしていたが、トラック無線のコールが入って、頭上にとりつけた無線機にかけていたマイクをとり、誰かと交信し始めた。さっきのような猥談ではなく、やけにしみったれた声だと思ったら、トラック仲間の誰かが亡くなったということらしかった。

渋滞でいっこうに進まない車列の中、運転手はときおり洟をすりながら、故人に関する思い出話をマイクに語り、むやみに煙草を吹かした。

交信を終えても、栗原はしばし沈黙していた。ちらと視線をやると、大きなハンドルに片手をかけたまま、じっと前を見つめ、充血した目をしきりとしばたたいている。

「兄貴みたいな人だったんだよ」

ふいにいった。

くわえ煙草だから、火口が揺れて長く伸びていた灰が膝に落ちたが、気づかない様子だった。

「俺に運送の仕事を世話してくれて、あれこれ面倒見てくれたんだ。二年前に胃癌だってわかってな。胃袋のほとんどを手術でとっぱらっちまった。これでまた酒が飲めるって、最後に会ったとき、真っ赤になるほど酔ってたのにさ」

短くなった煙草を唇からむしりとるようにして、灰皿に押しつけると、洟をすった。

「おめえ、身近な人間が死んだことは？」

智史はしばし黙っていたが、ふいにこう応えた。「ありません。両親とも健在ですし」

兄のことはいわなかった。山で死んだことを話そうとして、なぜか言葉が出てこなかった。栗原という名の見知らぬ他人から同情を受けたくなかったのだろう。それほど深い心の疵だったと今さらながら気づいた。

「歳なんかとりたかねえなあ。涙もろくなっちまってよ」

手の甲で目をぬぐい、洟をすすりながら、栗原がいった。「先週、女房が飼ってた犬がフィラリアとかいう病気で死んじまったんだ。雑種だったが可愛くてな。女房もガキができなかったから、自分の子供ぐらいに思ってたさ」

黙っていると、ふいにこう訊かれた。

「兄ちゃん、犬は好きかい？」

「いや」俯いて、少し口ごもってからいった。「別に」

「犬はいいぞ。ゆいいつ人といっしょに生きることを選んだ動物なんだってよ。だから三日飼えば恩を忘れねえっていうんだな」

また洟をすすり上げ、栗原は目をしばたたきながらいった。「女房がいうには、人が犬を選ぶんじゃなくて、犬のほうが人を飼い主として選ぶってんだよ。寿命を終えずに、事故や病気で早死にする犬は、家族の誰かの身代わりになってくれるんだってな」

「犬が人を選ぶ、ですか」

渋滞の車列がまたノロノロと進み始め、栗原は胸ポケットにたたんで入れていたサングラスをかけると、ハンドルを両手で握ってアクセルを踏み込んだ。ディーゼル独特の排気音を立てながらトラックがゆっくりと加速していく。

韮崎（にらさき）の市街地を出たところにラーメン屋の看板を見つけて、栗原はトラックを入れた。

智史に昼を奢（おご）ってくれたあと、爪楊枝をくわえながら駐車場を歩き、観音開きの荷台のドアから、大きなザックを引きずり出した。

「本当にここでいいのかい。何なら長野まで連れてってやるぞ。それとも、富山の俺んちに来るかい？」

「いいんです。自分で歩く旅を選んだから」

栗原がニヤッと笑った。だしぬけに大きな掌で背中を叩かれ、智史は一瞬、よろめいた。視線を向けると、素早く運転席に入って、ドアを閉めたところだった。

「家族を大事にしな」サングラスをかけたまま、窓から顔を突き出し、栗原がいった。

「俺には女房っきりしかいねえがな。それでも、身内ってのはいいもんだ」

ディーゼルエンジンがかかり、黒い排ガスが噴き出した。

大きなトレーラーを牽（ひ）いたトラックが、ラーメン屋の駐車場を出て、国道二〇号線に戻り、徐々に加速しながら遠ざかっていった。智史はしばし立ちつくし、トラックが消えた道路の彼方を見ていたが、足許に置いたザックに視線を落とし、ショルダーベルトを摑むと、片膝に大きなザックを載せながら一気に背負った。

各部のベルトを順番に締め付け、いくつかのストラップを引き絞ってザックを躰に密着させると、ゆっくりとした足取りで路肩を歩き出した。

空がいつの間にか曇っていて、今にも降り出しそうだった。灰色の雲が低く、西から東へとゆっくり流れていた。

天気予報では、しばらく晴天が続くといっていたが、外れたようだ。前方から吹き付ける風に、かすかな湿気が混じっていた。春の雨というのは、独特の匂いみたいなものがある。

午後二時を過ぎた頃に、ぽつりぽつりと雨粒が落ち始めた。ザックの中に雨具が入っていたが、荷物を下ろすのが面倒だった。たいした降りじゃなさそうだから、このまま歩いて行こうと思った。

路肩に続く歩道を歩いていると、ガードレールの向こうに大きな川が見えてきた。中州に生えた疎林の向こう、低い堰堤から滝のように水が白く砕けて落ちている。

鉛色にどんよりと低くたれ込めた空の下で、その水の流れも陰鬱な色に染まっていた。地図によると、釜無川という大きな河川で、下流は富士川と名が変わり、駿河湾に注ぐらしい。

ざわざわと河川敷の柳を揺らしながら風が走り、智史の髪を乱した。

雨脚が少し強くなってきた。

歩きながら、いろいろな想いが脳裡をめぐった。

上司から解雇の宣告を受けた日のこと。住み馴れたマンションのドアをそっと閉めた時のこと。三枝未緒の長い髪と、白衣から覗いたうなじの白肌。あけすけなまでに感情を隠さず、男泣きに泣いていたトラックドライバーの栗原。

それからあの灰色の犬のことを想った。

旅に出てまだ四日目だというのに、半年も歩いているような気がした。それだけいろんなことがあったし、どの記憶も心に濃く残っていた。

雨が痛いほど顔に当たっていたが、なぜか気にならなかった。

その日の夕方は河川敷に下りて野宿をした。

国道が釜無川を渡る場所、穴山橋という大きな橋の袂である。ちょうど頭上にかかる、その橋が雨よけになったので、焚火をし、ずぶ濡れになっていたシャツやジーンズなどの衣類を、紐を張って並べて干した。

その傍に寝床を作った。テントを張らずにキャンピングマットの上に寝袋を敷いただけだった。

フランスパンはとうに食べ尽くしていたので、コンビニでペットボトルに入れていた水道水をコッヘルに注ぎ、焚火に直にかけて沸かした。インスタントラーメンも残り少なくなっていた。ザックの奥に突っ込んだままだったので、背中で揺られているうちに袋の中で乾麺が粉々に壊れてしまっていたが、かまわず沸騰した湯の中に入れ、粉末スープといっしょにかき混ぜた。

ほとんど水気ばかりのラーメンを腹に入れると、少しは落ち着いた。

無性にコーヒーが飲みたかった。しかし、ここから最寄りのコンビニまではずいぶんと距離があるし、あいにくと持ち合わせもほとんどない。これから先、主食もなくなったら、ずっとひもじい思いをしながら旅を続けていかねばならないのだろうか。

ホームレスとどこが違うのか。そう思った。

彼らの多くは人生の目的を失っている。自分の旅も同じかもしれない。

薪があらかた燃え、火が消えかかったので、橋の下を歩いて雨に濡れていない流木をいくつか拾ってきた。焚火の横にそれらを並べ、ビクトリノックスのアーミーナイフについている小さなノコギリで切っては、火床に放り込んだ。

そうして何をするでもなく、無心に火を見つめていた。ユラユラと揺れる炎の下、火床の熾が赤や黒のネオンのように瞬き、蠢いた。ときおり爆ぜるたび、赤い火の粉が闇に舞い上がっていく。そんな焚火を見ていて厭きることがなかった。

雨はまだ降りしきっていた。闇の向こうにしとしとと降る音だけが聞こえている。

最初は焚火の前で胡座をかいていたが、やがてごろりと横になった。寝袋に半身を突っ込んだまま、ぼんやりと揺れる火を見ていると、旅の疲れもあって、うとうとしてきた。

頭上の橋を行き交う車の音を子守歌にして眠りについた。

翌朝、雨は上がったが川霧が濃く、視界が白く閉ざされるばかりだった。

川と焚火場を往復しては、ペットボトルで汲んできた水で残り火をたんねんに消し、最後に土をかけた。一夜の焚火をしたことがわからぬほど、きれいに土を均してから、荷造りをし、ザックを背負った。

朝霧の中、国道二〇号線を行き交う車は、ほとんど減速もせずに走っていた。

黄色いフォグランプが幾重にも連なり、排気音を撒き散らしながら通り過ぎてゆく。

歩道をゆく智史は、大きなザックを背負ったまま、俯きがちに歩を運んだ。

白州町に入り、しばらく行くと、霧が少しずつ晴れてきた。真綿が千切れるように頭上の視界が広くなり、青空がそこから覗いている。

道はほとんど平坦だったが、歩きにつらさを感じた。やけに荷が重い。これまでの長い歩行で疲労がだんだん蓄積しているのだろう。ショルダーストラップが肩に食い込み、ウエストベルトもやけにきつく感じる。あちらこちらの調節用コードを引いては、ザックを躰に密着させてみたり、少し離してみたりした。

左足の踵辺りに靴擦れもできて、足を前に出すたびにひりひりと痛んだ。それでも智史は俯きがちに歩き続けた。

県外ナンバーのバイクの集団がやたら通りかかると思ったら、今日が土曜日だということに気づいた。休日のツーリングを楽しんでいるのだろう。バイクだけではなく、カラフルなヘルメットやスパッツ、サングラスといったスタイルの自転車のツーリストたちも、よく通りかかった。

ほとんどは風のように通り過ぎるだけだが、長野方面から車道の反対側を走ってきた何台目かの自転車が、ふいに中央線をまたぎ、智史のいる路肩にすうっと寄ってきて停まった。白と緑のストライプ模様にデザインされた流線型のヘルメット、頬骨の出た痩せ顔に細身のサングラスが似合った男だった。

「もしかして、落合智史さん？」

だしぬけに名前をいいあてられて狼狽えてしまった。

「あの……そうだけど、どうして？」

白い革手袋でドロップハンドルを握ったまま、ニヤリと白い歯を見せて笑った。

「すぐそこの〈道の駅〉で赤いレガシィに乗った素敵な女性に頼まれたんだ。グレゴリーの青い大きなザックを背負ったバックパッカーがいたら伝言して欲しいってね」

「伝言？」

「〝犬を返すから待ってる〟ってさ」

そういうと、男は「じゃあ」と片手を挙げ、ペダルを踏み込むと、素早く身をひるがえすように元の車線に戻って走り去ってしまった。あとにはポカンと立ちつくす智史だけが残された。

休日ということもあって、〈道の駅　はくしゅう〉の駐車場にはたくさんの車が並んでいた。それでも彼女のレガシィ・アウトバックはすぐにわかった。真っ赤なボディが目立っていた。

その車に寄りかかったまま、三枝未緒は腕を組んでいた。

じっと智史を見ている。

そのポーズがファッションモデルのようで、躰にフィットした黒のセーターにスラックスといった恰好が、やけに眩しく見えた。〈道の駅〉の建物の向こうには、まだ白く雪をかぶった南アルプスの高峰が稜線を連ねていて、そこから冷たい風が吹き下ろしていた。

未緒の長い髪が、その風にさらりと揺れている。

「犬を返すって、どういうことですか」

彼女の前に立ち止まり、智史は挨拶もせずにそう訊いた。

すると未緒は無表情のまま、右手の拳で車のガラスをトントンと軽く叩いた。とたんに、後部座席にいた灰色の犬が立ち上がり、窓に前肢をかけた。嬉しそうに舌を垂らしていた。

「うちで預かるわけにもいかないの。この子、きみの犬だから」

「違いますよ。勝手についてきただけなんだ」

「そう？　犬は理由もなく他人についていったりしないわよ」

「理由……って」

車窓越しにアラスカンマラミュートを見つめた。

元気そうに尻尾をさかんに振っていた。

「とにかく、ぼくにはもう関係ないことなんだ」彼女に抗議するようにいった。「だいいち、犬は駄目なんです。犬嫌い……犬恐怖症、何だっていいけど、とにかく近くにいてほしくもない」

「だったら、どうして私にこの子を治療させたの？　犬嫌いが犬に恩義を感じるって、とても矛盾していると思うけど？」

「それは……」

言葉を失った智史に、未緒がこういった。

「とにかく、車に乗ったら？　きみ、ひどく疲れた顔をしてるし、もしかして無一文に近いんじゃないの。だったらこれ以上、旅を続けるのは無理よ」

智史は俯き、うなずいた。断る理由がなかった。

レガシィの助手席、開け放した車窓から春の風を顔に受けながら、智史は遠くに見えてきた北アルプスの峰々を眺めていた。山梨から隣県の長野に入って三十分。茅野(ちの)の市街地に入り、さらに諏訪(すわ)湖に向かって国道二〇号線を走っている。

未緒は眼鏡を外して濃いサングラスをかけ、片手でハンドルを握っていた。

時速六十キロをキープ。田舎道のためか、信号に停められることがあまりない。

あの灰色の犬――アラスカンマラミュートは後部座席、智史の大きなザックが置いてあるシートの隣に行儀良く座っていて、相変わらずオオカミのような顔で舌を垂らしていた。ハアハアという独特の息づかいが聞こえるたびに気になり、たびたび振り向いていたが、そのうちに馴れてしまった。

左脚にはまだ包帯を巻いていたが、傷を舐めさせないためのエリザベスカラーは外されていた。縫うほどの深傷ではなかったし、包帯を巻いた場所を舐めないようにと、一度だけ犬を叱ったら、それがわかったのか、二度とそれをしなかったからだという。よく躾られたおとなしい犬だと、未緒はいった。

犬嫌いのはずが、どうして助けたのか。二度もいわれた疑問だった。

今思えば、情のようなものを感じたからだろう。それまでは異世界の生物のように敬遠し、常に距離を置いていたのに、皮肉にも、あれだけ嫌っていた犬とふたり連れの旅となっていた。だからだろうか、一度は別れたのに、こうしてまた会ってしまう。

運命といわれると、そうなのかもしれない。

こうして近くにいる犬を見ても、以前ほど畏れていないことに気づいた。

「ホントは仕事に疲れてたの」

未緒の声がして、智史は彼女の横顔を見た。

赤信号で停まったばかりだった。

「春のこの時期ってね、獣医にとっては一年でいちばん忙しい季節なんだ。狂犬病の予防接種で各地区を回ったり、フィラリアの検査、混合ワクチンの接種。だから、待合室にはいつもお客がいっぱい。他にもいろいろとやることがあって、もう毎日がてんてこまい。一日二日逃げ出そうと思って、その理由ばかりを捜してたんだな」

「いいんですか、病院を空けたりして」

「表に『研修のために臨時休業』って張り紙をしておいたわ」

「そういうことじゃなくて……」

いいかけて未緒を見た。そのとき、偶然だったが、何気なく髪を後ろに流した彼女の右手首に、白い疵痕がはっきりと残っているのを見つけてしまった。智史はあわてて視線を前に戻し、無意識に眉根を寄せた。

「ゆうべ、私のこと、ひとりなのかって訊いたよね」

「え……？」

「夫はね、死んだの。山が人生の中心だった人」

山――と聞いて、無意識に眉根を寄せていた。

「ぼくの兄も、そうでした」

未緒は目を細めて笑い、煙草をくわえた。「一九九八年の六月十二日。場所はフランスとイタリアの国境にあるグランドジョラス北壁。ザイルが切れたために二百メートル以上も落ちて、ひどい有様だった。顔がメチャメチャにつぶれててね……」

車載ライターで煙草に火を点けて、未緒はふうっと煙を吐いた。

「いっしょに行きたかったのよね」

「未緒さんも山を？」

「莫迦。そういう意味じゃないの」

かすかに笑って、彼女はアクセルを踏んだ。いつの間にか信号が青に変わっていた。

ＪＲ上諏訪駅を抜けると、やがて助手席の車窓から諏訪湖が見えてきた。

諏訪の街中で十字路を左折すると、国道二〇号線は甲州街道から中山道へと変わる。さらに岡谷インターチェンジ近くにある『20号バイパス入口』という標識がかかったＴ字路を左折して塩尻の市街地へ向かう。

そして、塩尻高出交差点。

道路中央の分離帯の端に立てられた、『20　終点　ＥＮＤ』という看板を通り過ぎた。それまでずっとたどってきた国道二〇号線は、ここがまさに終点だった。この先、飯田、辰野方面に向かうのなら、国道一五三号線。そのまま松本めざして北上するのなら、国道一九号線と名が変わる。

四面道路にかかった歩道橋をくぐり、やがて左手に見えたガスト塩尻店に、未緒は黙ってレガシィを入れた。ちょうど昼時で腹が空いていた。悪いと思いつつも、運転席から降りる未緒に続いて車外に出た。犬を車に残したままなので、車内の温度が上がらないように窓をわずかに開けておく。

窓際の席に案内され、智史は未緒と向かい合って昼食をとった。揚げ物やソーセージなどがふんだんに盛られた日替わりメニューをかき込むように食べながら、オレンジジュースをストローで飲んでいる未緒をちらちらと見た。

「本当にお腹空いてないんですか?」

そう訊ねると、彼女が笑った。「いいのよ。好きなだけ食べて」

「すみません」

いいながらも、フォークを使う手が止まらなかった。

ファミレスを出て駐車場に戻り、智史はレガシィの後部座席からザックを引っ張り出して、背負った。未緒は犬を外に出した。今は焦げ茶の革の首輪をつけ、青いリードをつないでいる。灰色のアラスカンマラミュートは、相棒のように傍にしゃんと座り、旅支度を終えた智史の顔を見上げていた。

「本当に連れていく?」

「だって、そのためにぼくのところに連れてきたんでしょう?」

「リードは離さないで。もちろん逃げ出す子じゃないけど、ノーリードは何かとうるさくいわれるからね。それから、ウンチも必ず回収しなきゃ駄目だよ」

「わかってます」

未緒は笑ってうなずき、少しばかり寂しげに眉根を寄せた。

「本当にこいつ、ぼくが好きだからついてきたんでしょうか」

「それは犬に訊いてみないとね。たんにどこかに向かっているのか、それとも目的地なんてないのかな、今のきみみたいに」

「ぼくは――」

ふと顔を上げて、道路の向こうにかかっている青い標識を見た。

そこには三つの国道の分岐が書かれていた。北へ――そう、智史の生まれ故郷である松本市へ向かうのなら、このまままっすぐに国道一九号線をたどっていけばいい。他に道は選べないような気がした。

ふうっと吐息を投げてから、智史はいった。

「ぼく、やっぱり家へ帰ります」

「マジ?」

「生まれ育った街で仕事を捜してみます。もし見つからなかったら――」

智史はいったん言葉を切って、こういった。「また、旅に出てみればいいんだ」

未緒はしばし彼の顔を見ていたが、わずかに俯きながらいった。「それがいいわ。どこへ向かうにしろ、今のきみには安らぎが必要だと思う」

彼女は眼鏡を外し、黒いサングラスにかけかえた。額にかかった後れ毛を払うその仕種に、ふっと目を惹(ひ)かれた。

「じゃあ、私、これで帰るね」

「お世話になりました」

智史は頭を下げた。

赤いレガシィはガストの駐車場からアスファルトの舗道に出ると、国道二〇号線を元来た方向へと走り去っていった。赤い車体が小さくなり、やがて見えなくなるまで見送っていた智史と犬は、踵(きびす)を返して歩き出した。

白く雪をかぶった北アルプスの山嶺(さんれい)が、西に傾いた太陽の下に青く重畳(ちょうじょう)と稜線を連ねて伸びていた。その手前に松本の市街地が広がっていた。昔と変わらず、街中は交通量が多く、車が行き交っていた。

身障者用の信号のメロディが鳴り響き、車の排気音やクラクション、あちこちの店舗から洩れる音楽が複雑に重なっていた。そんな中、頭上に小さくシルエットとなって帆翔(はんしょう)している鳶(とび)の声が、夕焼け色に染まり始めた空に冴え渡っていた。

東京にいた頃と違って、排ガスの混じった空気がそんなに息苦しく思えないのは、遠い山々から風に乗って届いてくるかすかな雪の匂いが鼻腔をくすぐるからだ。その中で、子供の頃のいくつかの記憶が泉のように湧いてくるのを感じた。

一九号線を離れて、東へ向かう。狭い住宅地の道路を抜ける。

気がつけば、左手に川を見下ろしながら歩いていた。

川の名は薄川（すすきがわ）といった。智史がいつも小学校への通学に使っていた道であった。対岸に甲子園出場で有名な松商（まっしょう）学園のグラウンドと校舎が見える。プロ野球の選手になるのを夢見ていた兄が入りたかった私立高校である。

この辺り、昔は未舗装の土手道だったのだが、今はきれいにアスファルトが敷かれていた。その道をたどって、どこまでも歩き続けた。

太陽はいよいよ山の端に落ちて、そのわずかな輝きが智史と、そして彼に従う犬と、ふたつの影を定規で精緻に描いたふたつの直線のように、道にまっすぐ伸ばしていた。その影の行方を追うが如く、ひとりと一頭は黙然と歩を進めた。

ふと立ち止まった。

右手のリードが、いつの間にか一直線に後ろに向かって延びていた。奇異に思って振り返ると、少しばかり離れたところに、灰色のアラスカンマラミュートが立ち止まり、じっと智史を見ていた。

「どうしたんだ？　お前……」

いいかけて、彼は口をつぐんだ。

この光景、どこかで見たことがある。そんな既視感に包まれて、智史は立ちつくしていた。そうして次第に思い出した。

自分の隣に兄がいるような気がした。

小学四年生の兄の隆也。ふたりが立っている先に、毛足の長い野良犬がいる。ぽつねんとした様子で、犬がそこにたたずんでいた。

そのとき、智史は気づいた。

ここは——まさにあの場所だった。

先に石を投げたのは智史だ。それにつられて隆也も投げた。ふたりで何度か投げるうち、智史の石が頭に命中し、その犬は憤怒(ふんぬ)の形相で跳びかかってきた。

躰が震えた。

雷に打たれたような気がした。

ゆっくりと視線を移して前を向くと、灰色の毛並み、オオカミによく似たアラスカンマラミュートが、ずいぶんと離れた場所にいた。穏やかな顔で、じっと智史を見ているのだった。

そのとき、長らく自分を束縛していたものの正体がわかった。

今になってようやくそれを知った。

智史は、本当は犬を畏れてなんかいなかった。

足を咬まれて血まみれになった彼が救急車で病院に運ばれていったあと、その野良犬は市役所の人たちに捕まった。のちにそのことを兄に聞いたのである。捕まった犬は、当時、保健所などと呼ばれていた保健福祉事務所で〝処分〟された。ガス室で安楽死させられたという。

本当は、ぼくたちのほうが悪かったのに。

いや、兄ではなく、最初に犬に石を投げたぼくこそがいけなかったのに——あの犬は悪者扱いされて、大人たちに殺されてしまった。

その罪の意識こそがトラウマの原因だったのだ。

本当はね。謝りたかったんだよ。お前に——。

智史は灰色の犬を凝視した。

あのときの野良犬とはまったく似つかぬ相手だったが、それでも自分の気持ちがどこかに伝わったような気がした。そのとたん、ふっと涙がこぼれた。

山で死んだ兄を想って、智史はしばし泣いた。

灰色の犬が足を踏み出し、ゆっくりと智史に向かって歩いてきた。そして右手の甲に鼻先を押しつけ、ペロリと舐めた。その冷たい感触に気づいて、ゆっくりと右手を挙げてみた。掌の真ん中に白い石が載っていた。あのときと同じく、ピンポン球と同じぐらいの大きさの、まん丸い小石だった。それを拾った記憶がなかった。しかし、自分がなすべきことを、智史ははっきりとわかっていた。

犬を見つめ、次にその視線を傍らを流れる川に向けた。

意を決したように、大きく振りかぶって投げた。

ゆるやかな放物線を描いた小石が中州を越え、ずっと先の薄川に落ちて、小さな水柱を上げた。幾重にも広がる楕円形の波紋が、夕焼けをうつしとって美しく黄金色に染まる川面(かわも)を穏やかに流れていった。

夕焼け空の彼方(かなた)から、鳶の声が聞こえてきた。

「行こうか」

犬に向かって、そういった。

傍らに並んで歩き出す相棒の姿を見ながら、智史はこの犬の名を何にしようかと考えていた。

疾風（はやて）

三月十五日。徳吉弥太郎は、この日、七十四歳になった。

いつもと何ら変わらぬ、静かな山の一日が終わり、古い柱時計が夜の九時を打ち鳴らして久しい時刻。魂が凍り付きそうに寒い夜風が木戸をガタガタ揺らしながら、表を吹き荒れていた。

赤石山脈の奥まった谷にある粗末な一軒家。

子供も孫もとっくに独立し、七年前に妻が病死して以来、ずっとここにひとりだ。

弥太郎は、一汁一菜の質素な夕食を終えると、ゆっくりと時間をかけて日本酒を二合ほど飲み干した。それから煤けた囲炉裏の傍で古いナタを研ぎ始めた。砥石に水を落とし、右手で柄をつかみ、もう一方の手先で刃を押さえるようにして、リズミカルに前後に動かしながらたんねんに研ぐ。

その姿を、土間に伏せている犬の疾風がじっと見ていた。

疾風は十三歳。純白の毛は艶を失い、主人の弥太郎と同じように年老いているが、巷の老犬のように覇気を失ってはいない。

　三重の山奥から連れてきた牝の紀州犬である。自尊心が高く、忠義を尽くし、普段はほとんど吼えることがないが、いざというときは果敢である。もともと紀州犬はヤマイヌ（オオカミ）の血が混じっているといわれ、イノシシ猟に使われてきた日本固有の犬であり、その歴史は古く、真言密教の場を求めて紀州の山々を歩いた弘法大師に、白黒二頭の紀州犬がつきそっていたという伝説がある。

　弥太郎はときおり、苦楽をともにした愛犬、疾風の顔を見ては、黙々とナタを研いだ。

　静かなときが流れていた。

　砥石から上げた刃先にまんべんなく爪先を当てて、エッジの鋭さに満足すると、ナタを乾いた布でよく拭いてから薄く油を引き、木製の鞘に収めた。それを猟銃を入れたガンロッカーの中にしまい込んだ。

　今は南アルプスと呼ばれる赤石山脈の山々で、もう五十年も猟をやってきた。そろそろ足腰も思うように動かなくなり、多頭飼いしていた犬たちも次々と寿命を終えて、この疾風が最後の一頭になった。

　今シーズンで猟はやめようと思っていた。年金で細々と食っていけるし、冬は炭焼きもするから少々の実入りにはなる。贅沢をいわねば、いずれ亡き妻に呼ばれるときが来るまで、清貧な暮らしがつづけられるだろう。

何よりも、山の命を奪いすぎた。

弥太郎が獲っていたのは主にイノシシで、まれにシカも獲ったが、最近はクマの駆除に駆り出されることも多かった。山が荒れて木の実が不足し、里に下りるようになったからだ。若いハンターたちは、クマ狩りの知識も経験も持っていない。このあたりで確実にクマを仕留められる猟師は、弥太郎をおいて他にいなかった。

獲物を殺すたび、山の神様に感謝を捧げてきた。獣は山からの授かり物だと思っていた。弥太郎は充分にそれをいただいてきた。だから、そろそろ引き時だと感じていた。欲に走って過分に獲れば、山の神様は怒る。それは先達に教わったことだ。

弥太郎を始め、ここらの猟師はみな古老に山の掟を学び、技術と作法を教わってきた。それを今の若い連中に伝えたかったが、誰もそれを受け止めようとはしなかった。レジャーに走った趣味猟のハンターたちは、身勝手に山を蹂躙し、ただ獲物を撃ち倒すことばかりに心が走っている。

パチッと音を立てて、囲炉裏の中で炭が爆ぜた。薄暗い部屋に小さな火の粉が舞い上がった。それは周囲の闇に吸い取られるように薄らぎながら、高い吹き抜けの梁の間に昇っていった。

三月の冷たい山おろしが表の扉をしきりに叩いていた。

その音に変化が生じたとき、土間に伏せていた疾風が顔を上げて耳を立てた。

はっきりと扉が叩かれる音が聞こえた。

犬の疾風よりも少し遅れて、弥太郎が戸口に目をやった。扉が何度も叩かれていた。

弥太郎は奇異に思った。山奥の辺鄙な土地に好き好んで来る者は、そうはいない。

ましてやこんな夜更けである。

この小屋は村から三キロ以上も離れていた。周囲には誰ひとり住む者がいない。ひところは施設に入るようにと、役場の担当者が来たりしていたものだが、断り続けているうちにぱったりと足を運ばなくなった。

弥太郎は膝を畳の上について重たげに躰を持ち上げると、老人特有の緩慢な動作で土間に降り、ゴム草履を履いた。そして土間を横切って戸口へ向かった。扉の閂を外して開けると、そこにふたりの男が立っていた。どちらも頭や肩に白い雪を載せている。ひとりは髭を生やした中年男で、もうひとりはやや若い。

ともに知った顔で、鳥羽勝二と谷本幹康といった。ふたりとも近くの黒戸村の住人であるが、かたや農業、かたや個人商店の経営者。あえて共通点をあげるならば、どちらも五十代で、ともに猟友会黒戸分会に所属するハンターだった。老齢化の一途をたどる猟友会で、五十代は若輩になる。

「弥太郎さん。悪いけんども、明日、クマ撃ちを手伝ってくれねえか」

髭面の鳥羽が野太い声でいった。声と同時に白い息が口許からポッと上がって風にながれた。それをいぶかしげな顔で弥太郎は見て、こういった。「今日で終猟だろう？」

「役所の要請で有害をやってるだよ」

後ろにいた谷本がいった。有害というのは公的機関による有害鳥獣駆除のことで、猟期を外しても猟友会が山に入れる特例である。

「何かあっただけ？」

鳥羽がうなずいた。「今朝早く、橋田(はしだ)地区にでけえのが出てきてトメ婆さんが襲われた。さいわい、腰抜かしたぐれえで怪我はてぇしたこたぁねえだけんども、リヤカーで曳(ひ)いてた米糠(こめぬか)の袋を咥(くわ)えてもっていかれちまったつうだ」

「穴持タズだな」

弥太郎はそうつぶやいた。餌不足などで冬ごもりしそこねたクマのことである。

「分会からは何人か出たのけ？」

「達吉(たつきち)を頭に五名ほど。烏帽子(えぼし)峠の先で見つけたけんども、撃ちそこねて逃げられた。二メートルもあったそうだ」

鳥羽の顔を見て弥太郎はニコリともせずいった。「そんなクマは、ここらにゃいねえ」

猟師はどうしても撃ち取った獲物やこれから撃ちに行く対象を大げさにいいがちだ。彼はそれをよく知っていた。釣師が魚の大きさをいうときは両手を縛れと嗤(わら)われるが、猟師もまったく同じだ。

「とにかく、でっけえクマ公だよ」言葉を濁して、鳥羽がいった。

弥太郎はしばしふたりを見ていたが、やがてまた口を開いた。

「今季で猟をやめようつうて思うとったが、最後のおつとめになりそうだな。だけんど、儂(わし)が出るからには、儂のやり方に従ってもらう。さもねえと怪我人が出るら」

「わかっとるだよ」

狼狽(うろた)え気味に応えた鳥羽を睨(にら)み、

「明朝、六時にまた来い」

そういいはなち、弥太郎は乱暴に戸を閉めた。

向き直ると、疾風はまだ土間に伏せていた。畳に上がろうとして、ふと犬を見つめた。

弥太郎は歩み寄ると、かがみ込んで疾風の耳の後ろを皺だらけの指先で撫(な)でてやった。

「おめえもこれで引退だぁ。長(なげ)ぇこと、よくやってくれたな」

疾風は応えず、ハシバミ色の深い瞳でじっと土間の片隅の闇を見つめていた。

夜半にちらちらと舞っていた粉雪が、明け方には本格的な降りになり、久しぶりに十数センチほど積もった。しんしんと冷え込む屋内で、弥太郎はまだ昏いうちから起き出して、出猟の支度をした。

防寒用の分厚い綿入れの上着とズボン。靴下は三枚重ねて穿き、内側が起毛になっている革の手袋、テンの毛皮で作った中国製の防寒帽を戸棚からとりだした。

次にガンロッカーの扉を開けて、三挺ある猟銃のうち、十年来愛用してきた国産の水平二連銃を選んだ。クマ撃ちにはいつもこれだった。用心鉄の中に引鉄がふたつある。右の銃身にダブルオー・バックと呼ばれる九粒のシカ弾、左の銃身にスラグという一粒弾を装塡し、状況に応じて使い分けるのである。

銃身を折って薬室をのぞき込み、いずれの銃腔にも錆がないのを見てから銃身を戻した。肩掛けの革紐に亀裂やヒビがないことを確認して、猟銃を壁に立てかけた。それから汗がすっかりしみこんで飴色になった革の弾帯に、紙箱からとりだした十二ゲージの薬莢をひとつずつ装塡する。

全部で五発。いつだってそれ以上の弾丸は必要なかった。

疾風はまだ土間にいたが、弥太郎が猟の準備を始めたのに気づき、三角の耳をピンと立て、頭を持ち上げながら見ていた。先ほどまでの穏やかな姿とは違う、野生の闘気のようなものが、疾風の表情の中に見て取れた。やはりお前は根っからの猟犬だなと、弥太郎が声もなく笑った。

鳥羽たちはきっかり六時にやってきた。猟友会のオレンジの帽子とベストを身につけていた。

軽トラの荷台に二頭の甲斐犬を乗せていたが、弥太郎は同行させることを拒んだ。鳥羽の犬たちはろくに猟芸を仕込まれておらず、いたずらに走り回って吼え立てるばかりだからだ。巻き狩りなどのグループ猟ならば追い鳴きに使えるだろうが、クマにかけるためには、無駄吼えをせず、飼い主の命令に絶対忠実な犬でなければならない。最初から犬の気配を悟られたら、勘のいいクマは風を食らって逃げてしまう。

渋る鳥羽を睨みつけて、弥太郎は、甲斐犬たちを林道の枝道を少し入ったところに停めた軽トラの荷台の檻の中に残させた。

そして先頭に立って尾根道を歩き出した。少し離れて鳥羽と谷本がついてきた。

猟師たちの靴底が霜柱を踏み壊す音が、明けやらぬ山の静寂を乱していた。

疾風は意気揚々とした表情で差し尾を風に流し、弥太郎の右横にぴったりとついて歩調を合わせている。

雪は止(や)んだが、早暁の山は冷え込む。尾根筋の新雪にはシカの足跡がくっきりと残っていた。斜面をトラバースするように蛇行しながら続くそれは、弥太郎たちの歩く稜線に到達すると、反対側の斜面に降りていた。疾風は指を二本並べたような蹄(ひづめ)の痕に鼻面をこすりつけたが、さしたる興味もない様子でそのまま歩き続けた。出立(しゅったつ)前にクマの毛皮の臭いを嗅(か)がせておいたから、自分が何を狙うべきかを悟っているのである。

昏い山の樹間に、人間と犬の白い息が風にながれていた。

弥太郎は老人とは思えぬ足取りで、軽々と急斜面を登っていた。随行する疾風もつかず離れず、リズミカルな足運びで木立の間を縫っている。

猟友の谷本とともに、やや遅れ気味に後を追う鳥羽は、急登続きの山行に、ときおり膝に手を当てて息をつきながらうんざりしていた。そしてたびたび老人の後ろ姿――焦げ茶色の上着と耳当てを両側に垂らした毛皮帽を睨みつけていた。

もともと連れてくるはずじゃなかった。

クマ狩りに徳吉弥太郎を同行させるようにいってきたのは、同じ村の三澤兼次(みさわけんじ)という人物だった。今年、八十一になる。もともと猟友会黒戸分会をまとめていた親方と呼ばれる猟師で、本人が山に入らなくなって十年は経つが、隠居の身とはいえ兼次の言葉は絶対だった。地元のハンターはこれに従わざるを得なかった。

兼次と弥太郎はともに猟果を競い合う腕利きの猟師同士だった。躰をこわして兼次のほうが先に引退したが、何度もいっしょに山に入っていた経験から兼次は弥太郎の知識と技術を知っていた。だから、クマ撃ちには弥太郎の腕が必要なのだという。

弥太郎が行くならば鳥羽は今回の出猟を辞退するつもりだったが、兼次はどうしてもいっしょに行けという。弥太郎が現役のうちに学べるものを学べと親方は進言した。しかし、今さら何を習えというのか。

頑迷な古猟師である弥太郎と、若い鳥羽たちは、どうしてもソリが合わなかった。

弥太郎の猟法は古臭く、合理性に欠けていた。犬との主従関係にこだわり、経験と勘と足腰の丈夫さで野山を渉猟する。グループ猟よりも少人数あるいは単独での猟を好んでいたから、山の見切りがものをいう。

今のハンティングは近代化し、システマティックになっている。四輪駆動車で山奥まで乗り入れて、勢子（せこ）と呼ばれる追手たちが首輪にドッグマーカーという発信機をつけた猟犬を多数放ち、互いに無線機で連絡を取りながら獲物を追い立て、タツマ場（待ち伏せ場所）に張った射手に撃ち獲らせる。

猟師が互いに笛や合図鉄砲を鳴らしていたような時代とは違うのだ。

だが、この土地で猟をするかぎり、五十代、六十代のハンターたちは兼次や弥太郎には逆らえない。いくら時代が変わったといっても、古来の作法と山の掟は守るべしといってくる。それが鳥羽たちには疎ましく、苛立ちの元となっていた。

何よりも気にくわないのが、弥太郎の犬だ。

一年前のイノシシ相手の出猟で、疾風は鳥羽の尻を咬んだ。

藪に追いつめた三十貫のイノシシを咬み止めしていた弥太郎の疾風に、あとから鳥羽の犬たちが絡んだ。たまたま近くにいた鳥羽が真っ先に駆けつけ、イノシシに一粒弾を見舞ってトドメを刺したまでは良かったが、咬み止めの邪魔をされたとあって、疾風は鳥羽の犬を威嚇した。仕方なしに、疾風を自分の犬たちから引き離そうとしたときに事故が起こった。

疾風は紀州犬、中でもとりわけ勇猛で知られた小竹系という祖犬の血筋を引くという。プライドがやたらと高く、時として高慢になり、それを鳥羽も彼の犬たちも嫌っていた。

鳥羽は臀部に咬みつかれて大量出血し、仲間に抱えられるように山を下りた。病院で消毒のために血清を打たれ、五針も縫う大怪我だった。だが、弥太郎は一言の詫びもいってこなかった。咬まれて当然だといわんばかりの態度だった。

犬相手とはいえ、恨みは日増しにつのるばかりで、機会あらば疾風を殺してやろうとまで、鳥羽は考えていた。農薬を含ませた肉でも投げてやればひとたまりもあるまい。唯一の愛犬を失った弥太郎の泣きっ面はさぞかし見物だろう。

だが、その機会はなかなか訪れなかった。


夜が明けた。

雪山が銀色に光り輝いていた。

白毛を寒風になびかせて走りながら、疾風は怒っていた。

弥太郎がどうして鳥羽と谷本を連れてきたのか。このふたりも、ふだん彼らが引いていたあの甲斐犬たちも、ろくな奴らじゃなかった。山で猟をするにはそれなりのルールがあることを、疾風は知っていた。それにこだわって行動する弥太郎が疾風は好きだった。しかし、この男たちは違う。下卑(げび)た猟欲に憑(つ)かれて自分勝手な行動をとり、無駄撃ちをし、ひいては平気で仲間に迷惑をかける。

鳥羽と谷本はかなり遅れて背後を登っていたが、麓(ふもと)から林間を風が吹き上げるたび、ふたりの体臭が背後からやってきては鼻腔を刺激した。疾風は鼻面に皺を寄せて臭気を振り払った。できるならば、早足で駆けてこの場を去りたかった。だが、弥太郎を置いてゆくわけにはいかない。だから、仕方なく同じペースで雪の中を駆けつづけた。

一方で出猟の興奮が躰を捉えていた。

躰じゅうの血管を熱い血がめぐっていた。山の獣たちとわたりあうのは、疾風にとって歓びであり、誇りでもあった。ましてや、相手は久々のクマだ。

疾風は、紀州犬の里といわれた三重県南牟婁郡御浜町阪本（みなみむろぐんみはまちょうさかもと）で生まれ、一歳半まで他の兄妹たちと熊野（くまの）の猟師に育てられてきた。イノシシ犬を探しに紀州を訪れた弥太郎が、たまさかその猟師と知り合いになったおかげで、疾風ははるばるこの赤石山脈の麓へとつれて来られたのである。

体格は甲斐犬よりもひとまわりは大きく、胸板が厚く、下半身だけがすぼまっている。南紀ではこれを〝尻がれ〟あるいは〝地びくい〟などと呼んで、イノシシ猟犬としては理想形態といわれていた。また日本犬はいわゆる巻尾の犬が多いが、昔からイノシシ犬には鎌の刃のように反り上がった尻尾、いわゆる差し尾が良いといわれている。ことに紀州犬は〝差し尾の背叩き〟といわれ、走れば尾の先が犬の背を叩くようなのが猟にふさわしいと信じられていた。

歳をとって往年の体力はなくなりつつあるが、それでもまだまだ現役で獣たちと闘える。疾風はそう自負していた。

登り始めてから二十分で、疾風はクマの痕跡を見つけた。

稜線直下の斜面、雪上をはすかいに横切っている大きな足跡だった。鼻先を当てて嗅ぐと、はっきりとしたクマの臭跡があった。疾風は傍ら（かたわ）に立つ弥太郎に吼えて教えた。弥太郎は背を丸めてかがみ込み、足跡の大きさを調べていた。

「親仔連れだな」弥太郎がつぶやいた。

足跡は二種類。大きなものと、小さなものがある。

クマはたいていは春先まで冬越しの穴にこもっている。しかし、まれにこうして冬に出てくるのがいる。変温動物のように完全に冬眠するわけではないので、クマが冬ごもりの最中に穴から出てくることは、決して珍しくはない。のみならず牝グマは穴の中で出産をする。だから、こうして親仔で雪の中を歩くことがある。

もっとも、この仔グマは足跡が大きかった。おそらく二歳。そろそろ仔離れの歳だろう。

「橋田でトメ婆さんを襲ったのは親仔連れだったか？」

「たしか……そう聞いてるけんども」

応える鳥羽の声に自信のなさを感じながらも、疾風は低く地鼻を使い、クマたちの臭線をたどり始めた。それを三人の猟師たちが追ってきた。

足跡は新しく、雪の上にくっきりと残っていた。疾風は鼻を低く、ひとつひとつの足跡に鼻を突っ込むようにして、その臭跡を追った。

クマの臭いは独特で、シカやイノシシとははっきりと違う。疾風は自分の嗅覚に自信を持っていたから、たとえ雪がなくとも確実に相手の歩いた道筋をたどることができる。ましてや、こうも足跡が明瞭に残っていれば、人間たちですら追ってゆけるだろう。

クマに近づくにつれ、足跡から漂う臭いが新鮮になってきた。疾風は次第に興奮しながら足早になり、ときおり高鼻を使って風の匂いを嗅いだ。弥太郎たちがそれを追いかけてくる。人間たちの息づかいと自分の呼気が重なり合って聞こえてくる。

我を忘れたように獲物を追って走り出したい衝動に駆られるが、人間たちとの距離を開けてはならず、たとえ獲物を見つけても、真っ向から飛びかかっていってはならない。自分は獣を止めるのが仕事で、トドメは必ず弥太郎が刺す。

他の犬たちが生きていた頃は、つねに数頭がいっしょになって、抜群のチームワークでイノシシなどを追いつめ、ひとつところに止めたものだ。最初の咬み止めは他の犬たちにまかせ、疾風自身は吼え止めに徹したが、いざというとき、弥太郎に命令されたら確実にイノシシを倒すまで咬んだ。

疾風の腹と首筋には、幾度目かの闘いのとき、牡(オス)イノシシの長大な牙でえぐられた大きな傷跡が残っている。腑(はらわた)が飛び出したほどの深い傷だった。あのとき、弥太郎がとっさに腸を押し込み、救急用の針で腹を縫ってくれたから、疾風は今も生きて、こうして山を走っていられるのだ。

ふいに疾風が足を止めた。

前方の稜線から風が吹き下ろしていた。臭気が近い。疾風は見た。尾根筋を黒い影がふたつ、歩いていた。白い雪原にくっきりと浮き出すように見えた。疾風は本能的に歯をむき出し、姿勢を低くかまえた。そして首筋から肩にかけての針毛を逆立てながらうなった。

人間たちも立ち止まった。クマに気づいたらしい。

鳥羽がさっと銃をかまえた。それを乱暴に制してから、弥太郎がいった。

「儂の指図に従えといっただら！」

それは頭（かしら）としての命令だった。だが、鳥羽は不服そうな顔をした。

なぜいけないか。それは犬の疾風にもわかった。標的までの距離がありすぎるからだ。ここから銃弾を放って、たとえ命中したとしても急所を外す可能性が大きい。手負いのクマほど厄介なものはない。

母グマがこっちを見下ろしていた。その後ろで仔グマも彼らを見ていた。

「もう一度、訊（き）くけんども、村内に出たのは、たしかに親仔グマだったんだな？」

弥太郎にいわれて、鳥羽が黙っていた。

「ウソでねえずら、弥太郎さん。あの親仔に間違（まちげ）えねえってよ」

代わりに応えたのは谷本だった。声にまるで張りがない。そんな谷本の、心のうちの不確かさが、犬の疾風にもありありとわかった。

前方に目をやっていた鳥羽が、「あっ」と叫んで指さした。ちょうど二頭が尾根の向こうへ走って消えたところだった。四肢に蹴られた雪が風にながれるのがはっきりと見えた。弥太郎は決意したらしい。鋭い声を放った。

「疾風。ゆけ！」

その合図をずっと待っていた。

疾風は雪を蹴って猛然と駆け出した。極限まで押し込められていたバネが解放されたように、すさまじい勢いで純白の斜面を駆け上ってゆく。声も発せず、ただひたすら一直線に急坂をつめる。耳許で風がうなり、濡れた鼻先が凍り付くほど冷たかった。だが、疾風は高揚感に突き上げられていた。

山を走る。それが生き甲斐だった。

年老いて足腰が弱り始めていたものの、俊敏さではどんな犬にも負けぬ自信があった。ガレ場（荒れた岩稜地帯）で牡ジカの足に追いついたこともある。ましてや今回の相手は仔連れの母グマ。わけはなかった。

クマたちは雪煙を上げつつ、黒い躰を揺らして走っていた。遅れがちの仔グマを、母グマがしきりと振り返っている。臭気が風に乗って届き、それが疾風の士気を高めた。母仔の間がさらに開き、ついに仔グマが停まった。近場にあるモミの木に前肢でしがみつくと、よじ登り始めた。黒っぽい葉叢がガサガサと揺れ、粉雪が落ちた。

母グマがそれに気づいて停まった。そこに疾風が追いついた。クマが前肢で雪面を叩き、歯をむき出して唸り声を発した。真っ赤な口の中に白い牙が並んでいた。そこから白く呼気が洩れて風下に流れた。疾風は数メートルの距離をとって、大きく何度も吼えた。後ろから追ってくる弥太郎たちに、クマの居場所を知らせるためだ。弥太郎も老人ながら足が速い。もうじき追いつくはずだ。

母グマは短く咳き込むように吼えながら威嚇をつづけた。疾風も吼え返した。互いの声が、遠い山々に谺していた。

弥太郎は疾風に追いついた。

肩掛けしていた散弾銃を外して、安全装置を外し、スラグ弾を装塡した左銃身側の撃鉄を拇指でゆっくりと起こした。台尻を肩につけてかまえた。母グマは三十メートル先、疾風が離れた場所で吼え止めをしている。射程には充分だ。近くのモミの木が激しく揺れていた。仔グマが登っているのだ。葉叢の間から怯えた様子で下を見ている。

「弥太郎さん。俺に撃たせてくれ」

あとからやってきた鳥羽が、ハアハアと息をつきながらいった。弥太郎は振り向いたが、何もいわなかった。さらに遅れて谷本がようやくやってきた。急登を焦って走ってきたため、ふたりとも大きく肩を揺らして白い息を洩らし、今にもへたり込みそうな様子だった。

「その様子じゃ、弾丸は当たりっこねえだ」

そういってから弥太郎はまた銃をかまえた。そして、無造作に撃った。

一瞬、空気が張り詰めたようになり、スラグ弾独特の底力のある銃声が雪山に轟き、谺を曳きながら返ってきた。

弾丸は狙いどおりに肋三枚と呼ばれる脇下に入った。クマが雪上に転がり、弾丸を受けた自分の傷口に激しく咬みついた。何度となく身をよじりながら暴れ、低く吼えていたが、やがてその動きがだんだんと鈍くなってきた。うーん、うーんと人間のようなうめき声を洩らし、雪上に伏せたまま動かなくなった。

疾風が吼えた。倒れたクマにかかっていくと、興奮した様子でさかんにクマの耳の辺りを咬んでいる。相手の耳を攻撃するのは疾風の癖だ。

弥太郎は口笛で疾風を呼び戻し、その頭を撫でてから、まだ銃口から煙を洩らす散弾銃の銃身を折り、指先で空薬莢をつまんで抜くと、二発目のスラグ弾を装塡した。そして銃を肩付けし、油断なくかまえながらクマに近づいていく。疾風が傍を歩き、鳥羽たちがついてきた。

クマは死んでいた。銃弾が脇下から心臓に入っていた。開いた瞳孔が光を失っていた。

真っ黒な躰の隣にひざまずき、弥太郎が雪の上に銃を置き、両手を合わせて黙禱した。

ふいに間近から銃声がした。

とっさに振り向いた弥太郎は、銃をかまえている鳥羽を見て、その銃身のずっと先に目をやった。モミの幹と枝葉を揺らして、仔グマがどさりと雪の上に落ちるのが見えた。

「莫迦者がッ」怒鳴りざま、弥太郎が立ち上がった。

仔グマは人間の赤ん坊のそれによく似た哀しげな声を発しながら、雪の上でもがいていた。急いで歩み寄った弥太郎が、仔グマの前にしゃがみ込んだ。弾丸が腹に入っていた。即死に至らぬ場所だ。黒毛が赤くじっとりと濡れて、それを仔グマは舌先で舐めていた。だが、銃創から流れ出す血は止まらず、雪をも朱色に染めていった。ぴちゃぴちゃと自分の血を舐める音が静寂の中にいつまでも続くように思われた。

弥太郎は無念の表情で、散弾銃の銃口を仔グマに向け、引鉄を絞った。

銃声が雪山に轟き、疎林が震えた。

「弥太郎さん。そっちは俺の獲物ずら。なんであんたがトドメを刺すだ？」

不平をいいながらやってきた鳥羽に向き直り、弥太郎はその顔を殴り飛ばした。鳥羽は背後にいた谷本ともつれ合い、ふたりで雪の上に転げ落ちた。

「仔グマを殺めるなんざ、慈悲もねえ野郎だ。だいいち立木に登ったら、それがクマの負けつうこんだ。それぐれえ猟師なら知ってるら？」

「だけんども、母グマを撃たれたら、仔だけじゃ育っていけねえよ。どうせのたれ死ぬ」

雪上に仰向けに倒れたまま、鳥羽が不平をいった。

「よく見るだ。仔つうだども、もう若グマだ。この六月で親と別れてたはずだ」

「屁理屈こくでねえよ、爺さん。大きかろうが小さかろうが、クマは獲物だ」

「よもや……」

弥太郎が哀しげな顔をしていった。「こいつら、村内に出たクマとは違うだな？」

鳥羽がたじろぐのがわかった。視線が泳いでいた。

「無益な殺生をさせおって」

年老いた弥太郎は皺だらけの顔で鳥羽たちを睨みつけた。「おめえは欲に目がくらみ、山に感謝する心を知らねえ。猟師の風上にも置けねえ痴れ者だ」

「何だと？　くそジジイ」

鳥羽が立ち上がり、手にしていた散弾銃をかまえた。「もう一回、いってみろし」

弥太郎は間近から自分に突きつけられた銃口を見、鳥羽の顔を睨んだ。充血した目が狂っていた。憤りに我を失っていた。

「やめろよ、鳥羽チャン。やり過ぎずら」

谷本が後ろから鳥羽を制止しようとした。それを振り払おうとした鳥羽の指が、引鉄にかかっていた。

銃声。

その残響が樹林を揺るがし、粉雪がはらはらと林間を舞った。

耳鳴りの中で谺が何度も繰り返されている。鳥羽勝二は呆然と立ちつくしていた。眼前に仁王立ちになった徳吉弥太郎が硬直して、口を引き結んでいた。その胸の辺りが真っ赤に染まっていた。

鳥羽は自分が持っていた散弾銃を見下ろし、また視線を戻した。突然、弥太郎が雪の中に仰向けに倒れた。同時に疾風がけたたましく吼え始めた。

弥太郎はピクリとも動かなかった。

たちの悪い冗談のように、鳥羽には思えた。散弾銃を持ったまま、おそるおそる歩み寄り、膝を突いた。弥太郎の虚(うつ)ろな目が空を見上げていた。が、そこには何も映っていないように思えた。先刻のクマと同じだ。死んだ者の目だ。火薬の燃焼臭がいつまでも辺りにわだかまっていた。鳥羽は吐き気を感じた。

「どうするら？　鳥羽チャン、弥太郎さんを撃ち殺しちまっただよ」

谷本が、さっきからずっと同じことをいっていた。判で押したように言葉を繰り返しているのに自分で気づいていないのだ。顔面は蒼白で、唇を小刻みにふるわせていた。きっと自分も同じに違いないと、鳥羽は思った。

「なあ、どうするら？」

なおも繰り返す谷本に、鳥羽は「うるさい」と一喝の声を放った。

うるさいといえば、弥太郎の犬もだ。さっきから、けたたましく吼えつづけている。

「山でひとり暮らししてるジジイだから、死んだことなんて誰も気づかねえ。このま置いときゃ、イノシシやアナグマに喰われてすぐに骨ばかりになるだ。ここらの山に入る奴はいねえし、見つかるのは何ヵ月も後のことだ。ひとりでのたれ死にしたと思うだろうさ」

「だけんど兼次さんには何つうんだよ」

「今回は、弥太郎に出猟を断られて、俺たちだけで山に入ってクマを撃ったと報告すりゃあいいずら」

そういった鳥羽が、ふいに眉をひそめて向き直った。

間近でしきりに唸りながら牙を剝きだしている紀州犬、疾風がそこにいた。じっとそれを見ているうちに、鳥羽は気づいた。

「犬を逃がすな、谷本。こいつだけで山を下りられるとまずいことになる」

鳥羽は散弾銃をかまえ、疾風に銃口を向けた。撃った。遠慮はいっさいなかった。四つ目の銃声が、白い山巓（さんてん）に谺した。しかし、一瞬早く、疾風は跳躍していた。その場から逃げ出したのなら、後ろ姿を銃口で追って仕留めることができただろうが、犬は予想外の行動に出た。鳥羽と谷本に向かって走ってきたのだ。そして大きく後足（あとあし）でジャンプし、驚くふたりの間を、文字通り、風のように駆け抜けた。

「くそッ」

振り向きざま、さらに発砲した鳥羽。だが、白毛の犬は雪上では見分けづらい。犬はなおも駆け、斜面を尾根筋に沿って登っていった。足跡だけが点々と残っていた。駆け寄った鳥羽は、片膝を雪についてからいった。

「弾丸は当たってる。そう、遠くまでは行けねえな」

雪に刻まれた疾風の足跡に、赤い染みがまとわりつくように続いていた。

「麓から犬どもを連れてくるだ。山狩りだ」

そういって、鳥羽は銃を肩掛けして歩き出した。よろめくように躰を揺らしながら青ざめた谷本がついてきた。

尾根をふたつ越えたところで、疾風は脚をもつれさせ、冷たい雪に転倒した。

シカ弾の一発が左の太股に入っていた。二度目に撃たれたときに食らったのである。銃創から出血が続き、疼痛がずっとわだかまっていた。異物が筋肉の中に押し込まれている感覚がある。これが胴体のどこかだったら、もう死んでいただろう。

撃たれるとは、こういうことか。疾風は初めてそれを知った。

何とか立ち上がって走ろうとしたとき、急に足場の雪がくずれた。バランスを失って疾風は大小の雪塊とともに急斜面を転げ落ちた。シラビソの立木に横腹を厭というほどぶつけ、悲鳴を洩らした。左後肢をかばうように立ち、躰をぶるぶると激しく振るった。純白の毛にまとわりついていた粉雪をはらった。

鳥羽たちが追ってくるのはわかっていた。あからさまな殺意を感じていた。とっさに山奥を目指して走ってしまったが、判断を間違えていたことに途中で気づいた。村に戻って、他の人間たちに知らせるべきだったのだ。

弥太郎のことを思った。

哀しみがこみ上げてきたが、犬は人のように泣くことができない。七年前、妻の葬儀のあと、ひそかに小屋の片隅で泣いている弥太郎の後ろ姿が忘れられなかった。がっしりとした肩をふるわせて嗚咽する姿を、そのとき疾風はじっと見ていた。人間は哀しいとき、ああして感情を表現する。いや、哀しみを押し込めるために声を洩らして泣くのかもしれない。だが、犬である自分にはそんなことができない。

だから、深く沈み込んだ重たい哀しみを心に抱いたまま、この山を走るしかなかった。オオカミならば遠吼えをしたかもしれないが、紀州犬の疾風にそんな習性はなかった。それでも、弥太郎の記憶が脳裡につきまとった。年老いた飼い主との思い出がくり返し脳裡に甦った。

鳥羽は愚かな男だった。欲に駆られた悪人だった。

疾風ら犬の仲間だけではなく、イノシシやクマにも一頭一頭、はっきりとした個性がある。キレやすい奴もいれば、おとなしい奴もいる。軽薄な奴も、慎重な奴もいる。だが、動物にとって〝悪〟という概念はない。ところが人間は、唯一、悪事を行える生き物だ。私利私欲のために人間たち自身が作ったルールを破り、また自分だけが得をしようとする。どんな狡猾な肉食獣にも、人間ほど邪になれる存在はない。

しかし、逆に人間ほど優しく、自己犠牲をしてまで他者のために尽くそうとする生き物も、また自然界にはいない。

疾風にとってみれば、その両極端の象徴的存在が、鳥羽と弥太郎なのであった。

熊野から引きとられて以来、十一年と半年という、犬にしてみれば恐ろしく長い時間を飼い主の弥太郎と過ごした疾風は、ある意味、人間に感化され、その心がわかるようになっていた。ことに猟場という緊迫した特殊な状況下においては、いろいろな感情が噴出する。疾風はそれを見て、数々の影響を受けて生きてきた犬だ。

哀しみも、そのうちのひとつ。そして、憎しみも――。

疾風は四肢を踏ん張るようにして立ち、背後を振り返った。カラマツやダケカンバの疎林が雪に覆われ、なだらかな山の稜線が空との境界を彩っている。追手の姿はまだ見えないが、殺気をはらんだ気配だけは尾根の彼方(かなた)に感じられた。

奴らはすぐに来る。何とかまいて、村へと下りねば。

疾風は痛む左後肢を引きずるようにして、冷たい雪を踏みしめながら、また歩き出した。

山頂から吹き下ろす風が、雪面を渡ってきて、横殴りに疾風を打った。艶のない白い毛をそよがせながら、疾風は次第に早足となった。

林道の脇道に頭を突っ込むように軽トラを置いた。鳥羽と谷本が降りてくると、荷台の檻の中にいた甲斐犬たちが吼え始めた。置き去りにされたことを怒っているのだ。

弥太郎の軽トラも隣にあって、まるでひっそりと乗り手の帰りを待っているようだった。鳥羽は死体から探り出していた車のキイを谷本に渡した。谷本は手筈(てはず)通り、弥太郎の軽トラを走らせ、枝道のずっと奥まで乗り入れてから、徒歩で戻ってきた。林道を走る車はまれに見るが、枝道の先まで分け入る者は、四月の山菜採りのシーズンまでいない。弥太郎の軽トラが見つかる可能性は低い。

あとはあの犬を追いつめるだけだ。

鳥羽は檻の扉を開放し、愛犬二頭を荷台から引き下ろした。小鉄とブラッキーと名付けた甲斐犬。これまで何頭もイノシシを止めている。弥太郎にいわれるような駄犬では決してなかった。弥太郎の軽トラを乗り捨てる前に、助手席から、疾風が座っていたシートの敷物を引っ張り出してあった。自分たちが追う相手の臭いをそれぞれの犬に嗅がせた。

小鉄の首輪につけたドッグマーカーのスイッチを入れ、小型トランシーバーの受信周波数を合わせた。マーカーから放たれるビーコン信号が断続的に入るのを確認してから、リードを離してやった。

鳥羽の合図を待つ余裕もなく、小鉄とブラッキーが矢のように走り出した。いくつもの足跡が残っている雪の斜面を、ふたつの黒い弾丸となって駆け上ってゆく。その姿はあっという間に樹間の向こうに見えなくなった。

ふたりは自分たちの軽トラで林道を走り、尾根を回り込んだ。俊足の犬に先回りするには、車の足に頼るに限る。鳥羽はここらの山を知り尽くしている。弥太郎の犬が逃げる場所はだいたいわかっていた。小鉄とブラッキーは勢子として獲物を追いかける。そして鳥羽たちはただ待ち伏せをすればいい。

沢沿いの未舗装の林道に軽トラを乗り入れ、突き当たりで停めた。

谷本と車外に出ると、猟銃を引っ張り出し、肩掛けする。ふたりともガスオート式の散弾銃だ。三発の連射ができる。左手に持っていた受信機を耳に当て、マーカーの小型マイクが拾う犬たちの走る音とハアハアという息づかいを聴きながら、鳥羽はきつい斜面を登りだした。やや遅れて、谷本がついてきた。鳥羽が振り向くたび、ひどくつらそうな顔で視線を合わせてきた。その情けない姿に鳥羽は苛立ちを覚え、心の中で毒づいた。

あれは事故だったのだ。谷本が後ろからちょっかい出したから、銃が暴発したのだ。故意の発砲ではないと立証されても、過失致死は免れない。下手をすれば実刑を食らって刑務所行きだ。よりにもよって、あの弥太郎なんかのために……。

谷本も同じ想いのはず。なのに、どうしてそんな情けない顔をしやがる？

弥太郎の死に様が脳裡に焼き付いて消えようとしない。

何度もそのイメージを振り払おうとした。

自分を正当化するためには、相手を徹底的におとしめるしかなかった。だから、急斜面を登りながら、鳥羽は弥太郎に関する記憶を呼び起こし、とくに悔しかった出来事ばかりを反芻(はんすう)した。

頑固一徹で自己流に徹した老いぼれ猟師だったが、そのため、たびたび衝突し、怒鳴られ、殴られたこともしばしばだった。そのくせ、自分ばかりがいいとこ取りで、肝心の手柄はすべて持っていってしまう。

先刻のクマだってそうだ。

獲物を見つけてさっさと自分だけが撃つ。仕方なしに仔グマを撃てば、だしぬけにどやしつけてくる。そんな頑迷固陋(ころう)なジジイの理不尽さに辟易(へきえき)していた。いつまでもつきあっていられるはずがなかった。撃ち殺してせいせいしたぐらいだ。弥太郎も山で死ねて本望だろうさ。

昔はクマ撃ち猟師は尊敬されたものだ。ところがお役人だって、最近はクマを撃ったといえば、いい顔をしない。ツキノワグマは希少種だという。しかし、クマどもが山から消えて、いったい何が悪いのか。あの仔グマだって、放っておきゃ、いずれ成長して人に害をなす動物になっただろう。

ハアハアと喘(あえ)ぎながら、斜面を登りつづけた。

疾風を仕留めたら、現場に戻って母仔グマをどちらも担ぎ下ろしてしまおう。手柄をみすみす捨てることはない。

谷本がようやく追いついてきた。膝に両手を突き、肩を揺らして喘いでいた。躰中が雪まみれになっている。それを見た鳥羽は、しっかりしろとどやしつけようとした。

受信機に入ったビーコンの合間に、犬の吼え声が聞こえた。

小鉄とブラッキーが疾風に追いついたのだ。

犬たちの声が聞こえた。

疾風は脚をかばって走りながら、その正体に気づいた。鳥羽が飼っていた猟犬どもだったが、平常ならば疾風の敵ではない。疾風のほうが遥かに足が速いし、場数を踏んでいる。いざ本気で牙を交えたら、一撃で咬み伏せる自信もあった。だが、散弾を脚に食らっている今、闘いに必要なフットワークに欠けていた。相手が一頭なら何とかなるが、二頭に前後を挟まれると危ない。さりとてこのまま逃げ切る自信はなかった。

どうするか？

疾風はカラマツの疎林の中に立ち止まり、逡巡した。

どこかで挟み撃ちにされぬように迎えるしかない。だが、犬を倒しても、鳥羽たちがいる。あとをたどっているか、それとも先回りをしているか。おそらく車を使って、回り込んでいるに違いない。

まごまごと考える時間はなさそうだった。二頭の甲斐犬の声がだんだんと近くなり、息づかいが聞こえ始めた。思ったよりも早い。疾風の落とした血痕をたどっている。迷いもせずに、まっすぐここへ駆け上ってくる。

犬の姿が白い雪の中に確認できた。雪をかぶったカラマツの木立の間を、ふたつの黒い影が走ってくる。首輪にとりつけられたマーカーもよく見えた。あの装置が発する発信音をたどって、鳥羽たちもいずれやってくる。

ここで闘うか。疾風は意を決した。

鳥羽の犬、小鉄とブラッキー。どちらも純血の甲斐犬だが、躰の大きな小鉄のほうがリーダー格であることを、疾風は知っていた。小鉄が先陣を切り、やや遅れてブラッキーが走ってくるのが見えた。風は向かい風。犬たちの臭いの中に、殺気が含まれていた。

彼我の距離が一気に縮まった。疾風は動かず、二頭の到来を待った。急登を駆け上ってきたばかりの犬たちは、きっと息が上がっている。一方で疾風は充分に休息している。足の負傷というウィークポイントを補ってあまりあるほどの活力が体内にみなぎっている。

勝負は一瞬だ。

先刻の、クマとの対峙を思い出した。吼え止めの迫力で、母グマを釘付けにし、仔グマは樹上に逃げた。あのときの自信が甦ってきた。

疾風は鼻に皺を寄せ、牙を剝き出して低く唸った。敵に向かって威嚇の声を放つタイミングをはかった。

鳥羽はドッグマーカーの受信装置である小型トランシーバーを耳許にかまえながら、険しい雪の斜面を登っていた。首輪のマーカーが拾う犬たちの吼え声は、さっきから続いていて、しかもだんだんと高まっていた。いよいよ彼の二頭の犬が疾風を追いつめたことをこちらに知らせていた。

犬たちの興奮が伝わってきた。

イノシシ猟で小鉄たちが大物を吼え止めしている場面を思い出し、猟欲が激しくつのってきた。憎き弥太郎の犬を仕留めることに、鳥羽は生き甲斐を感じていた。疾風はまさに弥太郎の躰の一部だった。疾風を殺すのは弥太郎をもう一度殺すことと同じだ。そう思って鳥羽は喜びに打ち震えた。

ふいに犬たちの声が変化した。

果敢な吼え声が、突如として悲鳴に変わった。

「小鉄！　ブラッキー！」

鳥羽は犬たちの名を叫びながら、柔らかな雪に足をとられつつ、大急ぎで現場に向かった。マーカーの音は絶え間なく明瞭に聞こえ、雑音も入らないことから、発信源がずいぶん近いとわかる。しかし犬たちの声は無線機に入ってこなかった。ビーコンの音がくり返されるだけだ。鳥羽は厭な予感に包まれていた。

前方にカラマツ林があり、風が吹くたび、粉雪が枝々からはらはらと落ちていた。白い紗幕となって、樹間を流れてゆく。その木の間越しに、黒いものが見えた。雪上に横たわっている。赤い染みが点々と散っている。

「小鉄ッ！」

名を叫びながら走った。

駆け寄って、雪の中に膝を落とした。六年飼ってきた甲斐犬が、血まみれで横倒しになっていた。下腹を咬み破られたのだとすぐにわかった。その前に両手を突いて、鳥羽は茫然自失となっていた。

鳥羽が顔を上げた。「ブラッキーはどこだ？」後ろに谷本が立ちつくしている。

犬の名を呼びながら、周囲を見た。

「ブラッキー！」

静かな雪の森に谺が響くばかりだった。

「鳥羽チャン、あそこだ」

谷本が指さしていた。

少し離れた場所。雪がなだらかにせり上がり、畝のようになっていた。そこにもう一頭の甲斐犬、ブラッキーが倒れていた。鳥羽は走った。片耳がズタズタに裂かれていたが、やはり腹部を咬まれたのが致命傷だったようだ。おびただしい血とともに薄桃色の内臓が出ているのが見えた。即死だった。

「あの……野郎」いいながら、鳥羽が立ち上がった。オレンジ色の猟友会の帽子を片手でつかみとり、しわくちゃにして、放り投げた。

ふいに背後から短い間隔の足音が聞こえ、振り向いたとたん、雪の大地を蹴って跳んだ疾風が、立ちすくむ谷本に襲いかかった。それは一瞬の出来事だった。紀州犬の大きな口。鋭利に並んだ犬歯。側頭部に牙を立てられて、谷本が派手な悲鳴を放って倒れた。

鳥羽が肩掛けしていた散弾銃を腰だめにかまえた。狙わず発砲した。

鼓膜を圧迫するような銃声が木立を抜け、遠く山嶺(さんれい)に当たって返ってきた。だが、疾風の姿がない。鳥羽は銃をもったまま、周囲に視線を配った。犬の足跡が白い雪にくっきりと残っていた。

「いてぇ……いてぇよぉ……」

躰を胎児のように丸め、血まみれの側頭部を押さえながら、谷本が泣いていた。断ち切ったようにもぎとられた耳が、すぐ傍に無造作に落ちていた。血に染まったそれは、大きなキムチの塊のように見えた。それを見下ろしていた鳥羽は、肩越しに振り向いた。相棒の悲鳴をよそに、あの犬の姿を捜した。

「くそったれが。ぶち殺してやるだ」

そういながら歩き出した。谷本の悲痛な叫び声が背後に遠ざかっていく。

風音が次第に高まってきた。

疾風は藪に潜んでいた。

じきに鳥羽が追ってくる。

疾風は〝戻り足〟を使った。虎がやる猟師の欺き方だ。雪に残した自分の足跡をたどって下がり、傍らの藪に身を隠す。この攻撃方法を、紀州犬の疾風は本能的に学んでいた。経験を積んだ猟師はあなどれないが、今の鳥羽は明らかに錯乱していた。犬たちを殺され、相棒を咬まれ、憤怒に突き上げられていた。勝算はあった。

藪は冬枯れていたが林縁効果のおかげで雑草が濃かった。数年前に木々が伐採され、日が差したから、草葉の勢いがついたのだ。その中に疾風は息をひそめて隠れていた。〝木化け石化け〟という弥太郎の口癖は知らなかったが、疾風は無意識にそれになっていた。じっと気配を殺した。

雪を踏む足音。そして、息づかいが近づいてきた。

オレンジのベストをはおったハンターが、シラビソの木々の向こうから姿を現した。肩付けした猟銃をかまえながら、油断なく視線を左右に配っていた。

鳥羽が目の前に来た。視線が雪の足跡に落ちていた。

疾風は藪を揺らして飛び出し、鳥羽の喉頸めがけて跳んだ。反射的に鳥羽が向き直った。猟銃の銃口がこちらを向いていた。空中で身を翻すことはできなかった。銃声がして、腹に重たい衝撃があった。だが、疾風は声ひとつ洩らさず、鳥羽の喉にかぶりついた。

濃い血の味がした。動脈血が噴出して、ざっと音を立て、雪に赤い点描を描いた。猟銃がその場に落ちた。直後、鳥羽が仰向けに倒れた。喉に食らいついたままの疾風もいっしょに倒れ込んだ。鳥羽が死んでいることはわかったが、憎しみと激痛ゆえになかなか牙を解放できなかった。

ようやく喉から口を離して、疾風は四肢を踏みしめて立った。

腹からポタポタと音を立てて血がしたたり落ちていた。散弾が何発か当たって、腹が破れていた。

疾風は痛みをこらえ、その場に倒れ伏したい衝動を抑えた。疎林の彼方にハシバミ色の目をやった。そして、弥太郎が死んでいる山に向かって吼えた。

最初は短かった一声、また一声が、やがて長く朗々とした挽歌となった。こんなふうに哀しみを込めて声を放ったのは、生まれて初めてのことだった。疾風は自分が泣いていることを悟った。

オオカミのように悲痛な、長い遠吼えが、遥かなる銀嶺を渡っていった。

夕刻。

村ゆいいつの診療所で、いつもの薬をもらい、軽トラで自宅に戻ってきた三澤兼次は、車から降りるなり、少し離れた路上にある、その影に気づいた。犬であった。

「疾風……か？」

嗄れた声でいい、異変に気づいた。

明らかにその白い犬は、かつての猟友だった徳吉弥太郎の愛犬、疾風だ。だが、純白の毛は血にまみれ、腹から何かを垂らしていた。雪に点々と残った血痕を見て、兼次は硬直した。

「おめえ……まさか？」

兼次の顔を見て安心したように、疾風がその場にしゃがみ、そして横になった。

大きく開けた口から舌を出したまま、ハアハアと喘いでいた。兼次は駆け寄ると犬の様子を見た。腹からちぎれかけた大腸がぶら下がっていた。それが雪と土塊と針のようなカラマツの枯葉にまみれていた。

山から下りてきたのだと一目でわかった。こんな傷で生きていることが奇跡に思えた。疾風はきっと何かを伝えるために、死を乗り越えて山を下りてきたのだ。

兼次は疾風を抱きかかえた。紀州犬は力なく身を預けてきた。そのまま振り返り、屋内にいるはずの妻を呼んだ。警察を呼べと、狼狽えた声で絶叫していた。

所轄署からパトカーが何台か駆けつけ、猟友会黒戸分会のハンターたち数人と地元の消防団員らが山に入っていった。やがて日没直後、彼らは弥太郎の軽トラを見つけた。そこから懐中電灯を手に山に登って、弥太郎の無惨な射殺死体を発見した。喉を食いちぎられて死んだ鳥羽勝二と、近くの林の中にへたり込んだままの谷本幹康は、尾根の反対に回った消防団のグループに発見された。鳥羽の二頭の甲斐犬の死体も、いっしょに担ぎ下ろされた。すべてが終わったのは真夜中だった。

何が山で起こったか。町の病院に収容された谷本がすべてを告白した。

疾風はそれを知らせるために、死にかけた躰を引きずりながら、雪山を下り、村へとやってきたのだ。兼次はいま、集会場の冷たい板張りの間に胡座(あぐら)をかき、腹に白い包帯を巻いた疾風を膝の上に乗せたまま、徳吉弥太郎の亡骸(なきがら)を前にしていた。

獣医師は疾風の治療を放棄した。どう手当をしても助からない、そういわれた。だから、兼次は瀕死の疾風を引き取った。どうせ死ぬなら、飼い主の傍で逝(い)かせてやりたかった。

あれから数時間、疾風はまだ何とか余喘(よぜん)を保っていた。

しかし、そのときは来た。

両手で抱き受けていた犬の息づかいが、だんだんとか細くなっていた。呼吸に連動する躰の揺れがはっきりと緩慢になり、やがて動かなくなった。躰が急に重くなった気がした。

兼次は犬を見下ろした。そしてあらためて涙を零(こぼ)した。

お前も逝ったのか。

兼次は洟(はな)をすすりながら、犬の死に顔を見下ろした。白い毛皮をまとった疾風の躰が、ゆっくりと時間をかけて体温を失っていった。疾風は口を少し開けたまま、光を失った虚ろな目をしていたが、そこに哀しみの色はなかった。

そうか。

兼次は疾風にかたりかけた。

お前は、幸せなのだな。

今、お前は魂になって、弥太郎とあの雪山を駆けておるのだろう。

薄闇に閉ざされた集会場。ロウソクのほのかな明かりの中で、兼次は疾風という名の立派な犬を抱きしめたまま、赤子をあやすようにゆっくりと躰を揺らした。

そして、あの山にもどっていった、ふたつの孤高の魂を想った。

遠吼え

札幌市内にある道南大学獣医学部の野生動物学研究室に、その電話がかかってきたのは、二日前の朝だった。いつものように午前八時ちょうどに出勤し、荷物を下ろしてコートをハンガーにかけていた長峰千明は、せわしない調子で呼び出し音をくり返す電話に歩み寄ると、椅子に腰を下ろしながら子機を耳に当てた。

相手は河東郡上士幌町役場農林課の吉川と名乗る男だった。

機関銃のようにせわしなく一方的に喋る口調から、いかにもといった小役人を想像して、千明は内心笑ってしまったが、話す内容は深刻なものだった。糠平の周辺に点在する牧畜農家が、近頃、深刻な被害を受けている。それも野犬の群れによってだという。

群れの数は十五頭程度。罠や人海戦術による捕獲も何度か試みられたが、ほとんど成果がなく被害は増すばかり。しかも付近にはスキー場やゴルフ場、登山ルートなどがあり、行楽シーズンが始まれば人的被害の可能性もあるという。

「それで……私は何をすればいいの？」

ようやく言葉の合間を見つけて、そう訊いた。

――ぜひ捕まえていただきたいんです。

困惑した顔で千明は眉間に皺を刻む。

「私は野生動物の研究者で狩猟家じゃないんです。そういったケースなら地元の猟友会か保健福祉事務所に頼むのがセオリーじゃないのかな」

――猟友会は年寄りばかりで駄目です。十勝の保健福祉事務所からも捕獲に来てもらっているんですが、罠も毒餌もまるで効果がないんですよ。

「どうして？」

――野犬のリーダーっていうんですか。ボスみたいなのが、えらく手強いんです。こっちのやり方を見切ってるというか。

「犬だから人馴れしてるのよ」

――あれは犬じゃありません。

「犬でなければ何なの？」

――素人目だってことはわかるんですが、ここらじゃ噂が立ってます。糠平の牧場を荒らし回る野犬の集団を率いてるのは、大きなオオカミだって。

「まさか……」

千明は言葉を失った。

電話を切った直後に、ドアがノックされた。

返事をすると、研究室に入ってきたのは獣医学科四年の神谷真吾（かみやしんご）である。

ひょろっとした長身痩軀（そうく）の若者で、色白の顔にメタルフレームの眼鏡をかけている。AKB48とロゴが書かれた水色のトレーナーにジーンズといった恰好だった。データソフトのDVD―Rをたくさん束にして抱えながら、研究室の奥まで歩くと、それらをカテゴリ別に分けたファイルケースに入れて書棚に戻している。昨日、資料として千明が貸し出したのを思い出した。

「神谷くんってさ、来年の卒研はオオカミがテーマだったよね」

「〈絶滅したニホンオオカミと和犬との骨格的類似についての考察〉なんて感じでやるつもりですけど?」

資料を戻した真吾が振り向くと、千明はこういった。

「悪いけどさ。明日、上士幌までいっしょに来てくれない?」

「それって十勝の向こうの?　卒研のテーマをオオカミにしたからって、どうしてそんなところまで行くんです」

「もしかして会えるかもしれないよ。絶滅したエゾオオカミ」

「まじっすか」

興奮を露(あら)わにした真吾だが、ふいに冷めたような表情でいった。

「去年も、オオカミ騒動なんていうから、貴重な夏休みを費やして日高(ひだか)山脈までつきあわされたあげく、ろくな装備もなしに神威岳(かむいだけ)の頂上まで登らされたじゃないすか。結局、たんなるデマって、あとでわかったし」

「今度は山になんか登らないと思うよ」

「どうせまた運転手役でしょ」

「それはそうだけど」腕組みをして考えてから、千明は片眉を上げ、いった。「何でも保全生態学の単位がヤバイって話だけど？」

「そんなところを教授が突いてくるかな、普通」

千明は笑みを浮かべながら椅子を回転させた。アルミサッシの窓の向こうに、札幌のビル街が重なって見え、大通りを無数の車がひしめき合っていた。こんな都会にいると過去を思い出す。つらい記憶もいっしょによみがえってくる。

夫と別れて、もう四年になる。

それまではずっと仙台(せんだい)で暮らしていた。夫は地方紙の記者だったが、ふたりの生活時間が合わず、やがてお互いに心が離れていった。離婚の直後、道南大から獣医学部の教授として招聘(しょうへい)があり、千明はそれを受けて、札幌に移住した。

できれば都市部を離れて、自然の中で生き物を相手に生活したいと思っていたが、大学で講義を受け持つからには、そうも行かなかった。この一ヵ月、学生たちとのフィールドワークがなく、札幌市内のマンションと大学との往復だけが日常だった。だから、これは久しぶりに街を離れて原野に分け入る、思わぬ好機かもしれない。千明はそう思った。

十勝スカイロードと呼ばれる道東自動車道を、音更帯広（おとふけおびひろ）インターチェンジで下りた。真吾の運転するトヨタ・ランドクルーザーは、左右に広がる牧草地を眺めながら国道二四一号線、通称足寄（あしょろ）国道を北上する。

助手席の窓越しに千明はぼんやりと外を眺めている。

都会のビル街にしばらく埋もれていたせいか、こうしてのどかな田園風景を見ていて飽きなかった。市街地には家屋や建物が点在しているが、どれも背が低いために、空が高く、広く感じられる。そして郊外に出たら、どこまで行っても変わらぬ牧歌的な風景が続く。

やがて上士幌の街中に入った。毎年、八月と二月に行われるバルーン・フェスティバルで知られるように、ここでは熱気球がスポーツとして盛んであり、町の看板にもイラストが描かれている。千明は携帯電話を取り出し、町役場農林課の番号を呼び出した。農林課の吉川はあいにくと現場に出ていて不在だったので、本人の携帯の番号を教えてもらう。

吉川は糠平温泉郷の近くにある黒石平(くろいしだいら)牧場にいるという。ちょうど野犬のことで通報があったためだというので、千明はそのまま現地に行くことにした。

街を抜け、糠平国道つまり二七三号線に入る。ダムの手前にある糠平大橋を渡り、湖畔に沿って続くいくつかのトンネルを抜けたとたん、前方やや右手に屹(き)り立つ山の稜線がくっきりと見えた。

ウペペサンケ山だとすぐにわかった。その向こうにはニペソツ山に石狩岳(いしかりだけ)、いわゆる大雪山(だいせつざん)系の山並みが連なっているはずである。六月といえば麓(ふもと)はもう初夏だが、遥かに見上げる頂稜(ちょうりょう)は、斑(まだら)模様に真っ白な雪を抱いたままである。

「先生」

運転席から声をかけられ、千明は我に返った。「うん?」

「オオカミが生き残ってるなんて話、信じちゃいないけど、実際、何だと思います?」

「エゾオオカミの種が絶えたのは、一八〇〇年代末とも一九〇〇年頃ともいわれているわ。本州にいたニホンオオカミの絶滅は一九〇五年。その後も目撃情報がいくつかあったけど、どれも野犬だったそうよ。でも、北海道の場合、これだけ豊かな自然が残っていて、手つかずの森があるから、どこかに少数が生き延びていてもおかしくないと思う」

本州にいたニホンオオカミと違って、エゾオオカミはタイリクオオカミに近い種で体軀が大きく、主にエゾシカを食餌していた。明治期以降、毛皮や食肉目的のエゾシカの乱獲で自然界のバランスが崩れた。そして開拓とともに牧畜産業が進むにつれて、オオカミによる牧畜の食害が問題視され、やがて駆逐の対象となった。彼らの全滅を早めたのは、外国から持ち込まれた狂犬病やジステンパーなどの病禍であったという説が濃厚だ。

「結局、すべては人間の過ちから始まったことなんですね」

「アイヌにとってオオカミは山の神だった。ホロケウカムイと呼んで彼らが神格化していたのはちゃんと意味があるの。アイヌたちは食物連鎖の頂点にオオカミがいなければならないということを、ちゃんと知ってた。でも、押し寄せる西洋文化の圧力の前には、なすすべもなかった」

「グリム童話に見られるように、キリスト教の文化圏において、オオカミは当たり前のように悪役でしたからね。牧畜業者にとってまさに天敵だったわけですし」

「内モンゴルのように遊牧民がオオカミと共存していた例もあるわ」

「北海道でそれがやれなかったのは、どうしてなんでしょうね」

「意識の問題なのよ。すべては人間の刹那主義に起因することだと思う」

「今日という日を生きることに精いっぱいで、明日のことを考えない？」

千明は小さくうなずいた。

「つまり、アイヌやモンゴルの遊牧民のほうが、現代人よりも達観していたってこと」

そのとき、前方から救急車らしい緊急走行のサイレンの音が聞こえてきた。そのため、ふたりは会話を中断し、前を見た。

赤いランプを明滅させながら、反対車線を救急車がすれ違っていった。サイレンの音が、ドップラー効果で急激に変調する。音を追うように後ろを向いていた千明の胸を、ふと小さな不安がよぎった。

前方に向き直ったとき、牧場の看板が見えた。

路肩に打ち込まれた大きな杭に〈黒石平牧場〉の文字が彫り込まれてあった。真吾はハンドルを切り、ランクルを未舗装の砂利道へと乗り入れた。ガタガタと車が揺れるので、千明は会話を中断し、車窓の上にとりつけられたアシスト・ハンドルにつかまらねばならなかった。

牧草地の新緑が眩(まぶ)しかった。

どこまでも広がる青空にさまざまな形の白い雲が横たわっていて、その下に白黒の牛たちが群れを作っている。数頭ずつのグループになり、広大な牧場のそこかしこに大小の島のようになって点在していた。

牧柵に沿って、黒い泥濘(ぬかるみ)を深くえぐった轍(わだち)をたどって車を走らせると、何台かの車が集まって停まっているのが見えた。人の姿もいくつかある。パトカーも一台、見えた。

ランクルを停めて千明が降りる。後部座席からとりだしたマウンテンパーカをはおっていると、足早にやってきた灰色の作業服の男がいた。胸に上士幌町役場の縫い取りがあった。おそらく四十半ば。小柄で、額が禿(は)げ上がっている。小さな目を細めて愛想笑いする顔を見て、千明は想像通りのキャラクターだと思った。

「農林課の吉川です。道南大の長峰先生ですね？」

いいながらポケットから取り出した名刺入れから一枚差し出してきた。フルネームは吉川修三(しゅうぞう)とあった。役職は課長である。千明も名刺を差し出した。

「お若いんでびっくりしました。獣医学部の先生っていうイメージじゃないですね」

「あら。どんなタイプなら良かったの？」

「誉め言葉ですよ。モデルさんみたいにおきれいだから」

とってつけたような愛想笑いにしらけて千明が視線を移すと、牧柵の手前に数名の男が集まって、こちらを振り返っていた。足許の泥濘にかまわず、ブーツで歩み寄ってみる。男たちの大半は牧場の人間らしく、吉川と同じ役場の作業服を着た人間も、あとふたりいた。制服姿の警察官もひとり。全員が深刻な顔を並べていた。

彼らの前には、横倒しになった仔牛の死骸があった。腹の肉がほとんどなくなり、内臓が引き出された痕がある。顔の肉も大部分がもぎ取られて、頭骨に並んだ白い歯が笑ったように剝き出しになっていた。無数の蠅が周囲を飛び始めていて、羽音が喧しい。

眼窩がぽっかり空いているのは、カラスかなにかに突かれたのだろう。

「今朝方のことだ。犬の群れがやってきて、牛たちがパニックになって走り回ってた」

赤いキャップをかぶった髭面の男がいった。チェック柄のウールのシャツを着ていた。

牧場主の青木と名乗った。

「写真かビデオを撮影しましたか」

「そんな暇も余裕もなかった。騒ぎを聞きつけて追っ払うのが精いっぱいだった」

「人的被害は？」

「青木さんところの飼料係の人が棒で追っ払おうとしたんですが、二頭か三頭に包囲されて足を咬(か)まれたそうです」

そういったのは青木の隣にいた若い警察官だった。濃紺のベストの胸にバッジがあり、『北海道警察　POLICE』と白抜きされていた。見ている千明に、警察官は小さく敬礼しながら笑いかけた。

「帯広署上士幌駐在所勤務の角田(つのだ)といいます」

「その人の怪我は？」

「ジーパンの右足がズタズタに裂けていて、何ヵ所か、深く咬まれた痕がありました。救急車で町内の病院に搬送されたばかりです」

みれば、角田というこの警察官の水色のシャツの肘に赤黒い染みがあった。咬傷(こうしょう)を受けた牧場の飼料係を介抱したのだろう。さっきすれ違った救急車が、まさしくそれだったらしい。

「で……野犬たちは？」

「山に向かって逃げていったよ」牧場主の青木がぶっきらぼうに、そう応えた。

死んだ仔牛の周囲に犬らしき足跡が無数に残っていた。大型犬のそれとわかるものや、小さな犬種のものまであった。我先に食いちぎったのか、臓器や肉の破片が、湿った草叢(くさむら)に点々と残っていた。

「犬はどれぐらいの数でしたか」

「十四、五頭ぐらいだ。猟犬みたいなのもいれば、ちっこいのもいたな」

牧草の間、ぬかるんだ土壌に残された花びら模様のような無数の足跡の中に、とりわけ大きなものを見つけて、千明はしゃがみ込んだ。自分の掌の痕を隣につけてみて、大きさを考察した。

かなりの大型犬だとわかる。おそらく体重は三十キロ以上。

「灰色のでっかい奴だった。オオカミにしか見えねえ」そう、青木がいう。「うちの飼料係を咬んだのもそいつだ。そういや何日か前だったか、山奥から遠吠えが聞こえたよ」

「遠吠え？」思わずオウム返しに訊いてしまった。

青木がうなずいた。「女の悲鳴みたいに気持ち悪い声だった」

千明は北大植物園でエゾオオカミの剝製を何度か見ている。毛色は薄茶あるいは狐色でニホンオオカミのそれに似ていた。青木が目撃した毛色の種であればシンリンオオカミなどの西洋種だが、もしそうだとすると、海外から持ち込まれた個体ということになる。

いずれにしろ、倒されたのが仔とはいえ乳牛であることを考えると、かなりの大型犬だ。昔から牧畜が野犬の被害にあった例はあったが、ほとんどが仔羊や山羊だった。

仔牛が襲われたという記録を千明は知らなかった。

「神谷くん、ビデオ撮影！」

真吾が肩掛けしていたバッグから小型のSONYハンディカムを取り出し、周囲の景色を含めてムービー撮影を始めた。仔牛の死骸にレンズを向けたときは、本能的に顔をしかめている。これまで何度か動物の遺体解剖の実習をしたはずだが、文字通りに食いちぎられた屍体は初めてのようだった。

運転手をやらされたあげく、こんな光景を目にして、きっと後悔しているだろう。そう思いながらも、千明は自分でも足跡のスチル写真を撮影し、牧草や泥濘（ぬかるみ）に落ちていた犬の毛らしきものをピンセットで採集し始めた。

小さなペンション〈ウッドペッカー〉を吉川に紹介してもらった。

糠平温泉郷近くの白樺林にあって、現地へ通うにもちょうどいいロケーションである。暖炉があるレストランで食事ができ、場所柄、天然温泉の岩風呂まであった。

その温泉で旅の疲れを癒（いや）してから、千明は真吾とともにゆっくりと夕食をとった。

客は彼らの他、小さな子供がふたりいる家族連れが一組だけだった。

真吾は食前の生ビールに続いてグラスワインを飲んだせいか、気持ちよさそうにうとうとと椅子で舟をこぎ始めたが、あいにくと千明は酒が飲めなかった。

いろいろなことが頭をかすめて、意識が冴えていた。

ペンションのオーナーは大沢（おおさわ）という名の四十代の男性で、シーズン中はスキー場でインストラクターをしているという。野犬事件については噂程度しか知らなかったが、ひとつだけ気になる話題を持ち出してきた。

十五年以上前になるが、隣町の役場近くに『わんわんポスト』というものが置かれていたという。つまり、捨て犬専用の大型ボックスである。子供が野犬に襲われたなどの事件が相次いだため、行政が仕方なく設置したのだという。

その頃、山でペットを棄（す）てることが常習的に行われていたらしい。厭（あ）きたからとか、手に負えなくなったからなどの理由で、飼い犬が棄てられる問題は昔からあった。また猟期が終わる頃になると、一部の狩猟者が猟果が上がらないからと犬を遺棄するという話もあった。最近は捨て犬も減ったというが、もしもこの山々で生き延びていた犬たちの世代交代があったとしたらどうだろう？

――猟犬みたいなのもいれば、ちっこいのもいたな。

黒石平牧場の青木がそういっていた。

町役場農林課の吉川はペットの投棄問題に関してはいっさい口にしなかった。忘れていたのかとも思ったが、おそらく動物愛護管理法が制定された今となっては、そんな過去は禁忌(タブー)となっているのではなかろうか。

オオカミが作る群れをパックと呼ぶ。その中心にはアルファと呼ばれる最高位の個体が牡牝(オスメス)ペアで存在し、周囲にいる個体も厳格に順位が決まっている。野犬が集団行動をとるときも同様だといわれている。

灰色の毛並みと報告のあった、あの大きな足跡の主は、おそらくそのアルファなのだ。

現場でサンプリングした体毛のいくつかは、灰色に黒が混じった太い毛で、北方系の犬種によくあるダブルコートの上毛と思われた。

だからといって、その足痕の主がオオカミであるということではない。

もうひとつ気になったのは、飼料係の男がその大型犬に咬まれたということだ。野生のオオカミなら、ふつうは人間を襲わないと、一般的にはいわれる。もっとも、本当のオオカミの生態をあまり知らぬ千明には、その真偽のほどはわからない。

少し離れたテーブルで喋っていた家族連れが立ち上がり、部屋に引き上げていった。

千明は壁掛けの時計を見て、午後九時を回っていることを知った。頬杖を突きながらうたた寝している真吾を起こそうとしたとき、小さな足音が聞こえた。

見れば、二階に続く階段を細身の少年が下りてくるところだった。白い長袖のTシャツにジーンズ。素足である。片手に大判の本を抱えていた。

さっき隣のテーブルにいた家族連れの子のひとりかと思ったら、顔が違った。そういえばと思い出したのは、このペンションに着いたとき、庭に張り出したオープンデッキのテーブルに座っている少年を見かけたことだ。あのときの子に違いなかった。

おそらくオーナー夫婦の息子なのだろう。千明に目もくれず、前を通過すると、窓際にあるブックラックに持っていた本をもどした。

アーネスト・トンプソン・シートン。

その著者名が目に飛び込んできた。

「ね。きみ――」

声をかけたが、少年は振り返りもせず、足早に逃げるように階段を駆け上っていった。

彼の去った階段をじっと見つめていた千明は、ふいに立ち上がってブックラックに歩み寄ると、少年が戻した本をそっと手にしていた。

「『狼王ロボ』っすか」

ハンドルを握りながら真吾がいった。「小学生のときだったかな。図書館で借りて読んだのを憶(おぼ)えてます。ラストが哀しくて切なかったなあ。でも、いきなりどうしてです？」

「昨日のレストランにたまたま置いてあったから、久々に読んでみたの」

ペンションの朝食をゆっくりとる余裕もなかった。

午前八時前、町役場の吉川から千明に携帯電話がかかってきた。

明け方頃、ウペペサンケ山への登山道でハイカーたちが数人、野犬の群れを目撃したという。そのうちの一頭、オオカミみたいな大型犬に威嚇（いかく）され、仕方なく登山を中止して引き返したということだった。

そんな報を受けて、ふたりは現場へと急行しているところだ。

「——ロボはニューメキシコ州のカランポー地方で牧畜を荒らし回ったオオカミ群のリーダーだった。狡猾（こうかつ）で、決して人間の仕掛けた罠にはかからなかった。今回の群れのリーダーも猟友会の罠を何度も巧みにかわしている」

真吾がちらと千明の顔を見た。

「もしかして、先生。幻のオオカミに入れ込んでるんじゃないっすか」

「乗り気じゃなかったんだけど、どういうわけかしら。本気で会ってみたくなったのよ」

千明が微笑（ほほえ）む。膝の上には太いストラップ付きのキヤノンＥＯＳが載っていた。

「まえに講義でいわれてたでしょう。研究者たるもの、客観的視点を忘れちゃいけない。とりわけ動物を擬人化することは御法度だって」

「シートンは決して動物を擬人化したりしなかった。戸川幸夫や椋鳩十の作品に見られる文章だって、生態学を元に描いた動物の主観描写だった。ディズニーのアニメとは明らかに違うわ」

「でも、先生。何だか恋人に会いに行くみたいに嬉しそうっすね」

「相手は女房持ちよ」

「アルファ牡とアルファ牝か。たしかに」

朝から気温が上昇して、初夏らしい暖かな一日になりそうだった。

開け放した車窓から吹き込む風が心地よく、助手席の千明は目を細めながらダンガリーシャツの袖をまくった。空は相変わらず澄み切った青で、ところどころに羊雲がのんびりと浮いていた。

槌音と人の怒鳴り声が重なっていた。

鮮やかな新緑に芽吹いた白樺とエゾマツの林に挟まれた、細長いトレイルの入口であった。木の間越しに残雪の山嶺が白黒の斑模様に見え隠れしている。

役場の公用車らしい白いパジェロが一台。すぐ傍に臙脂色のCR—Vが停まっていた。草地に昨日と同じ作業服姿の町役場職員が何人かいて、木槌で看板を地面に立てている。そのすぐ横で、大きなザックを背負った男がふたり、農林課の吉川に食ってかかっていた。

車を降り、千明と真吾が駆けつけた。

登山スタイルの二名は、これから山に入る予定だったらしい。どちらも八十リットル以上ありそうな大型ザックなので、そのまま大雪山方面に縦走するつもりだったのかもしれない。しかし、彼らの傍に今まさに立てられている木製の看板には、こう記されてあった。

『野犬出没のため入山禁止』

然別（しかりべつ）のルートから登ってくれという吉川の言葉に聞く耳も持たない登山者は、時間がもったいないの一点張りである。彼らの四駆車を見ると品川（しながわ）ナンバーだった。東京からはるばる来ただけに、登山計画を頓挫（とんざ）させたくないという気持ちが強いのだ。

背の高いほうの登山者が、ザックにクマ鈴をつけていたが、野犬には役に立たない。人を避けるどころか、かえって音を聞きつけて接近してくる可能性だってある。いわんやすでに人畜に被害を及ぼした相手であった。せっかくの登山日和（びより）に出鼻を挫（くじ）かれた登山者が怒るのは無理もなかろうが、役場の判断もやむを得ない。

声高にいいあいが続いている最中、突如、エゾマツの林の向こうから轟音（ごうおん）が聞こえた。

立て続けに二度。

しばらく間を置いて、さらに一発。谺が何度も返ってきた。

鳥獣害対策にともなう駆除活動に何度も同行した経験のある千明には、それが散弾銃の発砲音だとすぐにわかった。銃声の方角に目をやり、ふいに向き直ったとたん、隣に立つ真吾と視線が合った。猟期はとっくに終わっているから、今の銃声は害獣駆除だろう。

あれだけ吉川に食ってかかっていた登山者たちが、すっかり口を閉ざしてしまった。

そのとき、呼び出し音らしい音楽が聞こえ、吉川がポケットから携帯電話をとりだした。しばし誰かと話していた彼は千明たちにこういった。

「長峰先生。例の野犬たちが出ました。駆除に入っていた猟友会が見つけて、車で追ってるところだそうです」

「場所はどこですか？」

「ここから登山道を二キロばかり奥に行ったところです」

「登山道に車は入れられる？」

「ゲートを開ければいいんですが、別ルートで先回りしたほうがいいでしょう」

「神谷くん。出発するよ」

真吾とともにランクルに向かった千明は、ドアを開けて乗り込むとき、後ろを振り返った。さっきまでえらい剣幕で吉川に嚙みついていたふたりの登山者たちは、血相を変えた様子で自分たちのCR—Vに逃げ込んでいるところだった。

道道八五号線は、森に挟まれた舗装路だった。

糠平からはしばらく登り道。しかも幌鹿峠までは、かなりの勾配のワインディングロードになる。

猟友会からの報告で、目撃された犬たちは登山道から外れ、尾根越えをしながら然別方面に向かっているという。ハンターたちは軽トラを樵夫道に乗り入れて追っているそうだ。そこは当然ながら未舗装のダートで、ところどころに陥没や崩落があるという。よく整備された道道を利用して、うまく先回りができるのではないかと吉川は提案した。たしかに四駆とはいえ、どこで途切れるとも知れぬ悪路を行くよりはいい。

ふたりの乗ったランクルは、町役場の公用車であるパジェロのあとを追って走っていた。白樺、ダケカンバやエゾマツなどが生える林を左右に見ながら、右へ左へとうねる峠道をたどっていく。すれ違う車はなく、二台ほどツーリングのバイクを見ただけだ。一度、痩せたキタキツネが道を横断しようとして車に気づき、センターライン付近で硬直していたため、危うく轢くところだった。

しばらく行くと、右手に大きな丸太を組んだログハウスがあった。別荘らしいその建物の脇に、砂利が敷かれた細い林道があり、吉川たちのパジェロは、そこに入っていく。真吾が運転するランクルも、それに続いた。

土埃を蹴立てながら五分も走った頃、にわかに視界が開けた。

森に囲まれて、そこだけが牧草地になっている。近くに牧場でもあるのだろう。

『私有地につき立入禁止　日ノ出牧場』という看板が斜めになって立っていた。

パジェロが停まり、降りてきた吉川が携帯電話を耳に当てているのが見えた。

「長峰先生、こっちです！」

吉川が他の男たちといっしょに走り出し、ふたりもあとを追う。

ゆるやかな傾斜地を登り切ったところに立ち止まると、牧場全体が見渡せた。

広さは黒石平牧場には遠く及ばぬが、こちらは乳牛の他に羊の群れが放牧されていた。もこもことした綿羊たちが、小さな毛糸の塊のようになって密集隊形を作っている。

近くに見える森に向かって走り出そうとした吉川たちを、千明が止めた。

「ここで待ち受けたほうがいいわ」

二万五千分の一の地図を広げて、登山道入口から定規とボールペンで赤の直線を引いた。犬たちは山の等高線が密になった崖に退路を阻まれながら、やむなくこの牧場へと向かってきているようだ。だったら、この場で待機したほうがいい。

視界が開けた場所ゆえに群れ全体を目視できるかもしれない。

そう思ったとき、羊の群れに異変が起こった。いっせいに同じ方向を見たかと思うと、次の瞬間、陣形をほとんど崩さず真横に動き始めた。何が起こったかと、目を転じた。林の手前に背の低い牧柵がある。白樺の白い木立の間から、突如、現れた影がいくつか、その牧柵を軽々と跳び越えた。

「神谷くん。ビデオっ！」

「もう用意してます」

いつの間に荷物からとりだしたのか、真吾がハンディカムを片手に持って、撮影を開始していた。神妙な顔で小さな液晶画面を見ている。千明が向き直った。

羊たちが狂ったように走っていた。しかし、野犬たちはそれらを狙っているのではない。背後から来る脅威に追われて、やむなく走り続けているのだ。

犬は次から次へと牧柵を跳び越え、森の奥から出てきた。千明はそれを凝視しながら、無意識にカウントしていた。大小さまざま、いろんな犬種がいた。群れは十四頭。ほとんどが野犬らしく薄汚れていたが、それでもおおよその種類はわかった。

犬たちはほぼ横一列になってカーブを描きつつ、目の前を走り抜けていく。

千明の視線は、先頭をゆく灰色の大型犬を捉えた。大きなシベリアンハスキーと並走するように駆けている。

瞬間、自分の中で時間が止まったのを感じた。

それはたしかにオオカミに見えた。いや、そのものといってもよかった。流麗と灰色の毛を風になびかせて走る獣。大きく開かれた口、尖(とが)った耳。細くくびれた腰。そしてリズミカルに躍動する四肢の筋肉。すべてが完璧だった。

なんて、美しい――。

群れの背後から吼え声が聞こえた。

我に返って振り返ると、ちょうど森の出口から別の犬たちが数頭、飛び出してきたところだった。薄茶の北海道犬や大きく耳の垂れたプロットハウンド。何頭かの首にドッグマーカーと呼ばれるアンテナ付きのカラーがあって、すぐに猟犬だとわかった。ほどなくエンジン音がして、牧柵に沿うように軽トラが三台、一列になって走ってきた。が、彼らが千明たちの目の前に来たとき、すでに野犬の群れは視界のずっと先に遠ざかってしまっていた。

「神谷くん。撮れた？」

興奮を抑えきれずに上気した声で千明はいった。

「ばっちりです」

そう応えつつも、真吾はビデオカメラの液晶モニタを見たままだ。

千明は向き直った。

最前、犬たちが通過した場所に、猟師たちの軽トラが停車していた。オレンジ色のベストを着た男たちがしゃがみ込み、草叢を検分している。千明は足早に近づいてみた。ビデオカメラをかまえたまま、真吾が続く。

「どうしました？」

千明が近寄ると、六十代ぐらいの猟師が顔を上げる。上士幌猟友会と刺繍（ししゅう）された黄色とオレンジのキャップのツバをつまみ上げながらいった。「血だ」

片膝を折ってしゃがむと、草叢に赤黒い痕があった。一ヵ所だけではなく、点々と。

千明は顔を上げ、ゆっくりと立ち上がる。

犬たちが逃げていった方角に向かって、牧草地の葉叢に赤い滴（しずく）が続いていた。

上士幌町役場の会議室で、千明と真吾と農林課の役人たちが四名、そして猟友会のハンターが三名ほど、机を向け合っていた。野犬の群れに遭遇した日の午後である。

壁際にロールスクリーンが下ろされていて、ノートパソコンに接続されたプロジェクターが投影した静止画像が、そこに映し出されていた。牧柵に沿って疾走する野犬の群れ。朝、撮影したデータをパワーポイントにとりこんで、動画と画像にふりわけ、スクリーンに何度か投影していた。

デジタル４Ｋのハンディカムによる撮影なので、ズーム撮影でも画像がクリアだ。

横向きに走る犬たちの姿が、体毛も鮮やかに映し出されていた。群れの多くが北海道犬や柴犬などの雑種だった。中にはイングリッシュポインター、ロットワイラーなどと、はっきり犬種のわかる個体もいる。もともとが猟犬だった犬たちだと思われた。

先頭には、あの灰色の毛並みの犬。千明が思わず見惚れた美しいオオカミのような牡の大型犬である。その隣に大きなシベリアンハスキー。群れのしんがりにいるのは、焦げ茶色のジャーマンシェパードだった。

窓という窓にカーテンが引かれて、薄闇に包まれた会議室は静まりかえっていた。

オレンジ色のハンターベストを着たままの猟師たちは、神妙な顔でいずれもうなだれていた。せっかく野犬たちを捕捉したのに成果が上がらなかった。その悔しさもある。だが、彼らがエゾシカ相手のときのように積極的になれない理由がある。

「やっぱ、犬に銃口を向けるのは儂(わし)らには酷だな」

痩せ細った七十ぐらいの猟師が腕組みをしたまま、そうつぶやいた。猟に従える犬たちを鍛え、家族のようにかわいがってきた彼らからすると、相手が野犬だろうと、やはり心が痛むのだという。半年前に秋田県で立ち会ったサル群の一斉駆除のときも、ご先祖様を撃つようでつらいとぼやく地元の猟師がいた。

しかし、彼らの放った弾丸は、少なくとも野犬の一頭に命中していた。

群れが去っていった牧草地に点々と残された血痕が、その証拠だった。猟師たちはろくに狙いをつけずに発砲したというから、まぐれ当たりである。どの犬に命中したかも判然としない。動画を何度か再生してみたが、肢を引きずっていたり、ダメージを被(こうむ)ったような走り方をする犬は確認できなかった。

あれから全員で血痕を辿(たど)りながら歩いたが、やがて見失った。

野犬たちは少しずつ散り散りになって逃げたようで、足跡がいくたびか分岐し、まばらになって、やがて辿ることもできなくなってしまった。

「ところで先生、あのリーダーは何だと思います。やっぱりオオカミですか?」

吉川に訊かれて、千明はすぐには応えられなかった。しばし考えてから、こういった。

「オオカミじゃないけど、きわめてオオカミの血が濃い交配種だと思います。いわゆる狼犬(ハイブリッドウルフ)でしょう」

オオカミではないとわかって、吉川はホッとしたようだった。

それでなくても、野犬の駆除は愛護団体などからクレームが入る。相手がオオカミであれば、なおさらのことだろう。

「少なくとも、一頭には傷を負わせたし、あれだけ脅して追いかけたんだから、当分はなりをひそめるんでないか」

猟友会長だと紹介された初老の男がいった。

視線が落ち着かないところを見ると、根拠のある言葉ではなさそうだった。

ペンション〈ウッドペッカー〉の広いオープンデッキのテーブルに読みかけの本を置いて、大沢健哉(けんや)はぼんやりしていた。本の傍には昼どきに母が作ってくれたサンドイッチの残りが、皿に載ったままだった。そろそろ太陽が西の山の端に近づく時刻だが、空はまだ青く澄み切っていて、白い雲がいくつも流れていた。

健哉は小学五年。糠平にたったひとつある小さな小学校ではなく、親の送り迎えで町の公立小学校に通っていた。が、この春からもう二ヵ月以上、登校していない。行くと苛(いじ)めに遭うからだ。

三人ほど、執拗(しつよう)にからんでくるクラスメートがいた。下駄箱の靴を隠されたり、トイレに立っている間に机にひどい落書きをされたり、校舎の裏に呼び出されたあげく、殴られたり蹴られたりしたこともある。そのうちにクラス全体が健哉を敬遠するムードになってきて、誰からも口を利いてもらえなくなった。

父に学校に行きたくないと相談すると、「だったら行くな」と無表情に返されただけだった。教師に相談するという母を父は止めた。下らない学校なんかに行かなくても、ちゃんと大人になれる。そういいつつ、父はひとり息子の健哉を放置していた。

家族としてひとつ屋根の下に暮らしながらも、ろくな会話もないのだった。健哉も知っていた。長引く不況で客足が遠のき、ペンションの経営がうまく行かないことを、だから、子供がどんな悩みを持っていても、それにかまう心の余裕がないのだろう。冬季にはインストラクターとして近くのスキー場に通う父だが、オフシーズンになるとめっきり収入が減った。いっそペンションを切り上げて札幌辺りに働きに出るか。夜中に母と交わしたそんな会話を、健哉はこっそり聞いていた。

子には子の、そして親には親の悩みがある。

しかし、いつまでも逃げているわけにはいかないし、いずれは学校に戻らなければならない。今朝も担任の教師から電話がかかり、母と長く話し込んでいた。

健哉は目の前に置いた、児童向けの大きな本を見つめた。ペンションのレストランに置いた大きなブックラックから、父の蔵書である『シートン動物記』を持ち出しては、一冊ずつ読んでいた。イノシシのレイザーバック・フォーミィ、灰色グマのワーブ。シートンが書いたいろんな話が好きだったが、いちばんくり返して読んだのが、カランポーの王、ロボの話だった。

気高きオオカミのロボ。その末路を読むたび、健哉は涙した。

つらい終わり方だとわかっていても、なぜかまた読み返してしまう。いったい、何故だろうかと思った。

風がさっと吹いて、庭先に立ち並ぶ白樺の葉叢が揺れた。その葉擦れの音に何気なく顔を上げたときだった。建物から少し離れた場所にいる、一頭の大きな犬に気づいた。

一瞬、どきっとした。

ペンションに至る細い小径の途中にたたずみ、じっと健哉を見ていた。白と黒の毛並み。耳がピンと尖って立っていた。体軀は大きく、まさにカナダやアラスカにいるというオオカミほどもあった。半開きの口から長い舌を垂らし、躰を小刻みに揺らしていた。

どれぐらいの時間、視線を交わしていただろう。ふいに犬はゆっくりとその場に伏した。そして、前肢をしきりに舐め始めた。白くふさふさの毛に包まれた右肢の中途が、赤黒く染まっていた。

健哉は椅子を引いて立ち上がり、そっとウッドデッキから下りた。庭を横切り、慎重に犬に近づいていく。その大型犬は自分の前肢を舐めるのに夢中らしく、少年が近づいたのに気づかなかった。

大きな犬だったが、かなり痩せているようだった。強靭そうな四肢と、大げさなほどにくびれた腹が、不釣り合いに見えた。

しばし犬を眺めていた健哉は、意を決したようにウッドデッキに引き返し、テーブルの上から昼食の残りのサンドイッチをつかんで戻ってきた。犬の前にしゃがみ込み、そっと鼻先にそれを置こうとした。

一瞬、大型犬は鼻の周囲に無数の皺を刻み、牙を剝き出して威嚇した。健哉は本能的に身を硬くした。が、そのとき、目の前の地面にある食べ物の匂いに気づいたらしい。そろりと鼻をそこに当てて嗅いでから、慎重に口を出し、食べた。健哉の顔を見上げながら咀嚼した。

健哉は犬を刺激しないよう、そっとしゃがみ込み、恐る恐る手を伸ばした。

彼は知っていた。初めて犬を撫でるときは、頭に手を触れてはいけない。威圧的な行為だと思って咬んでくることがあるからだ。だから、顎下に手をやって、そこの毛をゆっくりと撫でた。

大型犬はわずかに動きを止めた。が、少年に気を許したのか、また肢を舐め始めた。

「お前、どこから来たんだ？」そう訊いてみたが、犬が応えるはずもない。

少し迷ってから、健哉は立ち上がった。勝手口からキッチンに入れば、棚の途中に救急箱があったことを思い出した。急ぎ足に歩き出してから、ふと肩越しに振り向いた。

大きな犬は、まだそこにうずくまるようにして、前肢を舐め続けていた。

その大きな目を見て、健哉は驚いた。

片眼だけが翡翠のようにきれいなブルーだったからだ。

夕刻、ペンション〈ウッドペッカー〉に戻ってから、千明と真吾はレストランのテーブルに向かい合い、ノートパソコンを見ながら話し合っていた。昨日の宿泊客はチェックアウトし、今は彼らふたりだけだった。

明日は講義がふたつあるため、それまでに大学に戻らなければならないのだが、教務課に電話を入れて、事情を話し、どちらも休講にしてもらった。さらに二日の滞在延期を知らせておいた。

野犬の群れは見失ったものの、こうして映像に捉えることができたのは収穫だった。アルファ牡であるあの狼犬は体高約六十センチ、体重は三十五キロぐらいだろう。全体のシルエットはシンリンオオカミあるいはハイイロオオカミと呼ばれる種に酷似しているが、毛色や尾の形が原種とは少し異なる。おそらくハスキーかマラミュートのようなスピッツを祖先とする北方系の犬との混血なのだろう。

飼い犬が逃げ出したか、あるいは棄てられたかして、それが野生化したものだ。

そのつがいであるアルファ牝だと推定されるのは、狼犬のすぐ近くを並走していたシベリアンハスキーだった。体軀は狼犬とほぼ同じ大きさだが、こちらは純血らしい。

二頭とも痩せて下腹がくびれていた。

「撃たれたのは、このハスキーらしいですね」

犬の動画をスロー再生しながら、真吾がいう。静止画にして画面を拡大すると、右の前肢の中程が赤く染まって見える。

「動かしてみて」

真吾が再生モードに戻した。

役場の会議室で見たときは気づかなかったが、あらためて注視すると、狼犬の手前を走るハスキーの走り方が少しおかしい。ときおり躰を傾げては、右前肢をかばうような感じで四肢を動かしているのがわかる。

「間違いないな」千明はそれを見ながらいった。「鹿撃ち用の散弾だっていう話だけど、骨の損傷はないみたい」

「出血はかなりのものでしたよ」

「そうね。貫通銃創だとしても、筋肉は傷ついているはず。手当をせずに放置すると、傷が化膿して壊死するかもしれない」

そのとき、表に車の音がした。やがて入口のドアが開き、両手にスーパーのレジ袋を抱えた中年男が入ってきた。鼻の下に髭をきれいに整えている。オーナーの大沢だった。

いったん厨房に入ってから、すぐに出てきた。

「夕食は昨日と同じ六時半からでいいですか？」

千明はうなずいた。

「さっき奥さんにお伝えしたんですが、あと一泊、お世話になることにしましたので、よろしくお願いします」

大沢はノートパソコンの液晶画面をのぞき込んだ。「先生も大変ですね」

「捕獲は難しいと思います」

「毒餌でも撒けばいいんだ」

吐き捨てるように大沢がいうので、千明は驚いた。

「毒餌は他の動物にも被害が及ぶ可能性がありますから、あまり感心できません」

「狂犬病予防法で認められているっていうじゃないですか」

「大沢さんは犬がお嫌いですか」

「昔、飼っていたけど、今はね……厄介な動物ですよ」

ペット同伴の宿泊ができるというので、てっきり勘違いしていた。いまどきのペンションは、オーナーの好き嫌いにかかわらずペット可にしないとやっていけないのだろう。

「檻（おり）やククリ罠にもかからないというから、毒餌といえども難しいと思います」

「悪い噂が立ってしまうと、ますます客足が遠のく。町にとっては大打撃です」

「農業や牧畜だけでは財政が成り立たないんですね」

「今に始まったことじゃありませんが」

大沢が厨房に戻ると、真吾が顔を寄せて小声でいった。

「エゾオオカミが絶滅した理由がわかったような気がします」

千明は苦笑いし、ただ目を伏せただけだった。

食事を終え、昨夜と同じように生ビールとグラスワインでほろ酔いになった真吾がうとうとし始めたときだった。

階段で足音がして、ひょろりと痩せた少年が下りてきた。昨日、ここで見かけたペンションの子だと気づいた。千明たちと目を合わさず、まるで足音を忍ばせるように玄関に向かうドアを開き、外に出て行った。小さな青いデイパックを背負っていた。

窓越しに見ると、オープンデッキの向こうの薄闇を、自転車のライトらしい小さな明かりが揺れながら遠ざかっていった。

「これから塾……にでも行くんでしょうか」

「町までどれぐらいの距離があると思うの？」

「そうっすよね」

満月だったため、ライトが必要ないぐらいに明るかった。

中天にかかった大きな月を従えるように、健哉の自転車はゆるやかな坂道を下っていく。

夜風が顔や素手に冷たい。

未舗装の砂利道を小刻みに揺れながら下りきった先に、牧柵が横たわっていた。そこに自転車をもたせかけて、健哉は自分の背丈程度の柵を乗り越える。夜露に濡れた草叢に飛び降りた。スニーカーの着地の音がやけに大きく聞こえ、健哉は肩をすくめるように、周囲を見渡した。

なだらかに広がる牧草地に、斑模様の染みのように落ちた雲影が、ゆっくりと地表を動いていた。遠くそびえるウペペサンケの山嶺が、前方に白く浮き上がり、そのまっすぐ上にかかった真円の月が、世界を一面、明るく照らしていた。星はほとんど見えない。蒼く染まった視界の周囲を取り巻くように、森の輪郭が黒く横たわっている。

牧草地の中央に、円筒形の煉瓦積み（れんが）に丸いドーム屋根が載ったサイロが見える。蒼い月明かりの下、その影が地表にくっきりと横たわっていた。そこに向かって健哉が歩き出したとき、ふいに声が聞こえた。

甲高く（かんだか）、朗々とした声が、長く尾を曳い（ひ）ていた。

その瞬間、健哉は走った。蒼い月光に照らされた牧草地を駆け抜けて、サイロの入口にとりついた。ドアに手をかけ、開けた。

牧場主が手放して以来、五年は使われていないサイロだった。干し草が散らばった床の真ん中に、あの大きな犬がいた。高い場所に四角くうがたれた窓から、ちょうど真円の月が見えている。その月に向かって、犬が大きく伸び上がる姿勢で、歌うように吼えていた。

窓から差し込む蒼い月明かりの中、まるでオーラに包まれるように体毛が淡い光を放っていた。大きく開けた口から遠吼えが朗々と放たれると、白い呼気が闇に流れた。

その姿を健哉は憑かれたように見つめていた。

ふいに犬は吼えるのをやめて、健哉を見た。ゆっくりと歩み寄り、跪いた。

前肢には白い包帯が巻かれたままだ。手当を始めたときは厭がっていたが、傷を治すための処置だという自覚があったのか、咬んだり解いたりしておらず、健哉はホッとした。とはいえ、しきりに舐めたらしく、すっかり濡れていたため、新しい包帯に取り替えた。

外傷の手当の仕方は、去年の夏、ボーイスカウトの体験入団のときに教わった。骨や関節の損傷はないようなので、念入りに消毒をしただけだったが。

健哉は太い首を両手で包み込むようにして、そこに生えた豊かな体毛をそっと撫でた。大きな舌が健哉の顔を舐めてきた。

・シベリアンハスキーの牝だった。この一帯を荒らしている野犬集団の噂を聞いていた。きっとこいつは、肢の怪我が原因で群れからはぐれたのだろう。野犬と聞いて怖いイメージがあったが、今は違った。犬は健哉の友達になった。

月光を浴びて、ハスキーの双眸（そうぼう）が光っていた。

左目が鳶（とび）色。そして右目が澄み切ったブルーだった。虹彩異色（オッドアイ）と呼ばれる遺伝子がもたらす現象なのだと、百科事典に書いてあった。その不思議な色の目を見ていると、ふっと心が引き込まれそうな気がした。

健哉はここに来た理由を思い出し、デイパックから大きなタッパーの容器をとりだす。自分の部屋で食べるためだと母に嘘をついて、厨房から持ち出した食材だった。市販の食パンに厚手のハムを挟んで、三角形に包丁で切っただけのもの。味付けはまったくしていない。昼食用に母が作ってくれたみたいにうまく行かないが、食べるだけなら問題はない。

それを犬に与えながら、健哉は隣に座り、残ったサンドイッチを齧（かじ）った。すぐに犬が食べ終えたので、自分用に作った残りも与えた。

それから腹這いになった犬の背中を撫でながら、左右色違いの犬の目を見つめた。

やっぱり学校には、もう二度と行きたくない。それに家族とあそこにいるよりも、犬とふたりでここにいるほうが安心できる。

翌朝、ペンションを出発して間もなく、糠平温泉郷の入口にある『ようこそ糠平温泉』と書かれた看板の前に、警察のパトカーが停まっているのが見えた。その前後に軽トラや普通車が数台、停まっていて、男女が警察官の前に集まっていた。誰もが神妙な顔だ。

警察官の顔に見覚えがあるので、車を近づけた。

「何があったんです？」

助手席の窓を下ろして、千明がそう訊いた。

思った通り、一昨日、黒石平牧場で会った角田という若い巡査だった。彼女の顔を見たとたん、破顔してこう応えた。

「先生。ちょうどいいところでした。ほんの十五分前に、ここで例のオオカミみたいな犬が目撃されたんです。通報を受けて来たところなんですが」

ドアを開けて、千明が降りた。角田の周囲にいるのは目撃したという住民たちだろうか。それぞれの不安な表情に、この土地に影を落とす野犬事件の深刻さが見て取れた。

「また群れが来たんですか」

「それが……あの犬だけだったそうです」

角田の説明に千明はいぶかしげな顔をした。「群れのリーダーがはぐれた?」

パックと呼ばれる群れの中で、アルファ牡が単独行動することはめったにない。群れにおいてはアルファ牝だけが発情期を迎えるため、他の牡が、交尾のために群れを離れていくことが、ごくまれにある。だが、アルファ牡は必ずアルファ牝とつがう。例外があるとすれば――。

千明はアルファ牝と思われるハスキーが前肢を負傷していたのを思い出した。あの怪我は思ったよりも深かったのかもしれない。

「あの牝が群れを離脱したんだ」

千明はそうつぶやいた。

狼犬は自分のつがいの臭いを辿ってきたはず。だとすると、ハスキーはここ糠平温泉郷のどこかにいるはず。そう気づいて、真吾の顔を見た。

「そう遠くには行かないわ。捜しましょう!」

持参していた八倍の双眼鏡を胸にぶら下げながら、千明は徐行しつつランクルの車窓から、木立や、その合間にまれにある家屋などを観察していた。

糠平温泉郷は九軒の旅館、ホテルがある他、数軒の飲食店、いくつかの別荘があるだけだ。人口は少ないが、野犬がいたら目立つはずだろう。ことに狼犬はかなり大型の種である。シベリアンハスキーだって、人目を引くことに変わりはない。

「先生」

運転席から声をかけられて、千明は我に返った。

「何、考えてんすか。さっきからずっと、またあの目をしてましたよ」

「どんな？」

「恋いこがれてるような目」

「そお？」

自分が少し赤くなっていることを意識しながら、千明はわざとそっぽを向く。人間のオスに長らく恋愛感情を持たなかったから、よけいに気恥ずかしさみたいなものを感じた。

「本気で狼犬を捕獲するつもりですか」

「本当に単独だとしても無理ね。チャンスがあるとしたら、シベリアンハスキーのほう」

「まさか先生、シートンみたいに、あいつの女房を囮（おとり）に使うつもりじゃ？」

「いけない？」

「ロボはブランカを忘れることができず、結局、人間の罠にはまったんですよね。人が与えた餌を一度も口にせずに、ロボは死んでいった。その誇り高き死に様を見たアーネスト・シートンは心底から後悔し、以後、野生動物の捕獲に暴力を使わないと誓ったということでした」

「それは無用な男のセンチメンタリズムよ。私は後悔なんかしない」

「いいきっちゃっていいわけですか」

千明はうなずいた。「シートンと違って私は女だから」

その日の夕刻、健哉はいつものように犬のサンドイッチを作り、デイパックに入れた。庭先に停めていた自転車をまたいだとき、後ろから父親に呼び止められた。金縛りに遭ったように躰を硬直させながらも、健哉は振り向かずにいた。

「こんな時間にどこへ行く」

すぐには応えられなかった。父は歩いてきて、健哉のすぐ後ろに立ち止まった。

「今朝方、どこかに出かけていたな。昨日も夜中に帰ってきた」

友達の家に行っていたと言い訳を口にしようとして、やめた。登校拒否で引きこもっている自分がそんなことをいうのもおかしいし、だいいち、健哉の住むこのペンシヨンからいちばん近くのクラスメートの家までは、自転車ならば一時間以上はかかる。

他に理由を思いつかなかった。

「黙っているということは、何か疚しいことがあるんだろう？」

ゆっくり振り返った。父は無表情に息子を見ていた。まともに目を合わせられず、すぐに視線をそらした。

「厨房の冷蔵庫からハムが三パックほどなくなっていた。母さんはお前がサンドイッチを作るからだといっていたが、本当なのか」

唇を噛んだまま、うなずいた。

「自分だけが食べるにしては多くないか」

また、足音が聞こえたかと思うと、父は目の前に立っていた。

厳めしい顔でこちらを見ていた。

「牧場跡のあのサイロに何がある？」

健哉は目を見開き、父の顔を見た。「どうして？」

「今朝、お前の自転車が停めてあるのを見かけた」

温泉組合の会合があるからと、父は朝から車で出かけていった。その帰り道だったのだろう。道から見えるところに自転車を停めたのはうかつだった。

「牧場を荒らし回っていた野犬の群れのリーダーが、この郷をうろついている。そのことで話し合いをしてきたばかりだ」

ずっと視線をそらしたままでいた。父にはすっかり見抜かれている。健哉が出かけるところを現行犯逮捕しようと、すぐにいいださなかっただけだと気づいた。

「正直にいいなさい。何かをかくまっているんだな」

仕方なくうなずいた。

「犬、か」

なおも黙っていると、こういわれた。「前肢に怪我をした大きな牝犬だね」

「通報するの？」

「あちこちで牧畜に被害を与えてきた奴だ。次は人が襲われるかもしれない」

「そんなことをする犬じゃない。ぼくが保証するよ」

「お前のその言葉には何の意味もない」

父に冷たくいい放たれて、健哉は愕然（がくぜん）となった。「父さん――！」

背を向けて行こうとする父に追いすがった。ハンドルを離した自転車が乱暴に倒れたが、気づきもしなかった。腕をつかんでこういった。

「どうしてそんなに犬を憎むの？　だって、ジャックが死んだとき、いっしょに泣いてくれたじゃないか」

父の歩みが止まった。

健哉は大きな背中を凝視した。

「今夜はどこにも行くな」

そういい残すや、父はまた歩き出し、入口から中に消えた。

血が出るほど唇を噛み締めていた健哉は、自宅であるペンションの明かりをじっと見つめ、自転車をウッドデッキに立てかけた。玄関の三和土(たたき)でスニーカーを脱ぎ、階段を駆け上がって自室に入ると、ドアにカギをかけた。

まる半日にわたる捜索で、狼犬も、そのつがいと思われるシベリアンハスキーも見つからなかった。目撃情報もそれきりだった。ふたりは糠平温泉郷を基点に、然別から上士幌に至るまで、道という道を走り、未舗装の林道の奥深くにまで分け入り、犬の捜索に時間を費やしたが、まったくの徒労に終わった。

何度か町役場の吉川に連絡を入れた。

しかし、どこか他人事(ひとごと)のような力のない言葉が返ってくるばかりだった。野良犬の群れはリーダーのつがいを失って散り散りになったに違いない。それが役人たちの見解だった。いや、期待あるいは希望的観測といっていい。だから、自分たちはお役御免と勝手に決め込んでいる。あとは猟友会にまかせておけばいいと思っているのだろう。

都市部も田舎も役人気質は同じ。彼らは枠を越えては動かず、日頃のルーティンワーク以外のことをしたくないだけのことだ。はるばる札幌から千明が呼ばれたのは、その尻ぬぐいみたいなものだったのだ。

そんなことを思いながら、ペンションの夕食を終えた頃、向かいの席ではワインにほんのり頬を染めた真吾が、いつものようにうとうとと舟をこぎ始めていた。半日、運転手をつとめて、あっちの山、こっちの森へと車を走らせてくれたのだから無理もない。

明日の午後には厭でも大学に戻らねばならなかった。

ふと、窓際にあるブックラックに目が行った。そこにいくつか並ぶ本の表紙を見たが、『狼王ロボ』がなかった。また、あの子が持って行ったのだろうか。

そんなことを考えているとき、厨房の扉が開き、ジーンズにチェックのネルシャツ姿の大沢が姿を現した。「先生。コーヒーかジュースでもいかがですか」

「オレンジジュースはありますか?」

ペンションのオーナーはうなずき、いったん厨房に戻ってから、氷をたっぷり入れたグラスに生搾りらしいオレンジジュースを入れて戻ってきた。ストローを差して飲もうとすると、大沢が厨房に戻らないのを奇異に思った。

「実は折り入ってのご相談なのですが――」

「どうぞ」

安堵したように千明の隣の席に座り、神妙な顔でこうきりだした。

「息子が例のハスキーをかくまっているようなんです」

千明は驚いた。「だって……かくまうにしては大きな犬でしょう？」

「うちから二キロばかり下っていったところに、古い牧場のサイロがあります。そこに入れているようなんです」

このレストランに下りてきて、ブックラックにシートンの本を置いていった少年の姿を思い出した。あのとき、声をかけると逃げるように去ってしまった。現代っ子にありがちな人見知りの性格だと苦笑いしたのだった。

「ハスキーは怪我をしていたはずですが」

「食材といっしょに、救急箱の包帯や消毒液もなくなっていました。健哉が……うちの子が手当をしたのでしょう」

千明は大沢の顔をじっと見つめた。虚ろな目をしていて、どこか生気に乏しかった。

「お子さんには悪いけど、野犬は〝処分〟することになるでしょうね」

野犬を薬殺するときに使う硝酸ストリキニーネは、町役場農林課の吉川に手配させ、十勝保健福祉事務所から取り寄せることになる。獣医師の資格を持つ千明自身が薬殺を担当することになるだろう。

　ふと、狼犬のことを思い出した。ブランカを求めるロボのように、あの狼犬は群れからはぐれた妻を捜すために山を下りてきたのだ。ハスキーを囮にすれば、狼犬は容易に捕獲できるだろう。

　その思いつきは、すぐに途惑いとなり、高揚した気持ちが冷めていくのを感じた。

　千明は、あの本がなくなったブックラックを無意識に凝視していた。

　狼王ロボの死は、シートンにとってのちの生涯にわたる悔恨を残す原因となった。五年の間に二千頭以上もの家畜を殺して〝悪魔〟とカウボーイたちに呼ばれ、一千ドルの賞金をかけられたロボだったが、そのゆいいつの弱点は妻への情愛だった。古来からオオカミは博愛主義の動物といわれてきた。シートンはその愛を利用し、ロボを捕らえ、殺した。

　真吾がいったとおりだった。

　シートンとは違うといいつつも、自分はその前轍を踏もうとしている。

　大沢の視線に気づいて、千明は彼を見、また目を逸らした。動揺を見抜かれているような気がした。

「とにかく、サイロに行ってみましょう。どうするかを決めるのは、それからだわ」

　そういって立ち上がろうとしたとき、向かいの椅子でうたた寝をしていた真吾が目を覚ました。目の前のあわただしい様子を理解できず、目をしばたたいている。

「神谷クン。ちょっと出かけてくるね。あなたは部屋で寝てていいから」

「いや、でも……」

中腰になった真吾がそういったとき、階段に乱雑な足音がした。

ジーンズ姿の中年女性は大沢の妻、静子だった。蒼白な顔で下りてくると、立っている夫に向かっていった。

「あなた。健哉がいないの」

妻の顔を見つめていた大沢は、ふいに我に返ったように、階段を駆け上った。

そのあとを静子が追い、千明と真吾もあわててふたりに続いた。


大沢の運転するハイラックスサーフ・ワゴンの助手席に千明は乗っていた。後部シートには真吾が座っている。上気した顔をしていた。すっかり目が冴えてしまったらしい。

すでに午後七時半。吉川に連絡をするべきだが、役場が閉まる時間がとうに過ぎていたため、名刺にあった個人用の番号にかけた。吉川は気乗りしない調子の声で糠平に向かうといい、猟友会にも連絡すると応えた。

「いいだしっぺはあっちなのに！」

携帯電話をしまうと、千明は不機嫌な顔で向き直り、それから運転席を見た。大沢は彫像のように無表情な顔で、ハイラックスのハンドルを握っている。

ペンションのオーナー、大沢夫妻のひとり息子、健哉の部屋は、建物二階の角にあった。夕食を持って行った母親が、ドアを叩いても返事がないため、合いカギを使って開けると、部屋は蛻（もぬけ）の殻だったという。玄関に靴はなく、庭先に置いていたはずの自転車もなくなっていた。

健哉は犬をかくまっていたサイロに行った。千明はそう思った。

犬が〝処分〟されないよう、あのシベリアンハスキーを連れ出そうとするはずだ。そこからどこに向かうか。健哉の部屋からは、愛用しているデイパックと雨具に防寒着などが消えていたという。

「お父さん、健哉くんはアウトドアの経験は豊富でしたか？」

「ボーイスカウトの体験入団で三日ほどキャンプをしたことがあります」

「こんな山の中に暮らしていて、そんなもの？」思わず、千明は本音をぶつけてしまう。

「引きこもり……っていうんですかね。もともとうちでひとりゲームをやったり、本を読んでいるのが趣味みたいな子でしたから。学校だって、この春から行ってないんです」

わかるような気がした。初めて健哉を見かけたときから、他人を拒絶するような態度が目についた。まさしくあれは孤独癖のある少年の独特の仕種だった。

「大人の都合を理由に、私はろくに健哉をかまってやれなかった。ただ、一方的に命令したり、叱ったりばかりでした。子供の心を理解しようとしなかったんでしょうね」

大沢の低い声が心に重たくのしかかった。

別れた夫のことを、千明は思い出していた。忙しさにかまけて、お互いが相手の心を思いやれなかった。その不満を双方がぶつけ合ってきた。人が他人の心を理解するのは難しい。しかしだからといって、身近にいる相手から目を逸らすべきではなかった。

それはわかってる。わかっていて、どうして――。

「犬……飼ってたんですよ」

ふいに大沢の声がして、千明は我に返った。昏くて横顔がよく見えなかったが、ちらと運転席を見た。どこかすがりつくような寂しげな口調だった。

「ジャックという名で、ヌイグルミみたいな毛むくじゃらの雑種でした」

なぜ、そんなことをいうのか理解できずに、千明が困惑していると、大沢は少し言葉を切ってから、またこう続けた。

「――ちょうど一年前に死にました」

千明はゆっくりと視線を前にやった。車のヘッドライトに闇が切り裂かれ、センターラインの破線とともに、白っぽく浮き上がった白樺やカラマツの林が左右に流れていた。

「健哉は悲しんでいました。ぼくも妻も。家族みんなであれだけ愛していたのに、その犬が誰よりも先に逝ってしまう。そんな事実がぼくには許せなかった。だからぼくは無意識に犬という存在を周囲から遠ざけるようにしていました。自分の心を変えることで、悲しみを紛らわそうとしていたんでしょうね」

「ペットロスを乗り越えるには、その事実に向き合うしかないわ。二度と飼わないという人は多いけど、それは違うと思う。ペットが人と共にいたことの幸せを思えば、おのずと彼らが先に逝くことの意味もわかる」

「先生も飼ってらっしゃった？」

「犬が二頭、猫が一匹。みんな先に逝っちゃったけど？」

いまだに生きているのは別れた旦那だけといおうとして、やめた。

「息子を、もっと抱きしめてやるべきでした」

「まだ、大丈夫。無事に戻ってきたら、そうしてあげなさいな」

ハイラックスが舗装路を外れて砂利道に入ったとたん、前方にサイロが見えてきた。

ハンドルを握る大沢は牧草地に車を乗り入れると、そのままサイロに近づけた。

停車と同時に大沢と千明はドアを開け、外に出た。真吾が続く。

ちょうど紫色に染まった群雲の後ろに隠れていた金円の満月が、ゆっくりと顔を出した。淡いヴェールを剝ぎ取るように、辺りの視界が蒼く、すべてが昼のように明瞭に見え始めた。まるで海の底にいるようだった。黒い森の輪郭のずっと彼方に、雪を抱いたウペペサンケの山嶺が、月光を浴びながら、夜空を背景に鮮やかに浮かび上がっていた。

月明かりの下、あのサイロはシルエットとなって薄闇に滲むように見えている。

三人はサイロに近づいた。

草叢の中に横倒しになっていた自転車の上に夜露が降りて、鏡のように月明かりを反射していた。そのすぐ傍の地面に、スニーカーらしい小さな靴痕を見つけた。

サイロの木製の扉が、わずかに開いていた。

千明たちはそこに足早に向かう。懐中電灯を点けて、慎重に中を照らし出した。空洞になったサイロの内部、がらんどうの広い空間。床には干し草がたくさん落ちている。そのいちばん奥に——少年の姿があった。

デイパックを傍らに置いて、体育座りみたいに膝を抱くように座っていた。その隣に、大型犬が伏していた。たくましい体軀のシベリアンハスキーだった。

「健哉……」

大沢が息子の名を呼び、行こうとした。何故か、その足が止まった。

千明は懐中電灯で周囲を照らした。水を飲ませるために使ったらしい、小さな赤いポリバケツが転がり、スチール製の餌皿もあった。ハスキーは伏せの姿勢のまま、入口に立つ千明たちを見つめていた。その右前肢に白い包帯が巻き付けてあった。肢のかばい方で、傷の深さがわかった。筋肉の損傷は明らかで、おそらく出血もひどかったはずだ。

「あなたが手当をしたの？」

少年はうなずいた。「でも、殺されるんだよね」

千明は応えられずに口をつぐんだ。

他ならぬ犬たちの捕殺をしようとしていたのは自分自身だった。私はそのために、ここにやってきた。そのことを、きっと健哉も知っている。

「ブランカを使ってロボをおびき寄せたみたいに、この子を囮にするつもりなんだよね」

千明は無意識に眉根を寄せて、眉間に皺を刻んだ。なぜ、違うといえないのだろう。どうして少年の言葉を否定できないのだろうか。

そのとき、外から声が聞こえた。

女の悲鳴のような、甲高い叫びが朗々と尾を曳きながら響いていた。

健哉の隣に伏せていたハスキーの耳がふいに立ち、上半身がゆっくりと持ち上がった。大きな目を見開きながら、遠くから聞こえるその声にじっと耳を傾けている。

眼前にいるハスキーの目。その左右の色が違っているのに千明は気づいた。

左目は鳶色だが、右目が宝石のように輝くブルーだった。オッドアイだ。その美しさに、しばし千明は我を忘れて見入った。

また、遠吼え。

今度はそれに応えて、オッドアイのハスキーが大きく首を伸ばし、甲高い声で遠吼えを放った。魂を揺さぶるような、深く、悲しげな声であった。

千明は、意を決したようにサイロの外に駆け出した。真吾も黙って続いた。

ひんやりと冷たい空気。青白い月明かりに照らされて、白樺やダケカンバ、トドマツなどの林が遠くに広がっていた。その辺りから、また声が聞こえた。

森の手前に、小さな影があった。

千明は目を凝らして、見た。あのとき目撃した大きな狼犬だった。月明かりを浴びて、全身の毛が金色の光に覆われているようだった。百メートル以上離れているのに、その姿はくっきりと見えていた。

狼犬もまた、千明を見つめていた。

強烈な視線の中に、意思のようなものがたしかに感じられた。

足音に振り向くと、サイロの出入口から父親に手を引かれて、健哉が姿を現したところだった。つづいてハスキーがのっそりと出てきた。怪我をした右前肢を折り曲げてかばいながら、残る三本の肢で不安定に歩いている。

大沢親子が足を停めると、ハスキーも横並びに立ち止まった。長い舌を垂らしながら、隣にいる健哉を見上げる。少年は悲しげな顔で犬の耳の後ろを撫でた。ハスキーも顔を上げて、その愛撫に応えるように、健哉にそっと躰を当てた。

こうして見ると、まるで少年の飼い犬のようだった。

が、ふいにハスキーは彼女のオッドアイを前方に向けた。千明が向き直ると、狼犬がこちらに向かって歩き出してくるところだった。ほぼ同時にハスキーも歩き出した。

二頭がお互いに近づいていた。

「先生」

傍らから声をかけられ、千明が気づいた。

「あれこそロボとブランカの再会シーンですよ」

そういいながら、真吾がキヤノンEOSを差し出してきた。

受け取った千明は、デジカメをかまえて、液晶ファインダー越しに二頭の邂逅(かいこう)を見つめながら、ゆっくりとシャッターを切った。夢中になって、何度もシャッターを切り続けた。

車のエンジン音。そして砂利を踏みつけるタイヤの音に気づいた千明は、真吾とともに振り返った。ちょうど牧場跡の入口から、軽トラックが三台、町役場の公用車である白いパジェロが入ってくるところだった。

猟友会の帽子とベストを着た初老の男がふたり、それぞれの軽トラから出てくるなり、散弾銃を車内から引っ張り出した。それを見るや、千明は走った。

ふたりのハンターの前に立ちはだかるや、両手を左右に広げて叫んだ。

「やめなさい！」

ハンターたちは途惑った顔で動きを止めた。

パジェロから降りてきた吉川は、柄シャツにジーンズ。私服のようだ。

「先生。どうしてです。狼犬を駆除できる絶好の機会ですよ」

「こんなやり方はフェアじゃないわ」

「野犬相手じゃないですか」

「駆除とはいえ、日没後の狩猟行為は法律で禁止されているはずでしょう?」

「しかし――」

言葉を失った吉川は、呆気にとられたような顔で、千明の顔をまじまじと見つめていた。

だったら何のために、こんな夜中に呼び出されたのかとでもいいたげな表情だった。

そのことについて、千明はちょっとだけ同情を感じた。

犬の声がした。

黒々と左右に広がる森の手前、牧草地との境界線辺りで、二頭の大型犬が再会していた。双方が躰をぶつけ合い、しばらく嗅ぎ合いをしてから、横並びに森に向かって歩き出した。オッドアイのハスキーと、月明かりに金色に輝く狼犬。見事なペアだと千明は思った。

長い沈黙があった。

そこに居合わせた誰もが、去っていく犬たちを見つめていた。

二頭は、闇に溶け込むように見えなくなった。

皓々（こうこう）と照り続ける月明かりの下、彼らが消えた森を、千明はいつまでも見ていた。

「先生」

真吾が小さな声でいった。「やっぱりシートンにはなれませんでしたね」

千明は彼を見、我に返ったように破顔した。

それから、ふいにあらぬ方を向き、眦（まなじり）に浮かんだ涙をそっと拭（ぬぐ）った。

狼犬に率いられた野犬の群れの大半が、ハンターによって仕留められたという報告が、札幌の道南大獣医学部の研究室に届いたのは、それから数日後のことだった。

上士幌町役場の吉川が、画像が添付されたメールを送ってきたのである。

千明は暗澹(あんたん)たる気持ちで、それを読んだ。

牧畜被害はあれからなおも続き、町役場はやむを得ずに駆除体制を強化して、犬たちの首に賞金をかけたらしい。積極的な駆除を行ったのは、賞金稼ぎよろしく町の外からやってきた複数のハンターだったということだ。射殺された犬の中には、ジャーマンシェパードやロットワイラーなどにまじって、あの狼犬もいた。

ハンターたちや地元猟友会は残党を一掃すべく、なおも山中にくり出したが、結局、成果のないままに駆除期間が終わった。

千明がひそかに〝ロボ〟と呼んでいた狼犬の妻、シベリアンハスキー〝ブランカ〟の行方はそれきり杳(よう)として知れなかった。

今でも千明は夢に見る。

あの美しい虹彩異色――オッドアイのハスキーが、夫である狼犬を求めて、ウペペサンケ山の麓に広がる広大な深い森を走っている姿。そして蒼い月明かりの下、夜空に向かって悲しげに遠吼えをする、その朗々たる声。

あの犬は、アイヌの伝説のように山の神になったのだ。千明はそう思った。

向かい風

二〇〇八年十一月――

紅葉のシーズンはもう過ぎたと思っていた。

都会を出て山に来てみたら驚いた。本谷川の渓流に沿って続く曲がりくねった道を車でゆっくり走っていると、川面にかぶさる河畔林、左右に迫る山肌の木々、重なり合う幾多の葉叢のすべてが、赤や黄色、褐色が複雑に入り交じった迷彩模様となっていて、それらがめまぐるしく流れてゆく。

黄金色の木洩れ日が目に眩しい。

車窓を下ろすには空気が冷たすぎるが、それでも深い山の清涼さは感じられた。

ここに来て良かったと、高津弥生は心の底から思った。

愛車は赤のフィアット・パンダ。二〇〇三年にリリースされたモデルだ。

東京の自宅を出発して三時間近くが経過していた。傍らの助手席に座っているのは、公私ともに相棒を務めてくれている犬のエマ。白黒の毛並みが美しい牝のボーダーコリー。牧羊犬として知られる中型の犬種である。大きな瞳で車窓越しに外の景色を見ながら、ときおり長い舌を垂らしては振り返ってくる。

ここは増富ラジウムラインと呼ばれる、観光のために整備された一本道だが、ウィークデイのためか、すれ違う車はほとんどなかった。途中で通過した温泉街は、どのホテルも旅館も閑散としているように見えた。

さらに山深く入っていくにつれ、建物の類いはまったくなくなり、錦繡に染まった秋真っ盛りの林や森が、風にあおられて無数の木の葉を舞い散らせながら、道に沿ってどこまでも続いていた。

目指す山荘の看板は、たしかに道路の右手にあったが、無数のススキの穂先に隠れていたせいで危うく見過ごすところだった。弥生はブレーキをゆっくりと踏み込み、車をいったん停止させた。看板のところまでバックさせてから停め、色褪せた青ペンキが塗られた板に彫られた文字を眺めた。

『閑人山房』と読めた。

その横に、『NO WAY OUT（行き止まり）』と記した別の看板も立っている。

ハンドルを回して車を切り返すと細い悪路に入った。

雑草が繁茂したまま秋枯れた獣道のような小径を抜けると、いくらも走らないうちに、忽然と視界が開けた。黄葉した白樺やカラマツ林に周囲を囲まれて、年季の入ったログハウスが建っていた。

その前に車を停め、ドアを開けて車外に出た。

ボーダーコリーのエマも、歓びを露わにし、早く車を出たがっているため、「よし！」と号令をかけて、外に降ろした。

エマはたちまちそこらじゅうを嗅ぎ回り、丈の低い草叢に屈んで放尿した。

初めて写真でログハウスを見たときは、もう少しこぢんまりと感じたのだが、実際に眺めると意外に大きい建物だった。ハンドカットされた濃い褐色のレッドシダー材をどっしりと積み上げた重厚な建物だが、開口部が広く、デッキも大きく張り出しているので、威圧感のようなものはない。

フィアットのドアを閉め、ふうっと吐息を投げる。風に白く呼気が流れた。

気温は十度を切っているだろう。そっと深呼吸をすると、冷たい空気が胸の奥を刺すように入ってくる。森の香り。土の匂い。そしてかすかな風音。

ウールのシャツ一枚だと肌寒いため、すぐに後部座席からダウンベストを引っ張り出してはおった。犬といっしょに玄関の扉の前に立つ。ジーンズのポケットからあずかってきたキイをとりだし、木製の扉にとりつけられた真鍮のノブに差し込んで解錠した。

屋内に入ったとたん、濃密な木の香りが鼻腔を突いて、ハッとした。レッドシダーはヒノキ科の樹木である。築十五年と聞いたのに、針葉樹独特の芳香がそこらじゅうに漂っていた。足許にいるエマも、しきりに鼻先を掲げて空気を嗅いでいる。

土間で靴を脱ぎ、ウエットティッシュで犬の足を拭いてから、ふたりで屋内に入った。

居間に置かれたソファに荷物を載せて、出窓のカーテンを開いた。白樺の木洩れ日が差し込んできて、家の中がよく見渡せるようになった。

重厚な白木の座卓と床に敷かれたオールドキリムの絨毯。壁際の赤レンガの炉台の上には、黒い鋳鉄の薪ストーブがどっしりと安置されていて、吹き抜けの高い屋根に向かって煙突がまっすぐ延びていた。

この山小屋は二年も使っていないと持ち主にいわれたが、それにしてはきれいだった。薪ストーブに指を当ててぬぐってみても、うっすらと埃がつくぐらいだ。

ロフト形式の二階部分には階段で行けるようになっている。

そこを上るとエマが軽やかな足取りでついてきた。無垢の板が張られたロフトは、ドーマーと呼ばれる張り出し構造になっているため、案外と広い空間がとられていて、小さな書庫と木製のクラシカルなベッドが置かれていた。

二階は多少、黴臭かったので、上げ下げ窓を開けて、外の冷たい風を入れる。

窓から身を乗り出すようにして外を見ると、赤や黄色に彩られた秋の森が周囲に広がり、背の高いカラマツ林の木の間越しに、この別荘のすぐ裏手にそびえる瑞牆山、そのゴツゴツと屹り立った岩の頂稜を眺めることができた。

車で林道を走って登るとき、ずっと見え隠れしていた荒々しい山の様相である。

寒くならないうちに窓を下ろして閉めると、弥生はエマといっしょに一階に戻ってきた。犬をそこに待たせて、ふたたび外に出ると、車に置いてきた残りの荷物を運び始めた。


一時間かけて、掃除を終えた。

それからまた厚いダウンを着込んで、居間の掃き出しからデッキに出た。

板張りのあちこちに落ちていた枯葉をすっかり片付けると、折りたたみのテーブルの上に五百ミリリットルの缶ビールを置き、椅子に腰掛けてプルタブを開けた。都会から持ち込んだビールゆえ、気圧の差のためか泡が噴き出した。あわててグラスに傾けて注いだ。それを半分まで飲んでから、長い息を洩らし、周囲の森を見た。

つまみにもってきたミックスナッツを皿に入れ、齧りながら頬杖を突いた。おこぼれにあずかろうと、エマが太股の上に顎を載せてきたので、ピーナッツをひとつ投げてやったら、いつものように上手に口でキャッチした。

携帯電話は「圏外」となっていたので、電源を切って傍らに置いていた。どうせ、ここにいる間、誰と話すつもりもなかったし、文明の利器なんて遠ざけておきたかった。

しきりとエマが遊びたがっているので許可した。デッキの手摺(てすり)の間から庭に駆け出すと、あちこちの樹木の根許を嗅いでは、少しずつ尿をかけてまわる。マーキングは牡(オス)の特徴と思われがちだが、エマは牝なのにそれをやる。縄張り意識が強いのだろうと、長年、インストラクターをやっていた男性がいっていた。

エマは五歳。

インターネットで里親募集の告知を見つけて弥生が飼い主になったのが、一歳にならないときだった。毎日、二度の散歩。食事や糞尿の世話。毛繕い。犬との触れ合いは、いずれも楽しく、幸せだった。

日々のルーティンワークがつまらなくなっていたOL生活も五年目のあるとき、テレビでたまたま見かけた災害救助犬の活躍に心を奪われた。地震などの被災地で生存者を捜し、山中で行方不明になった人を捜索する。犬たちはハンドラーと呼ばれる指導手のコマンドに忠実に行動し、見事な活躍をしていた。

ただ、犬が好きで飼っている。それだけでは何かが足りなかった。

人が犬とともに働く。それこそ最高の仕事ではないか。

そう思った弥生は、テレビに出ていたレスキューチーム、NPO法人JRD（ジャパン・レスキュー・ドッグス）に連絡を取り、ちょうど訓練生を募集していることを知って、迷うことなく応募した。

勤めを続けながら、休日は犬の訓練をした。紆余曲折の日々だった。一年後、ようやく認定審査に合格し、JRD理事長の高岡光樹の推薦もあって、弥生とエマのペアはJRDの正規メンバーに加わった。そして、チームとともに災害現場に派遣されることになった。念願の救助活動への参加が決まったのである。

順風満帆と思われた人生だが、山もあれば谷もある。

弥生にとって、それはこれまでになく深い挫折をもたらす体験となった。

その心の傷を癒すために、つかの間の時期をここで過ごそうと、山深い土地へとやってきたのである。このログハウスは高岡の所有していた別荘だった。

――しばらく俺は行けないし、好きなように使っていい。

そういいながら、高岡は弥生を送り出してくれた。そのことに弥生は感謝した。

夕暮れが近づくにつれて、森の色が褪せてきた。重なり合う葉叢の、赤や黄色や褐色、そして緑。すべての色彩がモノトーンに溶け込んできて、やがてどこからともなく紗幕(しゃまく)のように薄闇が降りてきた。さっきまで木立のそこかしこから聞こえた鳥の声もいつしかなくなって、静寂ばかりがログハウスの周囲を包んでいた。

　同時に寒さがひしひしと押し寄せてくる。

　重厚な丸太を組んだ山小屋といえど、暖房がなければ寒さをしのげない。居間の窓、ペアガラスの外に貼られた吸盤式の外気温計は、すでに五度を切っていた。

　火の扱いだけは気をつけるようにと、高岡は薪ストーブの使い方を詳しく紙に書いて寄越(よこ)していた。

　ひと冬過ごせるだけの、よく乾燥したナラやクヌギの薪が、外の薪小屋に積み上げてあるといっていた。そこに足を運ぶと、薪のみならず火付けのための粗朶(そだ)もふんだんにあった。それらを苦労して屋内に運び込み、薪ストーブの中に入れて火をつけた。たちまち消えてしまったため、高岡が書いてくれた指南書をもう一度よく読んだ。いっぺんにたくさんの木を入れず、着火剤の上に細枝を少しずつ載せていき、火が大きくなったら少し太い粗朶を入れろと書いてある。おまけにダンパーという開閉装置のハンドルを閉鎖位置にしたままだったため、空気が抜けなかったらしい。

　せっかくの家電製品を買ってきても、マニュアルも読まずに使おうとして、ダメにしてしまったことが二度もある。そんなせっかちな性格が、ここでも出てしまったと後悔する。

薪ストーブの炉内で、最初は小さな火を作り、少しずつ枝を載せながら次第に炎を大きくしていった。耐熱ガラス越しにめらめらと燃え上がるオレンジ色の炎を、その前に座り込む弥生ばかりか、傍らに伏せたエマまでもが、興味深くじっと見つめていた。

ようやく炎が立ち上がって、炉内全体に回った。

高岡の指示通り、表面にとりつけられた温度計が二百三十度を超えてから、初めてダンパーのレバーを動かして、煙突への直接ルートを閉鎖し、二次燃焼室への入口を開けた。そうすることによって、炉内で発生した煙が触媒によって再燃焼し、煙突から排出される煤煙(ばいえん)が浄化されるという。

触媒を使った二次燃焼室の開発は、薪ストーブという暖房器具を進化させてきたアメリカ独特の煤煙規制法をクリアするためのもので、同時に燃料の節約にもなる――そんなことが、高岡のメモには詳しく書かれてあった。

炉内の炎が安定すると、弥生は冷蔵庫に入れていた缶ビールをもう一本とってきて、薪ストーブの前に胡座(あぐら)をかき、傍らのエマの頭を撫(な)でながらゆっくりと飲んだ。

高岡光樹は、かつて山岳雑誌やアウトドア雑誌などの常連だった。ヒマラヤやヨーロッパアルプスなど、海外遠征が豊富な根っからの山男で、左手の中指と小指が欠落していたのは、雪山の凍傷で失ったらしいが、初めて見た頃などはヤクザの指詰めかと怖々と見ていたのを思い出す。

そんな彼がどうして薪ストーブに凝っていたか、ようやくわかった気がした。これは屋内に暖をもたらすのみならず、こうして間近に火を見つめていられる焚火(たきび)なのだ。高岡の焚火好きは昔から有名で、JRDのメンバーでキャンプをしたときなど、必ず火を焚いて、それを中心にみんなで輪を作っては夜更けまで語り合ったものだ。

あの頃は幸せだった。

その幸せが、ずっと続くものだと、弥生は思っていた。

エマを傍らに、薪ストーブの炎を見つめていると、いつしか催眠術にかかったかのように、いろいろな想いが去来しては消える。そして意識は、六ヵ月前のあのときの事件へと飛んでいた。

日本政府から派遣された国際緊急援助隊の第一陣が、四川(しせん)省青川(せいせん)県関荘鎮(かんそうちん)に到着したのは、中国四川大地震が発生して五日目の五月十六日だった。

出発が遅れたのは、中国外務省が外国からの救援部隊の受け入れをなかなか認めなかったためだが、結局、中国政府は日本の他、ロシア、韓国、シンガポール、台湾からの救助要員の受け入れを了承した。

日本からの第一次派遣要員三十名の中には、警察官や医師たち、新潟の中越沖地震で活躍した消防庁のハイパーレスキュー隊員などに交じって、JRDから選出された三頭の救助犬とそれぞれのハンドラーがいた。

ジャーマンシェパードのフリッツをつれた中川晃（なかがわあきら）。ラブラドールレトリーバーのモモコと霜村優介（しもむらゆうすけ）。ふたりともJRDの中でもベテランのハンドラーであり、どちらも医師免許を取得していて、国内ばかりか海外への派遣経験も豊富な男たちだが、ボーダーコリーのエマと弥生にとって海外――ことに大規模災害の現場は初めての経験だった。

ベテランに交じって新人をひとり派遣することが決定し、選ばれたのである。

決して成績が上位だったわけではないのに選抜された理由は、ハンドラーである弥生の体力と行動力、そしてエマの、ボーダーコリー独特の敏捷性（びんしょう）および危機回避能力、捜索意欲の安定性だと、あとで知らされた。

この派遣のために、弥生はつとめていた会社を辞した。長期休暇が認められなかったためだ。職場の退屈さに比べて、犬との日々はいつも刺激的だったので、むしろこれはいい機会だと考えてのことだった。

民間チャーター機で成都（せいと）空港に到着し、軍用トラックに揺られて被災地に到着したのは、現地時間午前十時十五分。後部荷台からエマを引っ張り出した弥生は、焦げ臭い周囲の空気に異様な臭いを嗅いで緊張した。それが何なのか、すぐに理解した。

死臭である。それも、おそらく腐敗臭だ。

目の前に敷かれたシートの上に、たくさんの遺体が並んでいた。

祖父や義母の葬儀のとき、白木の柩（ひつぎ）に横たわる遺体に花を入れる際、こんな臭いを嗅いでいた。そのときの記憶がよみがえってきたが、状況が違いすぎる。そこにあるのは、顔がつぶれたり、手足がなかったり。そんな無惨な遺体ばかりが二十以上。

思わず弥生は目を背（そむ）けてしまった。

すると、街が見えた。

眼前に茫漠（ぼうばく）たる風景が広がっていた。

それまで弥生たちは幌（ほろ）を張った軍用トラックの荷台に乗せられていたため、まったくといっていいほど、外の景色が見えなかったのだ。

大地震に揺さぶられて倒壊した多くの建物。かつては大きな街区だったのだろう。

家屋、ビルなど建築物のほとんどが、原形をとどめぬまでに破壊され、なぎ払われるようにつぶれていた。煉瓦（れんが）やコンクリートの無数の瓦礫（がれき）、圧縮されたように扁平になった瓦屋根。突き出した鉄骨、木材、そしてガラス片。

そんな光景に弥生は圧倒され、魂を抜かれたかのごとく立ちつくしていた。

激しく爆撃を受けたように廃墟と化した街のそこかしこから、まだ火災の黒煙が立ち上り、それが空を覆い尽くしていた。おかげで朝だというのに、夕暮れのように辺りが昏い。

突如、重厚な爆音がすぐ近くに聞こえた。思わず身をすくめるように怖々と見上げると、モスグリーンに塗装された軍用のヘリコプターが、すぐ頭上をかすめて荒々しく飛びすぎてゆく。

「ぐずぐずしてる暇はない。行動開始するぞ」

リーダーである中川の叱咤に気づいて、ようやく弥生は気を取り直した。

青とオレンジの出動服にJAPANと書かれたキャップをかぶった彼らは、ブリーフィングのあと、すぐに行動を開始した。

キャップをオレンジの防災ヘルメットにかぶりなおし、救命具やミネラルウォーターなどを入れたデイパックを背負い、腰のベルトにカラビナを装着する。

災害救助犬と三名のハンドラーは、援助隊の本隊から離れると、生存者の捜索のため、近くにある小学校へと行くことになった。通訳を兼ねた現地ガイドが二名ついた。

しかし周囲には小銃を肩掛けした武装警察や、迷彩模様の軍服を着た人民解放軍の姿が目立つ。睨めつけるような視線のせいで緊張から解放されない。

中川がガイドたちに訊くと、たいした意味はなく、パトロールだという。

しかし、明らかにここでは自分たちは歓迎されていない。否が応でも弥生たちはそのことを感じていた。

彼ら日本政府から派遣された国際緊急援助隊は、被災地の中心部には入れなかった。人民解放軍が救助をしているから、別の場所を担当してほしいといわれ、あげくの果てに連れてこられたのが、この学校。チベット族の子供たちが学んでいたところで、生存者の存在がほとんど望めないといわれた場所だという。反日感情を維持するためには、日本人に手柄を立ててもらいたくないのだ——同行していた韓国の救助隊メンバーから、そんなことを聞かされ、弥生は心を痛めていた。

地震のあった日、この小学校では四百名ぐらいの児童が学んでいたらしく、最初の本震が発生した五月十二日の十四時二十八分には、その子供たちのほとんどが校舎の中にいたと思われた。

のちにマグニチュード八・一と観測された巨大な地震であった。グラウンドの片隅に校舎が建っていたが、それが全体にわたって、パンケーキクラッシュと呼ばれる壊れ方をしていた。すなわち地震の揺れで自重に耐えられなくなり、柱や壁が粉砕されて各階のフロアが積み重なるようなかたちで崩壊しているのである。

このような倒壊の仕方は、多くが杜撰(ずさん)な工法や粗悪な建築材が原因であることが多い。

もとの建物の形状がわからぬほどの完全な崩落であるがゆえ、ここに生存者を望むのは難しいとされるが、それでも弥生たちはひとりでも生きている者を見つけたいという気持ちで、犬のリードを首輪から外し、「捜せ」のコマンドを送った。

三頭の犬たちは、鋭い嗅覚に頼ってハンドラーたちの前を歩き出す。

災害救助犬は、こうした現場では高鼻を駆使し、空気中の微小な匂いをかぎ分ける。遺留物などの原臭に頼らず、被災者が発する匂いだけを追求して捜索する、いわゆるエアセンティング犬としての訓練を受けてきた。

だからこそ、風向きを知ることが重要なのだった。犬が風下に位置するように、ハンドラーが誘導することが捜索の基本である。

そして生存者を発見したときには、バークアラートといって、ハンドラーに吼(ほ)えて告知をする。またハンドラーはアラートだけではなく、犬の表情や声の調子などのボディランゲージを見逃さず、その様子を克明に観察する。

いくらも犬たちが進まないうちに、エマだけがふいに立ち止まった。

エマが吼えた。短く、二度。

あとをついて歩いていた弥生がハッとしたとき、周囲の景色がぶれて見えた。

アッと驚いた刹那(せつな)、ゴウッと地鳴りが聞こえたかと思うと、足許が激しく揺れた。

目の前にある校舎の残骸が、あちこちで派手な音を立てて崩落し、真っ白な粉塵(ふんじん)が立ちこめた。そこらじゅうで、瓦礫が落ちるすさまじい音が聞こえる。地面の揺れは長く続き、立っているのが精いっぱいだった。

一分も二分も揺れているような気がしたが、実際には十秒程度だったらしい。

やがて揺れがおさまって、静寂が戻ってきた。どこか遠くで中国語で激しく叫ぶ声が聞こえていた。

「ひどい余震だったな」

傍らにいた中川がいう。シェパードのフリッツが不安そうな顔で振り返っている。ラブラドールのモモコは、粉塵をまともに浴びて、真っ白になっていた。ハンドラーの霜村も、かけていた眼鏡が白くなって、あわててハンカチで拭いている。

エマはといえば、一頭だけ平然とした顔で弥生を振り返っている。

昔から、地震の兆候を敏感に察知する犬がいるといわれるが、エマはまさにそうだった。実は、それが今回、選抜された理由のひとつでもあったのだ。

「いいぞ、エマ。ＧＯ」

弥生の命令を聞いて、白黒の犬が瓦礫の間を走った。

「高津。瓦解した建物が不安定だから、あんまり犬を深く入れないように」

中川にいわれ、弥生はうなずく。自分たちの周囲に立ち残っているコンクリートの壁も、無数に亀裂が走り、いつ崩れ落ちてきても不思議はない。足場もひどく、歩くたびに積み重なった瓦礫が音を立てて落ちていた。

エマが何かを察して、躰（からだ）の向きを変えた。重なり合う灰色の瓦礫の前に行くと、前肢でしきりに掘るような仕種（しぐさ）をする。

「被災者（ビクティム）、確認！」

弥生が振り返り、背後にいた中川と霜村に報告する。

「生存者ですか？」

現地ガイドのひとり、楊（ヤン）という中年男性が、中国側の救助隊員ら数名とともに駆けつけてきた。

弥生は首を振った。犬の反応は遺体発見のパターンだ。ライブアラート——生存者を確認した場合は大きな声で吼えるように、エマは訓練を受けているが、今回は仕種だけのネガティブアラートだった。

「遺体は放置してください。あちこちで見つかっているし、いくら掘り出してもきりがありません」中国側の救助隊員にいわれ、楊がそう通訳してきた。

「でも……この学校の児童かもしれないじゃない。まだ子供でしょう？」

楊がゆっくりと首を左右に振る。「死んだら同じです。大人も子供もありません」

弥生は言葉を失い、目の前の瓦礫の山を凝視した。

それから三時間の捜索の中で、エマがさらに一体、中川のシェパードが二体の遺体を、霜村のラブラドールレトリーバーにいたっては三体を発見したが、いずれも回収はされなかった。中には明らかに子供だとわかる遺体もあり、積み上がった瓦礫の中から粉塵に白くまみれた小さな手が突き出していた。

やがて、弥生はその場に座り込み、憔悴（しょうすい）し切った顔でエマの頭を撫でた。犬たちも疲れていた。

ハンドラーとして、気力も体力も最悪のモードだった。

三階建てといわれた校舎がつぶれ、瓦礫の積み上がったなだらかな丘のようになっている。そのあちこちに真っ黒な鴉（からす）が下りていて、何かを捜すように歩き回っていた。頭上を見ると、傾いた電柱から延びたいくつかの電線にも二十羽以上の鴉たちが、ずらりと並んでとまっていた。

弥生たちが去っていくのを待っているのだ。

中川と霜村がそれぞれの犬たちにリードをつないでやってきた。フリッツとモモコも、エマのようにうなだれて、それぞれ長い舌を垂らしていた。

「この場所はもう駄目だ。いったん引き上げて、別の場所で作業を再開しよう」

中川がそういったときだった。

ふいに伏せていたエマがかすかな声を上げ、身を起こした。

首をねじるように別の方角を向き、一声、高く吼えた。

ハッと気づいた弥生が、中腰になり、人差し指を唾で濡らして立てる。風向きが変わった。エマは風上に向かって吼えている。何かを察知したのだ。中川たちも気づいてそれぞれの犬に手を当て、風上を指差して捜索の指示を出す。

エマが大きく吼えた。ライブアラート。

死者と生存者の体臭は明らかに違う。犬はそれを嗅ぎ分ける能力がある。

「生きている人がいるのよ！」

弥生は笑顔になって叫んだ。

そのとき、乱雑な足音がして、人民解放軍の兵士たちが三人、こちらに走ってきた。真後ろについていたガイドの楊が彼らと何か話してから、戻ってきた。

「すぐに現場から撤退してください。ここはもう捜索を切り上げます」

「生存者がいるんだ」

中川が抗議したが、楊は昏い顔で首を横に振る。「どうせ、また屍体ですよ」

「間違いないわ。すぐ近くに誰かが埋まったままでいるはずなの」

「軍の命令です。もう引き上げましょう」

弥生が眉根を寄せた。

「何故？　ここが漢民族じゃなくチベット族の子供たちの学校だから？」

その言葉に、楊の顔色が変わった。

突如、周囲にとまっていた鴉たちが、いっせいに派手な羽音を立てて飛び立った。そのかまびすしさに驚いて、弥生たちが振り返ったとき、地面が大きくグラリと揺れた。

「また余震だ。気をつけろ、今度はでかいぞ!」

中川の声に重なるように大きな地響きがそこらじゅうに轟き、あちこちで瓦礫が壊れ、崩れ落ちる音が聞こえた。弥生は躰のバランスを失いそうになりながら、かろうじて自分の足で立っていた。

間近を何台もの貨物列車がいっせいに通過するようなすさまじい音がして、積み上がったコンクリートの破片がそこらじゅうで破砕され、あちこちから真っ白な粉塵が巻き上がって、たちまち視界を覆ってしまう。

三十秒と経たないうちに、揺れが嘘のようにおさまった。

エマがまた吼えた。すぐ傍の瓦礫の中に、生存者がいると教えてくれている。気を取り直した弥生は、エマのリードのフックを外して解放しようとした。

「駄目だ。ここはもう危ない!」

フリッツのリードを引いて踵を返す中川に、なぜかと尋ねようとした弥生は、すぐにそのことに気づいた。

ガスの臭気である。

振り返ると、楊が人民解放軍の兵士のひとりと何かを話し合っていた。やがて走ってくると、こう伝えた。

「近くの道路に天然ガスのパイプが埋設してあったそうです。おそらく、それがさっきの余震で……」

信じられないという表情で、弥生は楊の顔を見つめた。

「こんな最中にガスを止めてもいなかったの？」

「軍が使用するものだから、すぐに止められなかったそうです」

軍事施設が近くにある。だから、こんなに兵隊がいっぱいいるのか。ようやくそのことに気づいた。

エマはまだ吼えつづけている。だんだん濃密になっていくガスの臭気の中で、生存者のかすかな匂いを嗅ぎ当てたまま、懸命にアラートを続けている。

「一刻の猶予もない。すぐにここから離れるぞ！」

中川の声を聞きながら、エマの躰を抱きしめた。

助けに行きたくても行けない。どこかに埋もれている生存者のことを思うと、ふいに泣けてきた。立ち上がり、エマを引きながら歩き出した。

そのとき、黒い大型犬がさかんに吼えながら駆け出したのに気づいた。生存者のたしかな匂いをたどりつつ、風上めがけて走っている。

霜村のラブラドールレトリーバー、モモコだった。首輪がすっぽ抜けていることに気づいた。それを霜村が追いかけた。

「行くな！」中川が後ろ姿に向かって叫んだ。

「停(ティン)！」

鋭い声に振り向くと、ヘルメット姿の兵士がふたり、小銃を肩付けしてかまえていた。命令を無視して先に行こうとした日本人への警告だろう。霜村が足を停めて振り向いた。楊が兵たちのところにとんでいって、両手を振りながら声高に事情を話している。そこにさらに、数名の人民解放軍の兵士たちが走ってきた。

新参兵のひとりが、煙草をくわえていたのに、弥生は気づいた。立ちこめるガスの臭気に気づいていなかったらしい。煙草の先端が小さく紅く光っていた。

「莫迦(ばか)野郎。俺たち全員を殺すつもりかッ！」

中川がそれを指差しながら叫んだ。

日本語である。通じるはずもない。

しかし傍にいた上官らしい男が、くわえ煙草の兵を中国語で怒鳴りつけ、平手でその頬をはたいた。刹那、口から飛んだ煙草が、すぐ近くの瓦礫の上に落ちて、かすかな火花を散らした。そして一枚岩のような大きな瓦礫の上を、暗がりに向かって転がっていった。

「逃げろ！」

とっさに弥生をかばおうと前に出てきたのは中川だった。

その瞬間、世界が白くフェードアウトした。

爆発が起こったとき、弥生はエマを抱きしめたままだった。すさまじい爆風にあおられながら吹き飛ばされ、硬い瓦礫の上に叩きつけられて、どこまでも転がった。轟音と熱風の中、目を閉じて口を引き結びながら歯を食いしばっていた。頭を何かにぶつけ、左肩を打ち据え、腰を強打した。しかし弥生は目を開かず、必死に腕の中でエマを守った。それが精いっぱいだった。

爆発は三度、連鎖して起こった。

地下に埋設してあったという天然ガスのパイプが、何ヵ所かで破断していたらしい。しかも一度の余震でいっせいに折れたのではなく、最初の地震のときから折れたりひび割れたりして、地下にはかなりの量のガスが充満していたのだろう。数キロ離れたところからも、火柱が見えたというから、激しい爆発だったことがうかがいしれる。

死者は兵士や救助隊員など二十八名。

そのうちの二名が日本人だった。

薪ストーブの炉内で静かに燃え上がる炎を見つめていた。

いつしか頬を伝って涙が流れているのに気づいた。

服の袖でそれをぬぐい、洟をすすって唇を噛みしめた。眉根を寄せたまま、ゆっくりと炎から目を逸らして、傍らにいるエマを見た。

弥生の背中にはひどい火傷の跡が残っている。火傷だけですんだのは幸運だった。爆風でエマといっしょに吹っ飛ばされ、コンクリの大きな壁の後ろに転げ込んだおかげで、二度目、三度目の爆発の衝撃から守られたのだと知った。

だが、中川と霜村はあの場所で死んだ。ふたりとも即死状態だったと聞いた。

そして――彼らの犬たちも。

ストレッチャーに乗せられたまま、特別機で帰国した弥生は、警察や保守党議員の秘書官と名乗る人物などから執拗な事情聴取を受け、のみならず何日にもわたってマスコミの取材攻勢に悩まされた。病院や自宅にまで押しかけ、情け容赦なくマイクを突きつけてくる男女の顔また顔に怯える日々となった。NPO法人JRD理事長の高岡が記者会見をし、国際緊急援助隊の本部からも現地の状況説明があると、騒ぎは嘘のように収まった。

しかし、SNSなどで、事件の話題は長く続いていた。中には根も葉もない噂もあり、弥生が現場で瀕死の仲間を見棄(みす)て、自分の犬だけを助けて帰ってきたなどという、とんでもない誹謗(ひぼう)中傷も書き込まれていたらしい。そういうものは、つとめて見ないようにしたが、いろんなところから耳に入ってくる。

二ヵ月後、退院して自宅療養になったが、弥生は三日に一度の通院以外は家にこもったままだった。毎日の犬の散歩も、人目につかない夜明け前と夜更けになっていた。

中川と霜村の葬儀はとうに終わっていたが、弥生はふたりの墓参にも行けなかった。独身だった中川の母親と、結婚していた霜村の未亡人から、それぞれ手紙が届いたが、返事を書こうとしても書けなかった。ボールペンを震わせては何行かの文をつづり、それが文字にならぬほど乱れてしまう。挙げ句、手紙のページを破りとって、くしゃくしゃに丸めて壁に向かってぶつけた。そして、我を失うほどに泣いた。

やがて地震災害の終息を宣言した中国政府は、現地での救助活動に腐心した援助隊の努力に謝意を表した。ことに爆発事故によって殉職した救助犬のハンドラーたちには哀悼の意を表し、駐日大使から感謝状が贈られることになったが、当の弥生は自宅療養中ということで、代わりに高岡理事長がそれを受け取った。

八月の終わりになって、弥生はようやくJRDに復帰した。

しかし、服従(オビディエンス)や実技(アジリティ)といった基礎訓練はしても、捜索訓練にはいっさい加わらなかった。犬の嗅覚を使って臭跡をたどる行為をしようとすると、たちまちあのときの記憶がよみがえってきて、弥生は思考停止に陥ってしまう。

現地での体験。絶望と恐怖。目の前で同僚がふたりも死んだという厳然たる事実が、いまも残滓（ざんし）となって脳裡（のうり）にわだかまっていた。そして以前のような覇気はすっかりなくなっていた。

一度だけ、地震の被災地を模した人工の瓦礫地帯での訓練に参加した。

被災者（ビクティム）が瓦礫の下に隠れ、合図とともに犬を走らせるはずだった。しかし、弥生はエマを行かせることができなかった。現場の前に立っただけで、過去がフラッシュバックとなってよみがえり、心臓が早鐘のように胸郭を打ち、やがて呼吸すらできなくなった。その場に膝を落とし、両手をついた間に、弥生は嘔吐した。

躰を震わせ、涙を流しながら、空嘔吐（からえずき）をくり返した。

それ以来、弥生はすっかり心を閉ざしてしまった。

インストラクターも、ハンドラーの仲間たちも、表情を暗くした弥生に、なかなか声をかけようとしなかった。彼女の心の疵（きず）の深さを知っているだけに、腫れ物に触るような畏（おそ）れと、彼らなりの心の痛みがあったのかもしれない。弥生はあえて周囲から目を逸らし、自分と犬だけの世界にこもりがちになっていた。

十月の終わりに、弥生は高岡に呼び出され、長期休暇をとってはどうかと提案された。行く場所がないのなら、奥秩父(おくちちぶ)の瑞牆山の近くに別荘があるから、好きに使っていいといわれ、数日、考えてからそれを受け入れたのだった。

かすかな音を立てて、薪ストーブの炉内でナラノキが爆(は)ぜた。

弥生は立ち上がり、ダンパーを開いてから、扉を開放し、炉台の傍らに積んでいた太い薪を二本入れて扉を閉じた。ガラス越しに炎が上がるのを見てから、ダンパーをゆっくりと閉じた。

隣にいたエマの姿がないので振り返ると、近くにある革張りのソファの上に伏せて、上目遣いにじっと弥生の顔を見ている。その哀しげな顔。

犬は飼い主に似るというけど、それは本当だと思った。

翌朝、目を覚ましたとき、自分が宿酔(ふつかよい)になっていることに気づいた。

昨夜はひとりで飲んでいた。薪ストーブの前に陣取り、エマにいろいろなことを話しかけながら、ビールを飲み、ワインも一本空けた。相手もいないのにひとりで深酒をするなんて莫迦みたいだと思ったが、後の祭りだった。

いくら酔っぱらったからといって、幸せが戻ってくるわけがない。死者たちは生き返ることはないのだ。すっかり自己嫌悪に陥ってベッドに起き上がると、エマが足許で丸くなっているのを見つけた。

腕時計を見ると、午前八時だった。

ペアガラスのはまった上げ下げ窓から外を見ると、秋の深い色合いに包まれた森の葉叢が、朝日を受けて黄金色に輝いていた。

ベッドを下りると、エマもすぐに立ち上がってついてきた。

ジーンズとトレーナーに着替え、ロフトの階段を下りて、洗面所で顔を洗うと、その足で外のデッキに出てみた。冷たい晩秋の空気。森の匂い。黄金の木洩れ日がキラキラと光っている。

さっと森が音を立てたかと思うと、木立の間を風が渡り、カラマツ林がそろって揺れた。すると小雨のような音を立てて、無数の針のようなカラマツの葉が弥生とエマの周囲に降ってくるのである。

宿酔の不快さも忘れて、弥生は周囲の景色に見入っていた。

都会にいたときは、本当に孤独だった。街を歩く人々を見つめ、彼らの笑顔から顔を背けては、自分だけがどうして不幸を背負っているのかと自問した。周囲にいる人々がみんなそれぞれ他人であるという事実が、胸を圧迫して、いつしか押しつぶされそうになっていた。

たしかに自分は思いやりのある仲間に恵まれていたし、優しい上司もいた。

しかし、弥生はひとりだった。もともと孤独だったから、犬を人生のパートナーに選んだのだろう。

それが同じ孤独でも、ここにいると違う。

二十四時間の喧噪に包まれ、大勢の人々が行き交う街、物質的に恵まれ過ぎたあの都会に比べ、この山の別荘の周囲にあるものは、静寂と豊かな自然だけだ。けれども、自分が無意識に求めていた別の何かが、ここにはあるような気がした。


それから三日間。

弥生は判で押したように規則的な生活をした。

毎朝、同じ時間に起床して、犬と軽い散歩をし、食パンとコーヒーで朝食をとり、居間のソファで読書にふけった。車に積んだままの段ボール箱には、都内の書店で買ってきたミステリを中心としたハードカバーや文庫本が二十冊以上、入っていた。

昼食後はジーンズをスウェットに着替えて、ナイキのスニーカーを履き、森を抜ける林道を犬といっしょに走った。色とりどりの秋の落葉が積もった雑木林の小径に沿って駆けつづけた。ときおり立ち止まり、ウエストポーチに入れていた小型のデジカメで写真を撮影したりもした。

エマはどこまでもついてきた。本当は牧羊犬独特の機敏さで倒木や岩などの障害物を跳び越えたりしてもっと速く走れるのに、いつだって弥生の歩調に合わせて、傍らを並走してくれた。長い舌を垂らし、両耳を立てたまま、嬉しそうな顔でいっしょに走るエマをときおり振り返ると、弥生も自然に笑みがこぼれた。

山の日暮れは早いので、夕刻前には薪小屋からクヌギやナラの薪をたっぷり居間に運び込んでおく。それから夕食の支度をした。二日目の晩に、刻んだ野菜や肉をたっぷりと入れた鍋を薪ストーブの上でコトコトと煮込んでから、トマトとコンソメ味のビーフシチューにした。それをフランスパンのバゲットといっしょに食べたり、パスタを入れてみたりした。

四日目に食材が乏しくなってきたので、エマといっしょに車に乗り、山を下りた。麓（ふもと）の須玉町（すたまちょう）で買い物をしてから、山道を戻ってくると、ふと自分のいる別荘を通り過ぎてみたくなった。この先の道路がどこまで続いているかを、確かめたくなったのだ。

くねくねと曲がる舗装路を、秋の深い森を眺めながらゆっくりと車を走らせると、すぐに薄赤のトタン屋根と白壁の山荘が見えてきた。

その前に車を停めると、『瑞牆山荘』という文字が木製の看板に読めた。

標高千五百二十メートルとある。

エマとともに車から降りて、周囲を見た。

ログハウス風の小さな建物が近くにあり、どうやらそれは公衆便所のようだった。その手前に、数人の若者たちがいて、何かを楽しげに話し合っている。全員が大きなザックを背負い、チェック柄の登山シャツなどを着ていたため、すぐにわかった。

目の前に『無料駐車場　１００ｍ先』『みずがき山登山道入口』などと書かれた看板があり、矢印が描いてある。その先に続く木立に囲まれた小径から、クマ鈴の涼やかな音が聞こえたかと思うと、中年男女ふたり連れのハイカーが、軽やかな足取りで下りてきた。

ふたりが「こんにちは」と挨拶してきたので、弥生も会釈を返した。

チロルハットをかぶった女性のハイカーが、エマに近寄ってきて、頭を撫でてくれた。弥生はそれまでの訓練にならって、他人の前では犬をお座りさせ、決して飛びつかせたりしない。

「日曜日だからか、ずいぶんと登山者が多いんですね」

弥生が声をかけると、女性ハイカーが立ち上がっていった。

「紅葉が見頃だから、登るのなら今のうちね。きっと、来週にはもうみんな散ってしまってるでしょう」

「そんなに早いんですか」

「だって台風が接近しているっていうじゃない」

十一月に台風とは、弥生は知らなかった。何しろこの何日か、テレビもラジオも無縁だったからだ。

「でも、それまでなら天気は安定してるし、瑞牆山に登るのもいいわよ」

そういい残し、女性ハイカーは夫らしい男性といっしょに、無料駐車場のほうへと歩き去っていった。

翌朝、八時過ぎ。

防水のトレッキングシューズの紐を結び、オスプレーのデイパックに雨具とペットボトルの飲料、昼食のサンドイッチ、救急キットなどを入れて、ログハウスを出発した。

晩秋の森を自分の足で歩く。

傍らにはエマがいる。

昨夜、二階の書庫に、『金峰山（きんぷさん）・甲武信（こぶし）～奥秩父』と背に書かれた山岳地図を見つけて、居間のソファに座って広げてみた。

瑞牆山は標高二千二百三十メートルあって、登山道入口の瑞牆山荘から登れば、標高差は七百十メートル。等高線がずいぶんと密なので、急登続きとわかる。ＪＲＤで犬のトレーニングをしていたときは、何度か犬連れで他の山に登ったことがある。

昨今、犬連れ登山は賛否がいわれている。

他の登山者が、きちんと訓練を受けた犬をリードでつなぎ、糞は確実に持ち帰る。他の登山者とすれ違うときは〝お座り〟の姿勢を維持させる。そしてなるべく登山者のいない、危険の少ないトレイルであれば、犬連れ登山も可というのが、高岡理事長の見解だった。ウィークデイならば、それほど多くの登山者もいないだろう。

そう思って、弥生は瑞牆山への登山を決意したのだった。

十五分も歩くと、昨日、立ち寄った瑞牆山荘の前に出た。そこから登山道に足を踏み入れる。

最初はなだらかな道だった。落葉の積もった樹林を、足早に歩いた。

腰のベルトにつけたカラビナでリードにつながれたまま並歩するエマは、ラフウェア社のドッグパックを装着している。

胴体の左右に振り分け式で吊る形で背負うもので、プラティパスの小さな水筒に入れた飲み水、折りたたみ式の皿、少々の餌などを携行できる。岩の多い日本の山岳にドッグパックはつらいが、この製品は本体が流線型にデザインされているので都合がいい。実際の救助の際は、犬の負担になるためにつけないが、こうした訓練のときには役に立つアイテムだといえる。

犬に関していえば、ことに水の携行は必須で、たとえば夏場の暑さの最中、頻繁に水をやらないと熱中症にかかってダウンすることもある。犬が体力を消耗しがちな、足場の悪い山岳地帯であれば、なおさらのことだ。

　道はいきなり急登になり、やがて尾根線に出ると、最初の分岐点である富士見平小屋に出た。粗末な平屋造りの建物で、北アルプス辺りの豪壮な営業小屋などに比べるべくもない。ふだんは管理人がいるらしいが、十一月を過ぎたこの時季は戸締まりがされ、小屋の前の林にカラフルなテントがふた張りほど設営されているだけだ。

　そこを通り過ぎて、いったん道は下りとなり、ふいに渓川に出た。登山地図によると天鳥川とあった。清冽な沢でペットボトルの水を補給して、近くにあったベンチに腰を下ろしてから、エマに水を飲ませてやる。

　ここまでの行程ですれ違った登山者は一名だけだった。

　百名山踏破を目指しているという中年の男性。汗を拭き拭き、ゆっくりと歩いていったので、弥生とエマは簡単な挨拶をし、先を急いだ。

　休憩所からは、また急登になった。木製の階段などがとりつけてある場所もあったが、基本的に岩場登りの連続である。瑞牆山は花崗岩で形成された岩山だと知っていたが、来てみてなるほどと思った。ダケカンバやシラビソの樹林帯に大小の岩が点在し、そこに垂らされたロープを伝ったりして登る。斜面から水が染み出し、ぬかるんだ場所もたくさんあった。

エマはそんな場所も難なくクリアした。危険箇所は訓練通りに先にハンドラーである弥生が登り、そこを越えてから、下に待たせておいた犬を呼ぶ。エマは滑りやすい岩肌に四肢をかけて、素早く追いついてきた。長めのリードのおかげで、そうした連携が可能だったのである。

やがて森林限界にさしかかる頃、ふいにハイマツ独特の匂いが鼻を突いた。

まばらになったシラビソやモミなどの樹林の向こうに、巨大な灰色の岩の尖塔が、青空を突き上げるように立ちはだかっているのが見えた。それはさながら中国の仙境のようであった。

瑞牆山の頂稜にある巨岩群のひとつで、地図によると鑢岩（やすり）と呼ばれるものらしい。

岩同士が隣接した隙間をトンネルのようにくぐったり、さらにロープで岩肌を這（は）い登ったり。そうしてどんどん高みをかせいでいくにつれ、鑢岩はぐんぐん迫ってくる。

そしてようやく、弥生とエマは山の肩に出た。

とたんに稜線を強く風が吹き抜け、その冷たさに驚いた。岩肌には白い氷が付着し、苔（こけ）の下からは大小無数の氷柱（つらら）が垂れ下がっている。十一月といえば、山の上はもう冬なのだと弥生は理解した。

木立の間を抜いて、忽然と開けた大きな一枚岩の上に出た。

そこが瑞牆山の頂上だった。

絶景だった。左には隣接する金峰山。右には裾を広げる八ヶ岳。そして遠くには南アルプスの高峰群が、高嶺に白く雪をいただいて連なっている。

周囲には誰もいない。四方に臨む山の名を記した大きな石板の横を通り、瑞牆山の名と標高が彫られた木の柱を越えて、いちばん見晴らしのいい場所で背中の荷物を下ろし、胡座をかいて座った。

気温はさすがに低かったが、眩しいほどの晴天のおかげで、薄手のダウンジャケットをはおっただけですんだ。周囲の絶景を楽しみながら、持参したサンドイッチを食べた。ペットボトルの茶を飲み、それから岩の上に大の字になった。

頂稜の大岩は、中天にある日差しを受けて、ほんのりと暖かく、そこに寝ころんでいると気持ちが良かった。

目を閉じると、高い空を渡る風の音だけが聞こえる。

このまま、エマとふたりで、ずっと平穏な人生を過ごしたい。

弥生はそう思った。

翌日からは、また森の小径をエマを従えて走り、別荘の前でフリスビーを使って犬と遊んだ。

ボーダーコリーは運動神経のいい犬で、こうしたアクティブな遊びが得意だ。

少々、高い場所にフリスビーを飛ばしても、エマは見事な跳躍力でジャンプして、それをくわえてしまう。あらぬほうに投げても、すぐれた動体視力でそれを捉え、素早くダッシュしては身をひねるように跳び上がる。

ＪＲＤでインストラクターに習った服従（オビディエンス）訓練も復習した。

常にアイコンタクトを心がけ、「アト！」の声符（しょうふ）で犬を傍らにぴったりとつかせての脚側歩行。そして停座。少し離れた場所からの呼び戻し。

あの事件の後、ＪＲＤの仲間の前では、こうした基礎訓練すらうまくできなかった。しかし、誰も見ていないこの場所でなら、ふたりとものびのびとトレーニングができた。

やはり自分には犬という存在が必要なのだと、弥生は思った。

エマは、飼い主を信頼する友であり、どこまでも従ってくれる忠実な相棒だった。

たちまちのうちに四日が過ぎると、空の雲行きが怪しくなった。

それまで秋独特の高く澄み切った青空だったが、その朝、起床すると、鉛のような不吉な色合いを帯びた分厚い雲に覆われていた。山から吹き下ろす風が、コナラやカラマツの木々を大きく揺らし、暗晦（あんかい）な空を無数の枯葉が黒い鳥のようなシルエットとなって舞い飛んでいた。

　その日の午後になり、居間の窓越しにすっかり昏くなった森を見ていた弥生は、薪ストーブの上に載せた薬罐がさかんに白い湯気を吹いているのに気づいた。吸気口を絞るために、ストーブの前に行こうと踵を返したとき、屋外にかすかな音を聴いた。

　車のタイヤが小石を踏みつける音。そしてエンジン音。

　振り返って見れば、この別荘に入ってくる小径を、白黒のパトカーが徐行しながら抜けてきたところだった。それは庭先、ちょうどデッキの真正面に停まった。

　車体のドアに山梨県警と書かれてあった。

　弥生は悪い予感にとらわれた。こんなところにまで警察が来るのは、よほど特別な事情があるはずだ。それもきっといい知らせではない。

　パトカーの左右のドアが開き、制服警察官がふたり、姿を見せた。ひとりは五十ぐらい。もうひとりは二十代とおぼしき若さ。ふたりは山の空気の冷たさに身をすくめ、車内からとりだしたコートを制服の上にはおって、弥生のいるログハウスへと歩き始めた。若いほうの警察官が、庭先に駐車したフィアットの車内を露骨な目線でじろじろと覗き込んでいたので、不快な気持ちが胸に渦巻いた。

　ドアを叩かれる前に、土間で靴を履き、外に出た。

　ちょうどそこにやってきた年配の警官が、帽子を脱ぎ、挨拶してきた。

「須玉署地域課の小林つうだけんども、ここの別荘の人かい」

ぶっきらぼうに聞こえる物言いが、甲州(こうしゅう)弁と呼ばれる地元言葉なのだと気づいた。日焼けした顔は夏蜜柑(なつみかん)を思わせる痘痕(あばた)面だった。しょぼくれたような小さな目が意外に温和な印象をもたらしていた。

「高津弥生といいます」

名乗ってから、別荘の持ち主が仕事の上司であることを告げた。

「実は、昨日、山で遭難があってな」

警察官はポケットから一枚の写真をとりだし、弥生に見せた。

「――こんなふたりを見かけんかったかい？」

デジカメをプリントアウトしたらしいカラー写真で、そろいの青い服を着て顔を寄せ合う小学生ぐらいの少女たちが写っていた。鏡に映したようにそっくりなので、双子だろうと推測できた。

「名前は須藤(すどう)沙織(さおり)と香織(かおり)つう姉妹だ。東京から来ていた小学二年の女の子だ」

写真の裏には少女たちのフルネームがサインペンで書き込まれていた。

見ているうちに、弥生の心は名状しがたい不安に包まれていった。

「見覚えないです」

「親子四人で瑞牆山に登ったとき、途中ではぐれたそうだ」

「どうして。親の目があったでしょうに？」

「下山中に父親が足を挫いて、ひとりだけずいぶん遅れたつうこんで、途中で疲れた母親を残して娘さんらだけが迎えにもどっただども、どうやらそこで道を間違えたらしい。結局、父親だけが奥さんと合流しちまったつうだな」

数日前に登ったばかりの瑞牆山だった。

岩がごつごつと点在する林に、秋の枯葉が落ちていて、ところどころ道が不明確な場所があった。登山者は枝に巻かれた赤テープや岩の矢印を見てルートをたどれるが、子供だけだったら、あるいは迷ってしまったかもしれない。

「捜索依頼が署に来たのは、昨夜遅くだったたんで、今朝早くから地元の消防団やら遭対協（遭難対策協議会）やら大勢でくりだして捜しとるんだがね。何せ、ふたりとも軽装で雨具も防寒着もないつうこんだし……」

いい終えぬうちに、小林と名乗った警察官は、驚いた顔をして弥生の足許を見た。

そこにエマが座っていた。

他人に飛びついたり、吼えたりしないように訓練をした犬である。

その行儀良さに、小林は「ほう」と破顔した。

「賢そうな犬だなあ。行方不明の女の子のひとりやふたり、あんたのその犬が見つけてくれそうなこんだどもなあ」

警察官の唐突な言葉に、弥生は途惑った。

エマが災害救助犬であることを、この男が知っているはずがない。きっとたわむれにいった言葉が、たまたま的を射ていただけのことだろう。しかし、弥生は心の疵をえぐられたようで、口を引き結び、視線をそらした。

「あんた……どうしただけ？」

狼狽えたような顔で小林という警察官が尋ねた。

ちょうどそのとき、外にいた若い警察官が小走りにやってきて、彼にこういった。

「遭対協の名取さんから連絡です。鑢岩から三百メートルぐらい下の北側斜面で、遺留品らしき帽子とハンカチが見つかったそうです」

「伏見。遺留品とは字面が悪いし、縁起でもねえずら。ふだんはともかく、ご家族の前ではいわんことだ」

険しい顔でいわれて、伏見と呼ばれた若い警察官が恐縮した。

「とにかく現場に急ぐようにとのことです」

「わかった」

小林は部下にそういい、また弥生を見た。

「お騒がせしました。とにかくこの寒さだし、週末は天気も崩れるつうこんで、一刻も早くあの子たちを見つけねえとなんねえ。もし――」

「もし、それらしい姿を見かけたり、声を聞いたりしたら、すぐにお知らせします」

言葉を遮るように応えた弥生をじろっと見つめた小林は、あちこちのポケットをさぐって、ようやく見つけ出した焦げ茶の名刺入れから一枚とりだし、弥生に差し出した。

「ここらは携帯が圏外で通じねえだから、瑞牆山荘の前にある公衆電話から署に連絡するといいだ。地域課の小林つうて呼び出してくれたら、すぐに駆けつけるだよ」

そういってから一礼し、帽子を目深にかぶって踵を返した。

ふたりの乗ったパトカーが、いったんバックして切り返し、林道へ続く小径をゆっくりと去っていった。その姿が完全に見えなくなるまで、弥生はじっと戸口に立っていたが、やがて扉を閉め、ロックをした。

そしてクルリと向き直り、扉に背中をつけるようにして、じっと目を閉じた。

過去の断片的な記憶が、ガラスの破片のように意識のそこかしこに突き刺さっているような気がした。

恐ろしい地鳴り。瓦礫の崩落する音。犬たちの声。そして悲鳴。

奥歯を噛み締めたまま、それらを心のどこかにあるパンドラの匣(はこ)に押し戻した。

ようやく呼吸が安定して、少しずつ心が落ち着いてきた。

パニックがおさまり、そっと目を開いた。

足許にじっと座っていたボーダーコリーのエマが、琥珀(こはく)色の瞳でじっと見上げていた。

その夜はなかなか眠れなかった。

ロフトのベッドの上で真っ暗な天井を見上げていた。掛け布団の足許では、エマが丸くなって眠り、規則正しい寝息が聞こえている。森を揺らして吹き寄せてくる風が、すぐ傍の上げ下げ窓のペアガラスに当たって音を立てていた。

窓外を見ると、雲に覆われて星ひとつない、真っ暗な夜空だった。

小林という警察官に見せられた双子の写真。そのイメージが脳裡から離れなかった。あどけない笑顔を寄せ合った少女たち。須藤沙織と香織という双子。彼女らがすすり泣きを洩らしながら、寒く、昏い森を彷徨(さまよ)い歩いているところを想像した。

それともどこかの岩陰で抱き合い、震えているのだろうか。

あの荒々しくも威容を誇る岩山に、エマとふたりで捜索に繰り出すことを想像した。犬に「捜せ」のコマンドを送り、自分もそれを追って走る。そのイメージが大地震に完全崩落した中国奥地の街のそれに重なり、必然的にあの日の悲劇がまた甦(よみがえ)ってきた。

中川と霜村の顔。

フリッツとモモコの姿。

世界全体が崩壊するような爆発の中に消えていった彼らを思う。

誰のせいでもない。それは運命だった。ふたりと二頭は死に、私とエマだけはたまたま生き残った。それだけのことだ。なのに、理由のない後悔ばかりが脳裡をよぎる。ともすればおのれに罪があるのではと思う。本当ならばあそこで死んでいたのは自分で、彼らこそは生き残って帰国できたのではないか。

やはり眠れない。

はっきりと目が冴えて、闇を凝視するばかり。

弥生は布団をはねて起き上がり、ベッドから板張りの床に素足を下ろした。

ひどく喉が渇いていることに気づいた。

手探りで階段を下りて、対面式のキッチンの明かりを点けた。水を張ったままシンクに置いていたクリスタルグラスを洗って、冷たい水をめいっぱいに注ぎ、喉を鳴らして一気に飲み干した。

それから、薪ストーブの前に座った。耐熱ガラスの向こうで、ナラの薪がまだチラチラとオレンジ色の蛇の舌をひらめかせながら燃えていた。

深い静寂が世界を領していた。

炎が弱くなった気がしたので、薪を一本追加して、ストーブのダンパーを閉じ、また炉台の前に座ったとき、視線のようなものを感じた。

階段の下に、いつの間にかエマが下りてきていて、そこで伏せの姿勢をとっていた。

エマの瞳をじっと見つめていると、ふいに胸の奥から激情がこみ上げてきた。

「おいで」と手招きをすると、エマは身をもたげ、ゆっくりと歩いてきた。そして弥生の太股に下顎を載せて、じっと動かずにいた。そのまま上目遣いに見上げている。

何があったの？　どうしたの？

そんな無言の声が聞こえるような気がして、弥生は嗚咽に躰を震わせた。

両手でエマの頭を抱きしめて、その顔にそっと頬を寄せた。

翌朝は雨だった。

あれだけ美しかった森の木々が、すっかり色褪せ、モノトーンに沈んでいた。

居間のソファに座り、大きなガラス越しにそんな景色を見ながら、弥生は魂を抜かれたような表情で虚ろな目を開いていた。エマは足許で眠っている。

夜明け前に軽く散歩をしたときは霧雨だったが、今は本降りになっていた。

大粒の雨が森の木々を濡らし、枝葉を叩いては揺らしていた。

ペアガラスの外に見える広いデッキも、そこに設置されたテーブルや椅子も、すべてが冷たく濡れていた。雨樋から鎖を伝って流れる雨水が飛沫を散らしている。

午後になって、居間にあるテレビをつけてみた。

山深い別荘ゆえに、ＮＨＫを始め、地上波はまったく入らないが、屋根の上に設置されたBSアンテナが衛星放送を受信してくれた。ニュース番組がローカル枠に切り替わると、すぐに少女たちの遭難事件の報道があった。

瑞牆山の空撮や、瑞牆山荘前に車輌を置いて、山に分け入る消防団や警察官たちの姿が映し出されていた。台風は直撃こそ免れたが、これから夜半にかけて、かなりの降雨量になるだろうと予想されていた。そうなると、山中で行方不明になった双子の少女たちの生存は絶望的だろう。この氷雨と寒さにたたられては、八歳の少女たちに生き延びるチャンスはない。

それでも捜索は続行しているらしく、三時を回った頃、傘を差しながらエマと林道を歩いていると、ひっきりなしにパトカーや軽トラなどとすれ違った。誰もがみな、神妙な顔をしていた。人海戦術を駆使した大規模な山狩りのみならず、犬まで使っているようで、森のどこか遠くから、しきりに吼え声が聞こえてきた。

高岡の別荘に戻ると、エマを屋内に入れて、また扉に施錠した。

窓越しに黄金の森に降りしきる雨を見ながら、湯気を洩らすココアを飲み、夕刻まで少しの間、ソファに凭(もた)れて眠った。

目を覚ましたのは、表扉が叩かれる音のせいだった。

最初、夢うつつの中でその音を聴いて、次第に意識を取り戻すと、弥生はハッと気づいて振り返った。ノックの音は執拗なまでに続いていた。

足許にいたエマがじっと扉を見つめている。

ソファから立ち上がると、玄関先に行って土間でサンダルを履き、ロックを解き、ためらいがちに扉を開いた。

目の前に立っていたのは、透明ビニールの雨合羽(あまがっぱ)を制服の上にはおった須玉署地域課の小林だった。片手に小さな懐中電灯を持っていた。ビニールでスッポリ包んだ制帽を前のときのように脱いで、弥生の前で頭を下げた。

「悪いけんども、あんたのことを調べさせてもらった。東京のＪＲＤつう団体で、犬を使ったレスキューやってるつうだな」

「なぜ……」

狼狽えを隠しきれずに弥生が訊いた。

「俺は憶(おぼ)えちゃいんだけんども、部下の伏見がたまたまあんたの名を知っとった。中国の地震の被災地に派遣されたとき、爆発事故に遭って生き延びてもどってきたつうだな」

弥生が黙っていると、小林は視線を逸らした。足許にお座りの姿勢を維持しているエマを見ているのだとわかった。ゆっくりと目を戻すと、彼はいった。

「女の子たちの捜索に力を貸してもらえんですか。一刻を争う状況だもんでな」

無意識に眉根を寄せて、口を引き結んでいた。

「実はあんたの上司つうか、ＪＲＤの高岡つう人にも連絡をとってみた。あんたとその犬は、とても優秀だそうだ。中国の震災の現場で何があったかも詳しく聞いた。それであんたが心を痛めてることも知ってる。だども、あえていわせてもらうだけんど、この場所にたまたまあんたがおるつうこんは、きっと神様があの子たちを助けろっーていうとることだよ」

痘痕面に無数の雨粒が付着して、それが頰の辺りを流れていた。

それがゆえ、まるで泣いているように見えた。

弥生はあえてまた目を伏せた。

「残念ですが、女の子たちはもう生きていないと思います。この気温と……雨だもの。雨具も防寒着もなしに、まる三日も山の中にいて生き延びているとは思えない」

「したら、せめて遺体だけでも見つけてやりてえだ。あんたと犬ならそれがやれる」

地震の現場で遺体を見つけ出すたび、意気阻喪していったことを思い出した。そんなことをこの警察官にいっても、きっと理解はされないだろう。

「犬だけでも貸してくれんだけ？」

弥生は首を左右に振る。「レスキュードッグは、ハンドラーといっしょにいるときじゃないと能力を発揮しないんです。やっぱり、お力にはなれそうもありません」

扉を閉めようとしたとき、小林が岩のように硬い表情でいった。

「もう一回だけ頼むずら。あんたと犬が頼りだ。明日の朝、夜明けとともに最後の捜索をやるつうこんで、何とか参加してくれんけ」

そしてあわただしい様子で雨具の下から写真を差し出してきた。

「この子たちを見つけてやってほしい」

それは弥生の指先をすり抜けるように、はらりと足許に落ちた。

土間の上に、雨に濡れた少女たちの写真。弥生は俯きながら凝視した。

扉がゆっくりと閉じ、雨音の中に靴音が遠ざかっていった。やがてエンジン音がして、それも聞こえなくなった。

その晩は早めに眠ろうとしたが、やはりなかなか寝付けなかった。

二時間ばかりうとうととして、キッチンでグラス一杯のワインを飲み、それからベッドに戻って、ようやく眠れた。しかし、いろいろな夢を見ては、そのたびに目が覚めた。中国の被災地で、中川や霜村ではなく、自分とエマが死んでしまう夢。荒涼とした瓦礫の曠野が、底なし沼のようにふたりを呑み込んでゆく夢。

何度か寝返りを打ち、夢から覚めるたび、薄闇に目を凝らし、足許にいるエマの姿を確認した。そしてまた眠ろうと目を閉じる。ようやく訪れた浅い眠りの中でも、過去の記憶の断片が、シャッフルされてはくり返し再現されていた。

中川晃がジャーマンシェパードのフリッツの首に手を回して座っていた。隣で、ラブラドールレトリーバーのモモコを撫でながら、霜村優介が笑っていた。

——いつまで逃げ続けるんだ？　過去が現実になって追いかけてくることはないんだ。

——誰が俺たちの遺志を継ぐんだい？

そして、写真に写っていた双子の少女たち。

ふたりがエマといっしょに遊んでいる夢を見た。高らかに笑いながら走る少女たち。エマがそのひとりを追いかけては、躰をぶつけるようにじゃれつき、またもうひとりの少女を追いかけては疾走する。エマの吼える声。少女たちの笑い声。

あの子たちはまだ生きている。あの山のどこかで。

夢の中で、弥生はそれを感じた。なぜか、確信のようになって、その〝事実〟が彼女に憑いていた。まだ間に合う。それも今日限り。明日はもう生きてはいない。

ハッと目を覚ました。意識が明瞭だった。

窓越しに無数の星が瞬いて見えた。

昨日から降り続いていた雨が、いつしか止んでいた。

ベッドの上に身を起こし、上げ下げ窓に顔を近づけた。冷気がガラス越しに感じられる。まだ夜明け前らしく、空は墨を流し込んだような漆黒だったが、夜明けが近いためか、昏い森の木立のそこかしこから、かすかに鳥の声が聞こえていた。

腕時計を見ると午前五時二十分。

冷たい板の間に素足を下ろし、両手で顔を覆った。

夢の中で聞いた、ふたりの仲間の言葉を、何度も心の中でくりかえす。

動悸が激しいのに気づいて、胸にそっと手を当てた。深呼吸を続けながら、ゆっくりと鎮めていく。ふいにベッドの足許を見て、エマがいないことに気づいた。

ロフトの照明を点けたが、犬の姿がない。何度かエマの名を呼び、不安になって、素足のままで階段を下りていった。最後のステップを下りきったところに、エマが伏せていて、前肢の上に顎を載せ、上目遣いにじっと彼女を見上げている。そのすぐ傍らに、昨日、小林から渡された少女たちの写真が落ちていた。

弥生は硬直した。時間が停まったように、しばし動けずにいた。

犬にそんなことが理解できるはずがない。しかしながら、いかにもエマが誘いをかけているように思えてならなかった。

昨夜の残りの冷や飯と、温め直したシチューで朝食をすませて、外出の準備をした。

パジャマを脱ぎ、動きやすく保温力のある化繊のトレッキングパンツとウールの厚手のシャツ、そしてフリースを身につけた。愛用のデイパックに、水を満たしたペットボトルと温かいココアを入れたテルモス、ミックスナッツなどの行動食を入れ、折りたたんで丸めた毛布と雨具を押し込む。念のために救急キットも用意する。

午前六時十五分。そろそろ日の出の時刻だ。

双子の少女たちの捜索が始まる頃だった。

エマにハーネスを装着し、自分もデイパックを背負ったとき、屋外に車の音がした。居間のガラス越しに見れば、暗がりの中、デッキの手すりの向こうに車のヘッドライトの光が差した。

弥生はトレッキングシューズを履き、外に出た。エマがあとに続く。

まだ明けやらぬ早朝の新鮮な空気に白い呼気が流れた。

庭先に停車していたのは、見覚えのあるフォード・エクスプローラーだった。運転席のドアが開く。同時に車内灯が点き、マウンテンパーカを着込んだ高岡光樹が降りてきた。

「よっ。元気か？」

いつものように快活な声で片手を挙げた。

彼の所有する別荘の扉の前で、弥生はふっと肩の荷を下ろしたように笑った。

この人だけは、いつだってまるで変わりない。けっして空気が読めないわけじゃなく、むしろ逆に、屈託のない自分の笑顔が、周囲にどんな影響をもたらすかを知り尽くしている男なのだ。

足許にじゃれつくエマを高岡がうれしそうに撫でた。

「実は私……」

高岡が弥生を見て、真顔になった。

「須玉署の小林さんから聞いたよ。それで——行くんだな？」

だしぬけに的を射た言葉を投げられて、弥生は硬直した。が、次第に緊張が和らいできて、口許に笑みがこぼれた。

「はい」

「いっとくが、出動手当は出ないぞ」

「わかってます」

そう応えると、高岡は満足げにうなずく。

それから彼は車内から何かをとりだし、無造作に弥生に放る。

とっさにキャッチした。

訓練のときにいつもかぶっていた青いベースボールキャップと、ゴアテックス製の上着だった。キャップの正面にはＪＲＤのロゴが描かれ、後ろのフリーサイズの調整用紐とツバの端に、こう刺繍されている。

『K-9』

それは〝犬〟を表す――Canineをもじった英語だが、ことに人命救助作業に携わる人と犬のチームの気高き誇りを象徴する言葉でもあった。見ているうち、ふと胸の奥底からわき上がってくる感情があった。

ぐっと涙をこらえて、弥生はそれを目深にかぶった。

犬のイラストとJRDのロゴが肩章になっている上着を素早くフリースの上に着てから、デイパックを背負い直し、弥生は口笛を短く吹いて、愛犬を呼んだ。

「エマ、行くよ!」

ボーダーコリーが満面に喜色を浮かべて戻ってきた。

腰のベルトにつけたカラビナに、リードの金具を装着し、犬のハーネスにつないだ。


青白い朝靄が、シラビソやダケカンバの木立の間を流れていた。

登山道入口にある瑞牆山荘のすぐ傍である。

報道陣のカメラや、マイクを持って立つリポーターたちの向こう、消防団の法被を着た男たちや、登山服姿の遭対協のメンバーがめいめい分散しながら斜面を登り始めたとき、高津弥生とエマの乗った赤いフィアット・パンダが現場に到着した。

ドアを開いて降りると、小学校の運動会などで使うキャンバス地の大型テントの下、ドラム缶の火に当たっていた数人の中、ひとりの警察官が振り向いた。

「あんたら。やっぱり来てくれたか！」

制服の上にダウンジャケットをひっかけた小林が、屈託のない笑みを浮かべながらやってきた。車から下ろしたエマの頭をひとしきり撫でてから、向き直ると、小林が近くに立っているふたりを紹介した。

「こちらが親御さんの須藤昌義さんと奈央子さんだ」

厚手のジャンパーをはおった三十代の痩せた男性と、少しふっくらした同年齢の女性。

父親のほうは怪我が治らないのか、右足に包帯を巻いてサンダル履き。松葉杖をひとつ突いていた。

「よろしくお願いします」

両親が深々とお辞儀をしてきた。

顔を上げたとき、ふたりの目が赤いのに気づいた。泣きはらしたような目だった。

「ところで高津さん、あんたは瑞牆山付近に詳しいずら？」小林に訊かれた。

「一度、登ったきりです」

小林にそう応えると、彼は周囲を見て、近くにいるひとりを手招きした。

走ってきたのは、一昨日、別荘にいっしょに来ていた伏見という若い警察官だった。

おそらく五度を切っているだろう気温なのに、水色の制服のシャツの袖を肘までまくっている。

「伏見功一です」と、帽子を脱いで自己紹介した。

「小渕沢署地域課に三年いて、八ヶ岳の遭難救助をしとった、根っからの山男だ。しかもここらは地元なもんで、瑞牆山や金峰山辺りの地勢には詳しいつうだよ。あんたの手助けになればいいこんだども」

「心強いです」

弥生は頭を下げた。

伏見は少し顔を赤らめて、礼を返した。

標高二千二百三十メートル。

瑞牆山の頂稜にそびえる奇岩群が、白いガスにとりまかれながら、青空にそびえ立っていた。それを見上げつつ、弥生はエマとともに登った。

数メートル先を、若い警察官の伏見が歩いている。

二十七歳というから、弥生よりも三つ年下だ。

ずっと八ヶ岳で遭難救助をやってきただけあって、さすがに健脚だった。登山道を外れた道なき道を進みながら、直登ルートを三十分もたどってきて、まったく呼吸が乱れていない。

それに比べて、エマをリードで腰につけたまま、斜面を這い登る弥生は、すでに息切れしていた。何度か行動を停止しては、肩を揺らして息をつく。いくら空気を吸い込もうとしても、肺が口を閉じたように入ってこず、そのたび、ぜいぜいと喉が鳴った。エマは久々の出動の興奮のせいで舞い上がっていた。疲弊したハンドラーの弥生をリードで引っ張るように、急斜面をどこまでも登っていく。いくつもの岩を攀じり、狭い木立の間を抜けながら、上へ上へと向かってゆく。

救助犬を使った捜索は、通常、ワンバディ（犬とハンドラー）、そしてサポーターの二名と一頭で行う。地理に不馴れな弥生とエマだけで二重遭難に至らぬために、一帯を知悉している伏見がサポートでついてくれるのは理想的といえた。

エマとふたりはひたすら山の高みを目指した。

たいていの遭難者は、本能的に麓へ向かおうとする。多くの場合、沢筋をたどって下り、結局、懸崖に行く手を遮られたり、そこを無理に下りようとして滑落する。ゆえに、双子が親たちとはぐれた登山路の途中、最終目撃地点（ＰｏｉｎｔＬａｓｔＳｅｅｎ）から下に向かって捜索することが必要となる。

ようやく鑢岩の直下、テーブル状に突き出した平らな花崗岩の上にたどり着き、そこでいったん休憩となった。

弥生はデイパックの水を飲み、折りたたみ式の皿に入れてエマにも水を飲ませた。

「高津さん、大丈夫ですか？」

「結構、バテてる」

「そうじゃなく……心のほうです」

目の前にいる若い警察官の日焼けした顔を見つめ、弥生は驚いた。

「ええ。たぶん」

それまでは犬を捜索に連れ出すと考えただけで、動悸が始まっていた。なのに、今はそれがまったくなかった。心の病から解放されたのかはわからない。もしも、少女たちが生きていなかったら。無惨な骸（むくろ）となって、この森のどこかで見つかったら？

弥生は自分の想像をそっと振り払った。

「女の子たちのハンカチを見つけた場所は、すぐこの近くです」

ペットボトルの水を飲んだあと、伏見がそういった。「昨日も、二十人前後をくりだして、そこを中心に半径一キロぐらいにわたって捜索したんですが、雨だったせいか、痕跡すらも見つかりませんでした」

「どんな場所を捜したの？」

弥生に問われて、伏見は奇異な顔をした。

「岩陰とか、木立の間だとか」

「そんな場所じゃ、とても生存はできないわ」

「まさか、ふたりが生きていると――？」

弥生はすぐには応えず、傍らに伏しているエマを見つめた。

「それはきっと犬が教えてくれる。たったの一パーセントだとしても、生きている可能性はある。それを信じたから私は来たんだし、この子もそれを願ってる」

「犬にわかるんですか」

「犬は一万五千年の間、野性を捨てて人間と暮らしてきたのよ。その長い歴史の遺伝的記憶が、きっとこの子にだって刻まれてる」

だから、弥生は愛犬の耳の後ろを撫でながらいった。「それにエマは人間が好きなの」

弥生は生存者を見つけたい。四川大地震の現場のように、遺体ばかりを見つけて鬱に落ちてしまったことを考えると、また心のどこかに暗雲が立ちこめるような気がして、急いで別の話題を探した。

「ところで、一昨日、うちに来たとき、私の車を覗いてたでしょう？」

とたんに伏見の顔がリンゴのように紅潮した。

思わず吹き出しそうになった弥生が、わざと目を逸らしながらこういった。「あれって、やっぱり警察官としての職務？」

「後部座席にＪＲＤって書かれた犬のケージが積んであったから」

「災害救助犬に興味が？」

伏見ははっきりとうなずいた。「中国の被災地に派遣された、あなたとボーダーコリーのエマのことも知っていました。ちょっと……憧れてました」

「そっか」

弥生は膝を抱くように座り直し、少し笑った。自分がこの仕事に入ることになった決意を思い出した。「けっして楽な仕事じゃない。でも、仲間はみんなこの任務に誇りを持ってる」

「誇りを持つっていいですね」

伏見はまだ照れたような顔をしながら、こういった。「実は遭難者の捜索に犬を使えないかって、ずっと思ってました。日本の警察の山岳救助隊で、犬を捜索に実戦配備したところはまだないんです」

「犬を山に入れるのは難しいわ。この国では、犬連れ登山ですら賛否があるし」

「そうですね。課題が多くて、すぐにとは行かないと思います。だから、今日はご活躍を期待してます。絶対に見つけてください」

弥生はうなずき、エマとともに立ち上がった。

「ここを基点にして、鑢岩の北側の斜面を、もう一度、サーチしてみましょう」

デイパックを背負い、こういった。「ただし、風向きを常に意識して」

「私たちは向かい風作業というわ。犬の嗅覚を百パーセント効果的に使うためには、常に風下にいなくちゃ。日中の風は麓から吹き上げるのが基本なの。だから、私たちはここまで登ってきた。わかるでしょ？」

一瞬、ぽかんとしていた伏見が、明るい顔になって「はい」と返事をした。

「風向きですか」

巨大な鐘岩の基部に立って、ふたりは奇岩を見上げていた。

さっきまでその壁に真綿のようにまといついていたガスは消えていたが、風が出て、岩が轟々と鳴っていた。雲足が速く、尖塔のような岩の上をめまぐるしく流れている。まれに麓から吹き上げてくる風が、周囲の木立をざわざわと揺らした。そのたびに、無数の枯葉が舞い、乾いた音を立てながら、林床を走り抜けていく。

ふたりの呼気が白く流れていた。

気温は相変わらず低い。実測五度。体感温度は零度ぐらいだろう。

彼らは捜索の基点にようやく到達したのだった。

「遭難者は、ここから下ったどこかにいると思う」

見通しの利かない深い森である。そこにいる少女たちのことを想った。

弥生は片膝を突き、エマのハーネスからリードを離した。

「GO!」初めて指示を出した。

白黒の毛並みのボーダーコリーが、木立の間を駆けていく。

右へ走っては、クルリと向きを変え、左へと走る。エマはおおよそ四十から五十メートルの幅で、ジグザグに原野を捜索するように訓練を受けてきた。もちろん、木立の密生の具合や地形によって多少の変化が必要だが、エマは訓練の基本を忠実に守って、高鼻を使いながら、足場の悪い傾斜地を素早く走り続けている。

風はおおむね麓から吹き上げてきた。犬の鼻を常に麓に向けるように意識する。しかし、気まぐれに風向きが変わることもある。そのたびに、弥生は腰のベルトにつけていた袋から、タルカムパウダーを取り出しては風に流した。

風の方向が大きく変わっていれば、すぐにエマを呼び戻し、サーチの基点を変える。

エアセンティングに夢中になった犬が、ハンドラーの目が届かない場所まで離れてはならないし、逆に犬の捜索行動に合わせてハンドラーが犬を追うように歩いてもいけない。あくまでも人間を中心に、犬がその周囲を弧を描くように動くことが理想なのである。

捜索中、近くの森から、他の犬の声や、他の連中が大声で少女たちの名を呼ぶ声などが、ひっきりなしに聞こえてきた。しかし、エマはまったく意に介することもなく、自分の仕事に専念した。下から登ってくる消防団員や警察官、遭対協の男たちとバッタリ鉢合わせするたび、遭難者の痕跡すらないことを聞かされるが、弥生たちは諦めない。

そうして、たちまち二時間が経過し、やがて風がピッタリと凪いだ。

弥生はエマを休憩させ、たっぷりと水を飲ませた。

自分たちもペットボトルの水を呷り、汗を拭く。道なき道。ガレ場や急傾斜地など、危険な場所ばかりをゆくので、緊張のあまりに寒さをまったく感じない。

そうこうしているうちに午後になり、さらに時間が早足で過ぎていった。

秋の日は釣瓶落としといわれるほどせっかちだ。午後四時を回ると、太陽が西の山の端に姿を隠し、空を染めていた残照がその色合いをどんどん昏くしていく。森の木立も葉叢もモノトーンに色褪せてきて、薄闇の帳が静かに降りてくる。

伏見は無線連絡で多くの救助隊員たちが捜索を打ち切って下山したと知った。

ふたりともヘッドランプやフラッシュライトなどの明かりは持っているが、そんなもので森を照らしながら捜索することの無意味さも知っていた。

夕暮れが迫ると冷え込みが厳しく、このまま夜になるにつれて、さらに気温が下がることが予想された。鑢岩の周辺の斜面は、岩肌や土から水が染み出して湿地になっている場所が多い。それらがあちこちで凍っているのも見かけている。

「高津さん……どうします？」

意気消沈した顔で伏見が声をかけてきた。

すぐには応えられなかった。

絶望。しかし、その反面、まだ捜さなければという気持ちもある。心の中の葛藤に、弥生は苦しんでいた。

肩を上下させるたび、口許から白く呼気が流れている。

あの子たちにとって、きっと明日という日はないのだ。

今日のうちに見つけなければ、きっと……。

「沢筋を中心にこれだけ捜索したのに見つからないんだ。どうすれば？」

伏見がかすれた声でそういった。

そう、ＰＬＳ――最終目撃地点から麓までのエリアを、これだけ広範囲に捜索して、エマの反応がまったくない。それが気になっていた。

救助犬による捜索の基本は風向きである。

夜明け以降、太陽が昇り始めるにつれ、暖められた地表から空気が上昇する。つまり麓から山頂に向かう吹き上がりの風となる。そのため弥生たちは、山の頂稜近くから麓に向かっての捜索作業に固執していた。

だが、今は違う。風向きは逆になっていた。

弥生は肩越しに振り返った。

さっきまで巨人のようなシルエットになって見えていた鑢岩は、今はダケカンバの木立の向こうに隠れていて確認できなかった。

「私……固定観念に縛られ過ぎていたかもしれない」

そういって、弥生はエマを呼び寄せ、ハーネスにリードを装着した。「遭難者は本能的に麓に向かって下りていく——もしかしたら、そうじゃないかも。あの子たちは、きっと上にいるのよ」

デイパックを背負い直した。「頂上はどっち？」

伏見がズボンのポケットに入れていた二万五千分の一の地図をとりだし、透明樹脂製のコンパスを上に載せた。それまで逐一、書き込んできた現在位置から、西偏をずらして等間隔に描いていた磁北線にコンパスを合わせ、頂上への方角に直線を描いた。

「こっちです」

はっきりと指差した。

「ありがとう」そういって、弥生がエマとともに急斜面を登りはじめた。

あわてて伏見がそのあとを追う。

それから一時間半が経過した。

周囲はすでに真っ暗になっていた。ふたりはヘッドランプを点灯して、そのＬＥＤの白い光を頼りに、深い森の中を歩いていた。闇に閉ざされ、周囲の景色がまったく見えなくなると、登山地図もコンパスも使えない。二重遭難という言葉が脳裡をかすめたが、弥生はあえてそれを無視した。

瑞牆山頂上への登山ルートがすぐ右にあって、いつでもそこに出られるという確信だけが、唯一の命綱のように思えた。たった一度きりだが、自分の足で瑞牆山山頂へのルートを往復した。その経験が生きているはず。

夜が深まっていくにつれ、寒さが防寒着を透して肌に伝わってきた。冷気が押し寄せ、左右の頰が引きつるように痛い。手袋をつけた両手も、感覚がなくなりつつある。

さらに三十分。

「高津さん。今日はここまでです」伏見が力のない声でいった。「仕方ありません」

弥生は奥歯を嚙み締めながら立ちつくしていた。真っ暗な森を意味もなく凝視する。

それからエマに視線を落とした。

ヘッドランプの白い光の中で、犬の口から呼気が流れていた。

しきりと高鼻を使っている。

「どうしたの？」

エマは興奮を露わに、豊かな尻尾を揺すっている。その様子を見て、弥生は犬のボディランゲージの意味を悟った。

「エマが見つけた！」

「まさか……？」呆気にとられた顔で彼女を見ていた伏見。

エマが大きな瞳で弥生を見た。

今度こそ本当に最後。でも、これは絶対に確実。

弥生は片膝を折ってしゃがみ、祈りを込めるように犬のハーネスからリードの金具を離した。そしてエマの胴体を包み込むように抱えたまま、前方の暗闇を一心に見つめた。ふさふさの犬の毛ざわり。躰の温かさを感じながら、弥生は心の中で呼びかけた。

今までいっしょに働いてきた。そのことを感謝してる。

あなたを信じて、ここまで来て良かった。

エマ。私の最高の相棒。

「GO！」

合図とともにリリースした。

犬が走った。白黒の毛がたちまち漆黒の闇に溶け込んでいく。

それから二分とかからずに、エマの吼えるけたたましい声が昏い森に響いた。凍れる夜の空気を切り裂くように、それは絶え間なく続いた。

バークアラート。生存者発見。

声をたどって弥生は走った。木立にぶつからないよう、ヘッドランプの光を右に左に振りながら、大小の岩がゴツゴツと突き出した林床を駆けた。傍らを走る伏見が、何度か岩角や樹木に躰のどこかをぶつけては、そのたびに声を洩らしていた。

エマの姿が見えた。

傾斜地に、大きなダケカンバの木が立ち上がっていた。雨の浸食で太い根が露出して、湾曲しつつ持ち上がっているように見えた。その下にある亀裂のような細長い穴に向かって、エマが身を低くしながらさかんに吼えつづけている。

「エマ。グッド！　いい子！」

呼び戻したエマを思い切り抱きしめて誉めてやる。

伏見が大きなダケカンバの根許に走り、窮屈そうな洞穴を覗き込んだ。

「これ、きっとクマが冬越しに使っていた穴ですよ。えらい獣臭だ」

「いいから、呼びかけてみて！」

伏見が前を向いて、大声で叫んだ。

――おーい。そこにいるのか？

しばらくの沈黙ののち、かすかに何かが聞こえた。

砂がパラパラと落ちるような音だった。

やはり、人ではなく獣が穴に入っているのではないか。

弥生が歩み寄って、伏見の隣に腹這いになった。穴の奥から洩れてくる冷たい空気に、強烈な生臭さが漂っていた。右手に持っていた小型のフラッシュライトを向け、テールスイッチを押した。白色光が穴の中を照らし出す。

高さ四十センチぐらいの狭い穴。奥行きはかなりあった。紐のように細長い木の根がいくつも垂れ下がっている先に、半透明のペットボトルの空容器が転がっていた。その向こうに、真っ黒な瞳がふたつ。それが人間の、しかも小さな少女のものだとわかるのに、少々の時間がかかった。

「伏見さん」肩越しに振り返り、鋭くいった。「すぐに無線で救援を！」

「りょ、諒解(りょうかい)！」

我に返った伏見が立ち上がり、警察無線をとりだして救援要請を伝え始めると、弥生がまた穴に向き直った。

「沙織ちゃん、香織ちゃん。そこから出てこられる？」

そう声をかけたが、少女たちはなぜか動かなかった。

まるで二匹の獣になったように身を寄せ合い、真っ黒な大きな瞳をこちらに向けたまま、じっと黙っていた。よく見れば、ふたりは布団に潜るように、うずたかく積もった枯葉の中に身体を入れていた。今までそうやって抱き合いながら小さな体軀(たいく)を保温していたのだと気づいた。クマが冬越しに使っていたらしい狭い寝穴で雨風をよけ、ペットボトルの水をふたりで分け合い、落葉で体温を保ちながら、この四日間、ずっとここにいたのだろう。

「ご両親が麓で待っているの。さあ、山を下りようよ」

弥生の声が狭い洞窟に響く。

泥に汚れたふたつの顔。鏡に映したように同じ双子の少女の顔。

右側のひとりが、か細い声でいった。「パパは生きてるの？」

そうかと悟った。

父親が怪我をして、この山のどこかで迷っている。そう思って、この子たちは上に登っていったのだ。ずっと父親を心配して捜していたのか。そう気づいて、ふいに涙が出そうになった。

「パパはちょっと怪我をしたけど大丈夫。ママといっしょにあなたたちを待ってるわ」

「さっきのワンちゃんは？」

「いるわ。ほら」

弥生は自分の傍らから、エマの顔を見せてやった。

「この子があなたたちを見つけたのよ」

「可愛いワンちゃん……」

弥生はうなずき、いった。「自分たちで、そこから出てこられる？　大人じゃ狭くて、そっちまで入れないの」

少女たちはお互いに目を向け合い、ようやく枯葉の山から這うように出てきた。

洞穴の中に倒れていた空のペットボトルをちゃんと拾って、小さなリュックに入れると、ふたりは前後になって、自力で這いながら、ゆっくりと時間をかけて穴の外に出た。

弥生は、少女たちに光が当たらないよう、ヘッドランプとフラッシュライトを地面に置いた。そしてデイパックから毛布を取り出し、そっとかけてやる。

テルモスから湯気を立てるココアをカップに注ぎ、それを飲ませた。ココアを飲んでいる間も、少女たちは虚ろな表情だった。憔悴(しょうすい)しきっていた。それでもふたり、それぞれ手を伸ばしては犬の頭を撫でたり、背中をさすったりした。

「この子、名前はなあに？」右にいる少女がいった。

「エマというの」弥生が微笑(ほほえ)む。「あなたたちは？　どっちが沙織ちゃんで、どっちが香織ちゃん？」

「私が沙織。この子が香織」

右側の少女がそう応えた。

「ふたりとも、命を大切にしてくれて、本当にありがとう」

そういって弥生は、双子の少女たちを思い切り抱きしめた。

エマが伸び上がるようにふたつの前肢をかけてきて、頬を伝う涙を舐(な)めてくれた。

秋もそろそろ終わろうという季節である。

ＪＲＤの本部がある府中(ふちゅう)に近い多摩川(たまがわ)の畔(ほとり)に、きれいに舗装された堤防道路が延びている。日曜日の午後ゆえに、ジョギングを楽しむ人々、また自転車も多く見かける。

高津弥生はこの道を軽やかに走っていた。

水色のスウェットの上下、背中には薄っぺらいデイパック。腰にハーネスを取り付け、短めのリードで結ばれたボーダーコリーのエマが、傍らを同じ歩調で並走している。

白黒の長い毛が風になびき、四肢の小さな爪がアスファルトを叩く。そして弥生のランニングシューズが舗装路を蹴るたび、腰のハーネスに引っかけたカラビナが規則的なリズムで音を奏でている。

ときおり、エマが弥生の顔を見上げる。その口が笑っている。

犬は実際によく笑う動物なのである。

彼らは、人よりも命の時間が短い。だから、いまという一瞬を輝かしく生きている。

こうしてともに走るたび、それを強く感じる。

あれから数日間、マスコミの取材攻勢がひっきりなしに続いた。

弥生とエマは、一躍、有名人とスター犬のようになって、各地のイベントなどに引っ張り出されてはデモンストレーションを披露し、テレビのワイドショーに取り上げられたり、新聞や雑誌の写真記事になったりした。おかげでふたりとも、くたくたに疲れていた。

ＪＲＤ理事長の高岡には、「また、有名になってしまったな」と苦笑いされたが、そんな騒乱もあっという間におさまって、ふたたびいつもの日々が始まったのだった。

救助犬とハンドラーは認定を受けても、一生、訓練を続ける。

そしていつ、被災地に送り込まれてもいいように、日頃から万全の準備をしておかねばならない。

エマと走る弥生は、大勢の人々とすれ違う。

ときおり声がかかるたび、軽く手を挙げ、笑顔を返す。

そしてまた、手足をしなやかに躍動させ、犬とふたりで走り続けた。

こうしていっしょに駆ける。それこそが自分たちが生きているという証しのような気がする。だからともに走る。どこまでも走り続ける。

冬の到来を予期させる冷たい風が真正面から吹いてくる。

弥生が微笑み、エマが笑う。

道はまっすぐ続いている。

これらの作品は全てフィクションであり、実在の人物、団体、事件とは一切関係ありません。中国四川大地震におけるエピソードも作者による想像上のものです。

本書の執筆にあたり、多くの方々のご協力、ご助言がありました。
とりわけ、山下國廣、木村健太郎、羽田健志、山本展史、吉田綾子の各氏には、多大なるご尽力をいただきました。
この場を借りまして、感謝の意を表させていただきます。

樋口明雄

あとがき

故郷の地である山口県岩国市中央図書館二階の視聴覚ホールで講演を始めたとき、機内モードにしていたスマホが震え始めた。

(ココが逝ったんだな……)

聴衆に向かって喋(しゃべ)りながら、心の中でそう思った。

講演を終えて、山梨の自宅に電話を入れた。やはり、そうだった。眠るような静かな死だったそうだ。あと二ヵ月で十六歳になるところだった。

予定を切り上げ、早めに家に戻った。

高速道路を丸半日かけて山梨まで走行する、およそ七百五十キロの道のり。その間、ココを思い出し、愛犬の死についてずっと考えていた。

ココは、イノシシ猟犬の仔である。

アラスカン・マラミュートと紀州犬、四国犬のミックスの牝(めす)。フライフィッシング犬としてアウトドア雑誌で人気となり、里守り犬として地域の農作物をサルの群れから守ってきた。良き相棒であり、家族の一員としてもかけがえのない存在だった。

犬は人よりも遥かに寿命が短い。とりわけ大型犬にとって、十歳から先は神様からいただいた時間といわれている。だとすれば、十歳を過ぎ、さらに数年を生きたココは、ずいぶんとたくさんの余生を過ごしたことになる。

いっしょに寝起きをし、食卓をともにし、あるいは野山をめぐり、焚火をする私の傍らで気持ちよさそうに寝入っていた。

しかしながら、老化による衰えは容赦なくやってきた。まず耳が遠くなって、あれだけビビっていた花火の音にも無反応となった。次に緑内障で完全に失明し、最後はてんかんのような痙攣発作を連発して、自力で立てなくなり、以来、二ヵ月ばかり介護状態だった。

これだけ頑張ってきたんだから、せめてあと数日ばかり生きていてくれ。そう思って遠く離れた地での講演会に出向いたのに、けっきょく死に目に会えなかった。

いなくなれば、やはり寂しさがつのる。

《そうか、もう君はいないのか》

城山三郎さんの著作のタイトルではないが、デッキの壁にかかったままのリードや犬小屋を見るたび、寂しさに胸が締め付けられる。

人が犬を選ぶんじゃなくて、犬のほうが人を飼い主として選ぶ……。

本作の一編『バックパッカー』に書いた言葉が、今さらながら自分に返ってくる。人と人とは、大なり小なり奇縁、あるいは巡り合わせというもので結ばれている。近頃、そんなことを思うようになった。

愛犬との出会いと別れもまた、その一環なのだろう。

ココの死のあと、このたび『ドッグテールズ』復刊という絶妙のタイミングである。それもまた、巡り合わせのひとつかもしれない。

ふたたびゲラとなった原稿を懐かしく読むうちに、ふと、目頭が熱くなった。いつかまた会おうな——と、ココに呼びかける。人生は出会いと別れの連続なのだから。

二〇二二年一月

樋口明雄

解説

山下國廣（やましたくにひろ）
（獣医師／ドッグトレーニング・インストラクター）

樋口さんとの出会いは、山梨県の北杜（ほくと）市と南アルプス市で実施した〝里守り犬（さともりいぬ）〟という事業でした。

〝里守り犬〟は、農作物を荒らすサル対策のひとつとして、住民自身が自分の飼い犬とともにサルを山に追い返すプロジェクトです。犬だけを預けて訓練してもらうのではなく、基礎的な訓練から実際の追い上げまで、常に飼い主と犬が一体になって行うという、従来に例のないもの。その住民側の一人として樋口氏が、インストラクターの一人として僕が参加しました。

その頃、彼は、野生動物対策犬が登場する小説『約束の地』の執筆中で、半分は取材のつもりで活動に参加したとのことでした。そのような動機なら傍観者的に真似事で済ませてしまいそうなものですが、ご本人も愛犬ココも、トレーニングが面白くて仕方がないといった様子でいつも熱心に訓練会に参加していました。

我々のトレーニングは、上下関係や順位付けで犬を服従させるものではなく、犬自身のモチベーションを生かし、望ましい行動を伸ばしてそれを積み重ねて行きます。これは、よく誤解されるようなご褒美(ほうび)で釣るだけの安易なものではありません。犬をありのままに観察し、何を感じ何を欲しているのか、相手の立場で発想することから始まります。もともとそういう感覚のあった樋口氏は、こちらの指導をすんなり受け入れる——というより楽しむ——ことができたのだろうと思います。

本書に登場する犬たちは、ちょっとしたしぐさや人とのやりとりでそのキャラクターがよくわかり、感情も生き生きと伝わってきます。それでいて過度な擬人化がありません。

樋口氏の小説は舞台の地名が特定され、登場する自動車の車種や色、アウトドア用具のブランドまで、マニアックなほど詳細に記述されています。正直なところ、ここまで特定しても全部わかる人は少ないだろうな、と思います。でも、キャンプや登山をやる一人として、これは一～二世代前の道具だな、ということから人物の背景まで浮かんできます。

犬の表現も同じことです。ここまで細かく書かなくても本すじには関係ないだろうし、逆にもっと擬人化して描写した方が一般受けはいいかも知れません。でも、それだと我々のような人間にとってはリアリティが薄くなってしまいます。過度に擬人化することなく犬のキャラクターを表現することは、彼らに本当の敬意を持っていなくてはできないことだと思われます。

本書は犬が登場する五話の短編集です。

『グッドバイ』は、スランプ気味の作家のところに仔犬が迷い込んでくるところから話が始まります。

主人公夫婦は半年前に愛犬を交通事故で亡くしました。それ以来、ほとんど会話のない生活。もともと冷え切っていた夫婦関係は、愛犬の死をめぐる口論からすっかり家庭内別居のような状態になっていました。

そこにやってきた仔犬。亡くした犬と同じ名前をつけて飼い始める夫に対して、妻は「あんな想いだけは二度としたくない」と嫌がります。

私ごとで恐縮ですが、十五年半連れ添った犬、家族の中で一番尊敬され、人生を変えてくれた相棒との別れからまださほど経っていません。

亡くした直後はもちろんですが、いつまで経っても彼の夢を見ます。そのシーンは毎回違うものの、いつも夢の中で思うことは同じ。「死んだって言っても、こうやって一緒に歩けるし、前とちっとも変わらないじゃん」

目覚めると、首につけた小さなカウベルの音や体をポンポンと叩いた感触が残っています。『グッドバイ』はこの感覚に重なって、読むのがとてもつらかったです。

でも決して悲しいお話ではありません。

ラストの「おかえり」のひと言が無限の広がりを持って響きます。


『バックパッカー』はリストラで失職した青年が主人公。職探しはしたもののなかなか新しい仕事にありつけず、家財道具を売り払って、マンションに残ったのはキャンプ用品だけ。やがて家賃も払えなくなると、どこに寝泊まりしたって同じだ、とあてのない旅に出ます。

その青年をつかず離れず見つめ続けるオオカミのような犬。もしかしたら彼の幻覚なのかも？　と思いながら読み進みました。

あてのない旅で起こる出来事が、心の中に引っかかっているものをひとつずつ引き出して行きます。そして、最後に出てきたものは……。

青年について来たオオカミのような犬は幻覚などではありませんでした。それでもなお、彼の中のもう一人の自分だったような気がしてなりません。


『疾風（はやて）』は、今シーズン限りで猟から引退するつもりの老ハンターが、有害鳥獣駆除でクマ撃ちに駆り出される話。

彼の漂わせる古武士のような風情は、その頑迷さを含めて、山で生きる本来の猟師とはこうだったのだろう、と思わせます。そして、その相棒である老犬疾風も全く同じ風格を漂わせています。

話はそれますが、中型日本犬の飼い主の中には、「クマやイノシシと闘う犬だから気が荒いぞ」と自分の犬の粗暴さを自慢する輩がいます。しかし、人と一体になって猟をする犬が本来そんなに危険なはずがありません。また、むやみに喧嘩を売るような犬は日本の狭い猟野で使えません。残念ながら危険な犬もいるのは事実ですが、それは、強さと荒さをはきちがえた一部の人間による〝人を映す鏡〟です。

お話の中に出てくる孤高の老ハンターと相棒の犬、そして二人の野卑な中年ハンターとその犬たち。キャラの対比が極端すぎると感じられるかも知れませんが、決してそんなことはなく、それぞれ本当に顔が浮かびます。

ストーリーは劇画調にテンポよく進みます。とくにクライマックスのアクションシーンは鮮烈な画像が浮かび、白土三平の忍者漫画を彷彿させます。

個人的には甲斐犬を悪役にしてほしくなかったのですが、まあ、飼われた人が悪かったということでしょう。まさに犬は飼い主を映す鏡ですから。

『遠吼え』の主人公である道南大学獣医学部の教授、長峰千明は、野生動物学の専門家でありながら、成り行き上、野犬捕獲の任を負わされることになります。

また私ごとになりますが、野生動物関係の仕事もしているため、捕獲された外来動物の薬殺を依頼されることも少なくありません。力強く打っていた鼓動が、処置後わずか数秒で聞こえなくなります。それを確認する時の何とも言えない気持ち。「獣医さん＝動物の命を救う人」という一般のイメージとは真逆ですが、これもまた獣医師の仕事です。

多くの被害を出している野犬の群れ。賢いリーダーに率いられたその群れは通常の方法では捕獲できません。長峰千明が専門家として依頼を受けたからには、動物の性質を最大限に利用して捕獲作戦を成し遂げるのが責務というものです。でも、いくらそのためとは言え、何をやってもいいものだろうか。彼女の逡巡が痛いほど伝わります。


『向かい風』の主人公は災害救助犬エマとそのハンドラー（指導手）である高津弥生。しかし、彼女は海外出動での悲惨な経験から心に傷を負い、捜索訓練すらできない状態に陥ります。

心の傷を癒すため、上司の所有する山荘にエマを連れてやってきたのですが、穏やかに過ごせたのはわずか数日。近くの山で幼い姉妹の遭難事件が発生し、協力を求められることに……。

作中にも出てきますが、一般の人は、犬が優秀なら誰が連れて行っても捜索してくれる、と思われるかも知れません。しかし、救助犬というのはハンドラーとのコンビネーションではじめて成り立つ作業犬。そして、ハンドラーは単なる〝犬つかい〟ではありません。遭難者の行動を推測して捜索範囲を決め、地形を見たり風を読んだりしながら効率的に犬を動かし、常に犬の状態を観察していなくてはいけません。風は〝息〟をするため、一瞬のチャンスが発見・未発見の分かれ目になることもあります。

また、せっかく現場まで駆けつけても長時間待機させられただけで終わったり、実動は予測できないことだらけ。首尾よく発見できてもハッピーエンドの方が少ないものです。そんな中で重要なのは、何よりも犬とハンドラーの信頼関係、そして心身の安定性です。『向かい風』の細かいエピソードひとつひとつ、実際に現場に出ている人間から見ても非常にリアルな内容になっています。一般の人にもその臨場感を味わっていただければと思います。

*

「犬の知能は人間の三歳児程度」という説があります。でも、犬と深く付き合ったことがある人なら、人間をはるかに凌ぐ記憶力や洞察力に驚いたことがあるはずです。

いずれにせよ——

人間が犬を見る何倍も、犬は人間を見ている、ということだけは間違いありません。

（二〇一三年十一月刊・光文社文庫判より再録）

この作品は2013年11月光文社文庫より刊行されました。なお、本作品はフィクションであり実在の個人・団体などとは一切関係がありません。

徳間文庫

ドッグテールズ

2022年2月15日 初刷

著者 樋口明雄（ひぐちあきお）

発行者 小宮英行

発行所 株式会社 徳間書店

東京都品川区上大崎三－一－一 〒141－8202
目黒セントラルスクエア

電話 編集〇三（五四〇三）四三四九
販売〇四九（二九三）五五二一

振替 〇〇一四〇－〇－四四三九二

印刷
製本 大日本印刷株式会社

ISBN978-4-19-894720-0 （乱丁、落丁本はお取りかえいたします）